ROSE DE CENDRES

PILAR RAHOLA

ROSE DE CENDRES

Traduit du catalan
par Isabelle López et Marie Vila Casas

belfond

Titre original :
ROSA DE CENDRA

Édition publiée en accord avec Columna Edicions,
Llibres i Comunicació, S.A.U., Avda. Diagonal 662-664,
08034 Barcelone

Le poème de Joan Maragall (page 92) est cité dans la traduction française d'A. Schneeberger, *Ode à l'Espagne*, Madrid, ministère des Affaires étrangères, 1968, p. 59.

Retrouvez-nous sur www.belfond.fr
ou www.facebook.com/belfond

Éditions Belfond,
12, avenue d'Italie, 75013 Paris.
Pour le Canada,
Interforum Canada, Inc.,
1055, bd René-Lévesque-Est,
Bureau 1100,
Montréal, Québec, H2L 4S5.

ISBN : 978-2-7144-7963-1
Dépôt légal : novembre 2018

Belfond | un département **place des éditeurs**

place
des
éditeurs

À Pilar Martínez i Punsà,
mon amie, ma complice, ma mère

PRÉAMBULE

(18 juillet 1909)

Le bataillon de chasseurs de Reus

UN PETIT GROUPE DE FEMMES DISTINGUÉES, avec à leur tête l'épouse du gouverneur Ossorio et les marquises de Comillas et de Castell-Florite qui présidaient la commission d'aide et assistance au soldat, se déplaçait à pas menus, de la démarche élégante mais déterminée des personnes habituées à donner des ordres aux domestiques. Enric, tout proche, sentait au passage de chacune d'elles l'arôme de son parfum délicat, mais aussi le curieux mélange de senteurs qui se dégageait du groupe qu'elles formaient. Immobile sur le bord du quai, il observait sans ciller ces grandes dames sophistiquées, inquiet à l'idée qu'elles explosent tant elles étaient étroitement corsetées. Il suivit du regard la croupe d'une grosse dame qui s'évertuait à contenir ses formes dans un corset trop serré qui l'empêchait de respirer. Ses hanches, soutien indispensable d'un postérieur colossal menaçant d'exploser d'une seconde à l'autre, lui semblaient monumentales. Son esprit vagabonda quelques instants autour de cette image et il tenta d'imaginer le bruit que pourrait bien produire la déflagration d'un fessier-bombe. « Et boum ! » se dit-il. À cet instant précis, la voix aiguë d'une de ces dames le ramena à la réalité.

« Scapulaires ! Des scapulaires pour nos soldats ! » criait-elle énergiquement en déambulant parmi les familles rassemblées dans le port et venues dire adieu à leurs hommes qui partaient faire la guerre en Afrique. La femme distribuait à chaque soldat un étui à cigarettes rempli et une médaille en laiton de la Vierge Marie sur laquelle figurait l'inscription latine *In hoc signo vinces*. Elle la lui redisait en catalan, « Par ce signe, tu vaincras », comme si elle récitait une prière : « Par ce signe tu vaincras, comme les premiers chrétiens, le Seigneur soit avec toi », puis elle se signait. Sa petite voix flûtée émettait une sorte de piaillement d'apprentie Castafiore, une espèce de dard perçant qui sortit Enric de ses songes et l'irrita. Il était sur le point d'adresser quelques paroles grossières aux dames qui agitaient leurs scapulaires, lorsqu'une femme qui près de lui faisait ses adieux à son mari, les yeux embués de larmes, lança à la jacasse : « On n'embarque pas votre mari, ni votre fils, ça se voit ! » Et elle lui cracha à la figure. Un jeune homme s'écria aussitôt avec fougue : « Arrêtez d'envoyer nos frères mourir pour les Güell, les Romanones et les Comillas ! » Suivi d'une autre : « Qu'ils y aillent eux-mêmes, en Afrique, tous les curés, les marquis et les rois ! Et qu'on les enterre dans leurs mines du Rif ! » Ces premières explosions de colère suscitèrent une multitude de cris qui déferlèrent sur le port, réclamant l'indépendance de Melilla et le retour des soldats, la mort des curés et la destruction des églises. Les dames aux scapulaires se mirent à hurler et elles essayèrent de courir en relevant leurs jupes. L'une d'elles faillit tomber, bousculée par une jeune fille aux yeux rougis par les larmes qui accompagnait son père et qui lui lança un regard foudroyant. La surface de la mer se couvrait de médailles et de scapulaires qui flottaient quelques instants avant de sombrer dans les eaux du port.

Des hommes accouraient de toutes parts, hurlant des mots d'ordre, et les femmes, les mères et les filles des soldats joignaient leurs voix au chœur en colère pour exiger que les leurs ne partent pas mourir en Afrique. Alors que l'amorce d'une émeute enflait et que la colère se déchaînait, un peloton se déploya devant les manifestants et se mit en position de tir. Dans le même temps, un autre détachement de soldats improvisa une haie de fusils et obligea les hommes du bataillon de chasseurs de Reus à marcher jusqu'au vapeur *Cataluña*. Le cortège de la mort, pensa Enric. Soudain, une voix s'éleva du cœur de la foule : « Ils les embarquent sur le navire du marquis de Comillas pour aller faire la guerre au profit de ses amis, pour qu'ils aillent défendre les mines de ses amis… Tout pour les puissants ! Sales porcs, fils de chiens ! » Dans la foule, tous reprirent d'une seule et même voix, comme s'il y allait de leur vie : « Mort au marquis de Comillas ! », ponctuant ainsi la litanie scandée à l'unisson : « À bas la guerre ! Que les riches aillent la faire ! »

La colère devenait bien réelle, incarnée, physique ; les cris déchiraient l'air comme de véritables boules de feu ; le peuple bousculait les soldats sans craindre leurs fusils, et l'inquiétude grandissait parmi les dirigeants de l'armée. Le premier coup de feu claqua alors dans l'air.

ÉTINCELLES

(1905)

« Vous êtes bien idiot d'écrire en catalan. Mais vous finirez bien par guérir de cette manie du catalanisme et de la Renaixença. Et si, pour des raisons qui m'échappent, il faut nécessairement que le catalan existe comme langue littéraire, alors laissez les poètes s'en charger. On doit écrire les romans dans une langue qui puisse être comprise par le plus grand nombre. Laissez les poètes à leur manie de n'écrire que pour eux-mêmes, et vous, rejoignez-nous[1]. »

Lettre de Benito Pérez Galdós à Narcís Oller
(8 décembre 1884)

1. Les fragments en italique sont en espagnol dans l'original. *(N. d. T.)*

Un monsieur à chapeau

IL AJUSTA SON HAUT-DE-FORME D'UN GESTE ÉNERGIQUE et, après avoir enfilé ses gants, il attendit que le majordome lui ouvre le petit portail de la demeure des Grimau où il venait de passer la soirée avec ses amis de la Ligue régionaliste. La réunion avait été animée, comme toujours, chacun prétendant détenir la solution aux problèmes de la Catalogne. En actionnant le loquet, la clef fit un bruit sourd qui sonna aux oreilles d'Albert comme la plainte douloureuse de la serrure. Une fois dehors, il ne fit rien pour se protéger de la pluie fine de ce soir de novembre et, tandis qu'il remontait la Rambla de Catalunya pour rentrer chez lui, il se rappela un des dictons de sa grand-mère Mariona : « Pluie de novembre biens du ciel fait descendre. » Il esquissa un sourire goguenard. Les biens ne lui faisaient pas défaut, il était riche et n'avait nul besoin d'un novembre pluvieux ; il avait su surmonter la pauvreté chronique de sa famille et il jouissait désormais d'une fortune considérable. Il était invité depuis des années dans les meilleures demeures de la ville, ce qui constituait à ses yeux une victoire, même s'il n'était pas sans savoir qu'on l'y méprisait, comme tout intrus d'origine roturière jouissant d'une richesse récemment acquise. « Ces malheureux ont beau me mépriser, ils ne peuvent s'empêcher de m'inviter ! » Cette idée lui conférait un sentiment de puissance.

Ce n'était pas un homme distingué. Il n'avait pas grandi dans une famille aisée, il n'avait pas eu de nourrice ni de préceptrice française, n'avait pas reçu de cours d'équitation ni l'éducation dont avaient bénéficié les personnes qu'il côtoyait à présent. Mais en affaires il possédait un grand flair et un sens inné du calcul, et grâce à ces talents, combinés à une remarquable disposition au mensonge et à la manipulation, il avait réussi à accéder à une nouvelle vie. À l'issue de ces soirées en compagnie de personnages importants de Barcelone, il prenait souvent le temps de marcher afin de se remémorer les grands bouleversements de son existence. Il se répétait ainsi, en se frottant les mains avec une délectation malsaine, qu'il était un rescapé, un résistant, un vainqueur. D'autres que lui ne s'étaient pas relevés, à leur retour des guerres d'outre-mer, et ils erraient, véritables épaves humaines, le corps couvert de cicatrices et l'âme lacérée de blessures inguérissables. « J'étais une épave, moi aussi », se disait-il parfois, et lorsque cette idée venait lui griffer l'esprit, il réagissait comme un animal blessé prêt à tuer son chasseur. Depuis sa naissance, il ressentait la lourde condamnation biblique au malheur. « J'ai vaincu le diable », se disait-il, et son regard s'assombrissait.

Comme tous les Albert de la famille, il était blond et auparavant un jeune homme d'allure agréable malgré sa petite taille – « un héritage de la famille de ma mère », assurait-il en riant. Avec les ans, son dos s'était légèrement voûté. En y réfléchissant bien, il arrivait à se souvenir d'une époque où il était gai, malgré un caractère sec que la guerre avait rendu franchement revêche. En dépit de cette nature aigrie, qui avait empiré avec le temps, il se sentait doté de la force des héros.

Après tout, il était un héros, lui, pauvre conscrit rentré au pays après avoir survécu à la fièvre jaune et à la petite vérole, dont il gardait les marques sur le visage. Fils, petit-fils et arrière-petit-fils d'artisans du quartier de Gràcia qui survivaient à grand-peine, il ne possédait rien et n'avait pas de métier. Son oncle – « tu portes son prénom, mon petit Albert, Dieu ait son âme ! » – était mort en soldat pendant la deuxième guerre carliste, dite guerre des Matiners.

Ses parents subvenaient difficilement à leurs besoins. Sa mère était couturière à domicile et son père ouvrier dans la fabrique textile Vapor Vells de Sants, jusqu'au jour où il avait perdu son travail à cause de la grande crise du velours, quelques mois après son retour de Cuba. Albert se souvenait que les ouvriers avaient tout fait pour conserver leurs emplois, ils avaient proposé de travailler à mi-temps et même de réduire leurs salaires. L'entreprise avait tout refusé et elle avait licencié un grand nombre d'entre eux, dont son père. « C'est la leçon de la vie : il vaut mieux être le maître plutôt que l'ouvrier », se répétait-il à lui-même comme une litanie. Et s'il avait éprouvé de la sympathie, à un moment donné, pour l'esprit de rébellion de ses parents et partagé leurs aspirations républicaines, c'était désormais de l'histoire ancienne. Depuis son retour de Cuba, il ne poursuivait qu'un unique idéal, la survie.

Il évoquait souvent ces premiers jours de 1873, quand il était rentré chez lui. Il n'était que l'ombre de lui-même, les vestiges d'un corps qui marchait, mangeait et dormait, mais qui n'était pas lui parce que lui ne savait même pas où il était. Il se souvenait surtout de l'instant où il avait frappé à la porte de la maison familiale et qu'il avait compris, au frottement sourd des pieds traînant sur le sol, que sa grand-mère Mariona venait lui ouvrir. Les quelques secondes précédant son étreinte lui avaient fait retrouver une paix ancienne, et pendant un court moment il s'était retrouvé dans la peau du jeune garçon qui était parti à Cuba trois ans plus tôt. Pourtant, cet enfant insouciant avait bel et bien disparu et Albert revenait dans un vieux corps habité par une âme pareillement vieille. C'est ainsi que sa grand-mère le vit, comme un vieillard. Elle poussa un hurlement et elle eut un coup de sang qui lui fit perdre la tête. Les embrassades des premières minutes avec sa mère, sa grand-mère et ses sœurs restaient gravées dans la mémoire d'Albert et éveillaient en lui un sentiment ambivalent. Parfois, elles représentaient une sorte de bouée de sauvetage à laquelle il s'agrippait quand l'angoisse et la peur s'emparaient de lui, ou qu'il se sentait malheureux. Le plus souvent elles lui rappelaient l'homme vaincu qu'il avait tué de ses propres mains pour renaître tel un phénix, transfiguré et puissant. Il ne restait rien en lui de ce jeune homme lointain, il n'avait plus aucun besoin de la chaleur familiale et il ne désirait entretenir aucune nostalgie qui le détournerait de l'unique objectif qu'il s'était fixé : devenir riche et vaincre la fatalité qui l'avait condamné.

Il ne gardait qu'un seul souvenir de cette époque révolue, l'unique qu'il n'était pas parvenu à refouler, l'instant dans le port, au moment d'embarquer, où sa grand-mère lui avait confié un petit morceau de son corsage de mariée en lui disant : « Reviens ! » ; il se revoyait, montant sur le paquebot en serrant dans sa main le bout de tissu, en route pour la guerre. Après, plus rien. Aucune planche de salut à laquelle s'accrocher, pas d'espoir, pas de raison de vivre, rien que la peur, la douleur et la mort.

Sa grand-mère avait pressé ses mains dans les siennes et lui avait ordonné de revenir, et c'était la seule force qui l'avait accompagné pendant ses années de guerre, alors qu'il avait déjà perdu toute notion de qui il était.

Il en était revenu. Mais l'horreur de Cuba l'avait si profondément transformé qu'il ignorait tout de lui-même, conscient seulement de la disparition du jeune homme candide que la griffe acérée de la guerre avait blessé à mort.

Le 11 février 1873 – « le jour même où on vient de proclamer la république ! » s'écriaient ses parents, ses voisins, sa grand-mère et tous ceux qui le serraient dans leurs bras –, Albert avait retrouvé sa vie d'avant les bombes, d'avant les blessures et le vomito negro, la petite vérole et la chaleur humide et étouffante, les marécages grouillants d'insectes qui contaminaient les soldats et les montagnes de cadavres qu'ils piétinaient quand ils tentaient de fuir. Il avait retrouvé un milieu et une vie qu'il avait oubliés et dans lesquels il ne pourrait jamais se réinstaller en réalité. Un jour que sa mère se plaignait qu'il n'était plus le même fils affectueux et qu'il ne l'embrassait plus, il lui avait répondu, avec une violence étrangère à son comportement habituel envers elle : « Combien de centaines de cadavres faut-il, à ton avis, pour perdre la joie de vivre ? », et il avait ressenti en lui une telle rage qu'il avait quitté la maison et n'était rentré que tard le soir. Il ne reconnaissait plus rien de ce qui lui avait été familier, et il le rejetait même, parce que ses parents, sa grand-mère, la maison de Gràcia, et jusqu'à son cher oncle Elpidio, toujours désireux de lui raconter des histoires de sa terre andalouse, tous représentaient cette vie qu'il voulait faire disparaître de son horizon. L'Albert qu'il avait été avait rendu l'âme à Cuba, pendant la guerre, et maintenant, de retour au bercail, il lui fallait se reconstruire, renaître en quelque sorte, parce qu'il n'était plus personne, ni celui qu'il avait été ni celui qu'il voulait être, et qu'il n'avait aucune idée de la nouvelle direction à prendre. Il était pourtant convaincu d'une chose, et une seule, qu'il se promettait à lui-même : « Plus jamais je ne serai un misérable. » Dans les premiers temps de son retour, à l'époque où il se faisait ce serment, il haïssait tout de son entourage, sa maison, ses amis, sa famille qui l'aimait et le choyait, et il les haïssait parce que, en l'aimant, ils le retenaient enchaîné à cette vie qu'il voulait fuir.

Il s'en était tiré. « J'y suis arrivé », se disait-il avec complaisance en songeant à la soirée qu'il venait de passer chez les Grimau. Depuis qu'il avait fait fortune – « Et j'ai su la conserver », se répétait-il fièrement –, Albert courait les soirées semblables à cette dernière, et la façon toute naturelle dont on l'invitait aux dîners et aux grandes réceptions témoignait incontestablement de sa réussite triomphale.

Les Grimau étaient des industriels du textile qui avaient amassé une richesse considérable au cours du siècle précédent, grâce à l'exportation de coton. Ils étaient des amis proches du politicien catalan Francesc Cambó et ils avaient participé activement à la protestation dite de la Fermeture des caisses après que le ministre des Finances Raimundo Fernández Villaverde avait infligé une forte augmentation des impôts aux entreprises catalanes pour compenser la dette accumulée à la suite de la perte de Cuba. « Ils veulent nous couler », « Il ne restera rien de l'esprit d'entreprise catalan », « Non aux abus ! » ressassait-on alors dans les maisons aisées de Barcelone ainsi que dans les boutiques et dans les ateliers, et au sein de nombreux cercles de la classe moyenne asphyxiée. Dans les instances patronales, les réunions et les discussions avaient débouché sur la décision de suivre la conduite préconisée par la Ligue de défense industrielle et commerciale de Barcelone présidée par Sebastià Torres, à savoir la fermeture temporaire des boutiques et des fabriques afin de ne plus payer les contributions à Madrid.

« Qui aurait pu imaginer que l'Espagne réagirait d'une manière aussi brutale ! » déplorait Grimau en évoquant la répression imposée par le gouvernement qui avait fait emprisonner des entrepreneurs et fermer des centaines de commerces. Il y avait toujours quelqu'un pour rappeler que le Dr Robert avait démissionné de sa charge de maire de Barcelone pour ne pas avoir à signer les ordres de saisie contre les commerçants, « quel grand homme, qu'il repose en paix ! ». « Certes, mon cher Grimau, répondait Dalmau Soler, un puissant industriel de la métallurgie, mais grâce à la réaction de Madrid, nous avons créé la Ligue. C'était le seul moyen de nous défendre. » À ce stade de la conversation, les présents retraçaient habituellement les débuts de la nouvelle formation politique baptisée la Ligue régionaliste, créée par Cambó et Prat de la Riba avec le Dr Robert et d'autres notables issus de l'Union régionaliste et du Centre national catalan. Albert gardait l'article qu'il avait découpé dans le quotidien *La Veu de Catalunya* le 31 mai 1901 :

« La Ligue régionaliste définitivement constituée est le résultat de la fusion du Centre national catalan et de l'Union régionaliste, et elle a pour objet, comme le stipulent ses statuts, d'œuvrer à la revendication des droits et à la défense des intérêts de la Catalogne afin d'obtenir par tous les moyens légaux l'autonomie du peuple catalan au sein de l'État espagnol. »

« Nous adopterons comme texte constitutif les bases de Manresa de l'Union catalaniste », avait annoncé Prat de la Riba dès les premières réunions du nouveau parti. « Et nous ferons boire le bouillon aux partisans de ce populiste et anticatalaniste de Lerroux ! » avait complété Grimau, convaincu du succès de l'entreprise.

Le succès ne s'était pas fait attendre et il s'était imposé sous la forme d'une victoire écrasante remportée par les « quatre présidents » de la liste emmenée par le Dr Robert. « Madrid nous a envoyé Lerroux pour nous détruire, mais nous l'avons réduit en miettes, haché menu comme chair à pâté ! » criaient les militants le soir de l'élection. Pendant les jours d'euphorie qui suivirent, Albert en vint à se persuader qu'au-delà de ses ambitions et du prestige social qu'il en tirait, tout cela l'intéressait véritablement. « Tu finiras par faire de la politique », le raillait sa femme.

De tous les événements survenus pendant les premiers temps du parti, celui qui impressionna le plus Albert fut sa rencontre avec le Dr Robert. Il éprouvait une admiration profonde pour cet éminent médecin reconnu à travers l'Europe qui avait été un maire exemplaire pour Barcelone, capable même de démanteler réseaux d'influence et clientélisme, ce caciquat qui régnait sur la ville. L'un rappelait : « Et quand il est allé à Madrid en 1898 pour réclamer un accord financier permettant de lever l'impôt, une députation unique, et la création d'écoles industrielles ! », et un autre ajoutait : « Avec quel courage il a défendu la Catalogne devant les Cortès ! » La conversation déviait alors sur les attaques virulentes des députés espagnols contre les Catalans : « De toute façon, le Dr Robert l'avait bien dit, ça ressemblait bien davantage à un tribunal qu'à un Parlement ! »

Un jour, Albert prit part à la délégation de la Ligue régionaliste qui accompagna le Dr Robert à l'Ateneu barcelonès, la société culturelle où il devait donner une conférence. Le siège de l'association, plus tard installé dans le palais Savassona, se trouvait encore sur la Rambla des Caputxins, et à peine eurent-ils commencé à descendre les ramblas que les passants commencèrent à l'aborder. Certains l'applaudissaient, d'autres voulaient lui parler, des femmes le serraient dans leurs bras et lui présentaient leurs enfants, et chaque pas en direction du siège de l'Ateneu était à lui seul un voyage interminable. Il leur fallut une bonne demi-heure pour atteindre la porte de l'Ateneu, où Josep Yxart et Àngel Guimerà l'attendaient.

« *Demandez à n'importe quel Catalan qui arrive à Madrid s'il connaît le député ou le sénateur de son district : il vous répondra probablement que non, même s'il est déjà allé le trouver. Mais tous, pauvres et riches, femmes et hommes, connaissent Bartomeu Robert ; tous se sont au moins une fois adressés à lui pour réclamer son aide…* » Le jour où Albert avait entendu ces mots du poète Joan Maragall au sujet du Dr Robert, au cours d'une réunion de la Ligue régionaliste, il les avait trouvés fort justes. Il avait beau ne pas être homme à nourrir de l'admiration pour autrui, il faisait une exception pour le Dr Robert, auquel il reconnaissait une autorité morale supérieure. Aussi, lorsque l'ancien maire succomba à une crise cardiaque, en 1902, tandis qu'il dînait dans l'établissement réputé d'un restaurateur français, la Casa Pince, et qu'il parlait à un groupe de médecins – « Dire qu'il venait de rendre visite à l'abbé Verdaguer, déjà bien malade, le pauvre, et qu'il allait mourir avant lui » –, Albert ressentit une profonde colère, et il abandonna sur-le-champ la vague tentation de s'intéresser sincèrement à la chose politique. Si la pluie vint gâcher les funérailles du Dr Robert, elle n'empêcha pas toutefois des milliers de personnes de rejoindre le cortège pour lui rendre un dernier hommage. Elisenda accompagna Albert à la cérémonie ; elle serra la main de son mari et pleura en silence en entendant le psychiatre Domènec Martí i Julià, grand ami du Dr Robert, prononcer quelques paroles, et surtout ces mots : « Les hommes comme Robert continuent de vivre après leur mort dans le cœur de ceux qui restent. » En rentrant chez lui, Albert s'exclama d'une voix forte : « Nous avons perdu un grand Catalan ! »

Lors des soirées auxquelles assistait Albert, les discussions tournaient autour du Dr Robert, de la Ligue régionaliste et de Lerroux, de l'importance d'unir tous les partis catalans, « faute de quoi, ils nous vaincront toujours », du roi, de Cambó et de Prat de la Riba, mais aussi des anarchistes et des idées fantaisistes du pédagogue et libre penseur Francesc Ferrer i Guàrdia. Un débat enflammé couronnait souvent la soirée.

Ce soir-là avait été pareil à beaucoup d'autres et la maison des Grimau s'était remplie d'hommes d'affaires, d'artistes, de dirigeants de la Ligue régionaliste et de notables catalans de tous ordres. L'avocat et écrivain Narcís Oller honorait également l'assemblée de sa présence. Il habitait l'immeuble voisin et comptait parmi les amis intimes des Grimau, outre le fait qu'il était l'un des écrivains les plus en vue de la Ligue régionaliste, dont le secrétaire, Ferran Agulló, réclamait à présent le silence :

« Chers amis, nous comptons aujourd'hui parmi nous l'ami Oller, notre grand écrivain, et je vous invite à écouter la lecture de son article pour *La Veu de Catalunya*. Personne ne voit aussi juste que lui. Mon cher Narcís, quand tu voudras… »

L'écrivain se leva lentement au milieu des applaudissements et il sourit à l'assistance. Un silence presque religieux se fit et Oller se racla la gorge avant de commencer à lire. Albert l'observa de ce regard teinté de cynisme avec lequel il contemplait ce milieu social qui était à présent le sien, mais pas totalement toutefois. « Le grand Narcís Oller ! » se dit-il en applaudissant, et il lui vint une idée qui le rendit soudain heureux : il eut la conviction soudaine que sa présence – à lui, Albert, qui s'était enrichi grâce à d'impitoyables spéculations boursières – devant cet homme était une grimace bouffonne des dieux « qui se moquent bien des perdants » ! Il était sous le même toit que l'écrivain qui avait décrit la débauche financière des années 1880, une époque où tous et chacun bâtissaient des châteaux en Espagne qui s'évanouissaient au premier coup de vent ! Or

Albert avait construit le sien avec constance et intelligence, en pierres de taille et avec un sens aigu de la fragilité de la fortune, de l'argent « qui file vite quand il vient vite ». Il était sans conteste un de ces personnages de *La Fièvre de l'or* d'Oller, à cette différence près que, contrairement au personnage principal du roman, il n'avait pas perdu sa fortune ! « Le grand Oller ! » se répétait-il, content de lui, convaincu d'être le plus malin de l'assemblée.

Albert avait adhéré très tôt à la Ligue régionaliste, quelques mois après sa création, en même temps que son ami Xió, peut-être la seule personne de toute cette société de nantis qu'il jugeait proche de lui parce qu'il était, comme lui, un nouveau venu, un nouveau riche, un parvenu à qui sa fortune soudaine avait permis d'acheter le statut social dont il jouissait. Mais à la différence de son ami, catholique pratiquant, assidu à la messe quotidienne, et par ailleurs fervent défenseur de l'autonomie de la Catalogne, Albert n'avait aucune idéologie et pas non plus d'idéal. Son adhésion militante à la Ligue régionaliste n'était qu'une démarche supplémentaire en vue de consolider sa position sociale, une manière de s'introduire dans ce milieu barcelonais inaccessible aux intrus, d'en faire partie.

En définitive, malgré son peu d'intérêt pour la politique, il comprenait très bien le jeu d'alliances et d'influences garantissant le statut qui était maintenant le sien et sans lequel il n'aurait jamais pu réaliser de grosses affaires. Et même s'il méprisait avec conviction les manœuvres politiques, il lisait avec la même conviction apparente *La Veu de Catalunya*, et il se montrait capable de débattre de n'importe quel sujet pointu s'il sortait dans la conversation. Au point qu'il se disait souvent qu'il devait abriter quelque talent caché d'acteur, parce qu'il n'avait pas son pareil pour lâcher des remarques acerbes contre les impôts de Madrid ou les abus du roi, ou pour faire l'éloge de l'autonomie, osant même s'aventurer à aborder des sujets de politique étrangère. Comme le jour de la proclamation d'indépendance de la Norvège, quelques mois plus tôt. *La Veu de Catalunya* avait fait ses choux gras de l'événement, qui occupa toutes les colonnes à la une et alimenta les conversations de la Ligue régionaliste durant des semaines entières, période au cours de laquelle l'idée d'un État catalan était montée d'un cran. Albert envisageait plus volontiers une autonomie au sein de la monarchie espagnole. C'était à son avis la seule façon d'éviter à la Catalogne un soulèvement. Il craignait par-dessus tout la survenue de mouvements radicaux susceptibles de mettre en péril sa position sociale conquise de haute lutte. C'était déjà bien assez des bombes des anarchistes qui semaient la terreur à tous les coins de rue. Dès qu'il évoquait les anarchistes, le souvenir de la bombe lancée au parterre du Liceu le mettait de fort mauvaise humeur, comme si sa propre famille avait été visée dans cette tragédie. Après tout, cet attentat visait la position sociale qu'il était parvenu à atteindre, et par conséquent elle le visait, lui aussi.

Aussi, lors de la visite du roi Alphonse XIII à Barcelone, en 1904, Albert avait-il assisté à la cérémonie, applaudissant des deux mains le discours de bienvenue de Francesc Cambó, chargé d'accueillir le monarque. Il n'approuvait pas la position de l'avocat républicain Jaume Carner, de l'architecte Domènech i Montaner ou d'autres, qui souhaitaient boycotter la visite du Bourbon, et quand tous ceux qui s'opposaient à cette visite royale quittèrent la Ligue, Albert estima qu'ils s'étaient libérés d'un poids. « Ils étaient trop libéraux, alors que nous, nous sommes des gens sérieux et soucieux de l'ordre. » Bien sûr, après la scission était venu le temps de la défaite, mais cette conséquence ne lui avait pas fait changer d'avis.

Ils aimaient l'ordre et ils écrivaient des discours organisés, méthodiques, comme l'était, selon Albert, celui prononcé par Francesc Cambó devant Alphonse XIII. Certains s'exclamaient, louangeurs : « Méthodique, certes, mais courageux aussi, car il a réclamé l'autonomie municipale devant le roi en personne ! », tandis que d'autres le blâmaient. Albert et le courant conservateur faisaient valoir la hardiesse de Cambó mais les défenseurs de l'autonomie régionale jugeaient ce discours servile et pusillanime. Albert avait trouvé la confirmation de sa conviction que Cambó avait raison dans la tentative d'attentat perpétrée contre le président du gouvernement, Antonio Maura, qui se trouvait aux côtés du roi devant la basilique de la Mercè. Aucun doute, il fallait être prudent.

De toute façon, dans cette visite, le plus important n'était ni le discours de Cambó, ni le fait que Maura était miraculeusement sorti indemne de l'attaque au poignard, mais sa présence à lui, Albert, à la réception donnée en l'honneur d'Alphonse XIII. Être autorisé à pénétrer dans cette salle, en présence du roi, représentait la consolidation indubitable de sa position sociale. S'il devait désormais se battre pour quelque chose, ce ne serait ni pour une révolution, ni pour un idéal, mais pour empêcher quiconque de mettre en péril ce qu'il avait acquis.

Il était cynique, ou plutôt il l'était devenu, et quand son fils Enric lui crachait des reproches acides au visage et l'accusait d'être une honte pour sa famille, d'avoir trahi la mémoire de tous ses ancêtres tombés sous les balles, de ne pas mériter une grand-mère comme Mariona, qui s'était révoltée pour lui sauver la vie et qui s'en était sortie vivante par miracle… quand toutes ces critiques sortaient de la bouche d'un fils de plus en plus distant, il n'avait qu'une seule réponse : « Toi, tu n'iras pas mourir à la guerre, parce que moi, ton père, je pourrai acheter ta liberté. »

À quoi donc servaient tout cet héroïsme, ces exploits, ces manifestations, ces émeutes, si ce n'était à accumuler des cadavres, se demandait-il. Raffermi dans ses convictions et libéré de tout soupçon de mauvaise conscience, il réajusta son haut-de-forme et il continua son chemin sur la Rambla de Catalunya, convaincu que la rébellion était une affaire de perdants.

Avant d'arriver chez lui, il prit plaisir à se rappeler ses années à Cuba. Il s'adonnait fréquemment à cet exercice. Ces souvenirs avaient cessé d'être douloureux et ils lui procuraient au contraire un apaisement en le confortant dans les décisions qu'il avait prises au cours des années suivantes, même celles qui relevaient du délit aux yeux des autres. « Espèce de scélérat ! » pensa-t-il en éclatant de rire, heureux de se savoir impuni pour les actes frauduleux, et même violents, qui avaient fait de lui un homme riche. Il avait abusé, spéculé, volé ; il avait tué un homme surtout. Sans cette mort, qu'il n'avait pas souhaitée mais simplement considérée comme nécessaire, il n'aurait jamais pu s'enrichir. À cette pensée il s'arrêta net, et il crut pendant un bref instant que sa conscience l'interpellait. Ce n'était qu'un mirage. Il avait appris depuis de nombreuses années à éprouver de la fierté pour l'homme qu'il était devenu. En outre, ne l'avait-on pas envoyé tuer des gens de l'autre côté de l'océan sans autre raison que la défense des intérêts des puissants ? Qui lui reprocherait d'avoir tué un homme, un seul, pour défendre ses propres intérêts ? Était-il plus méprisable, lui qui avait assassiné un malheureux vieillard décrépit et plein aux as – un tas d'argent qui aurait été perdu –, que le marquis de Comillas qui envoyait des milliers d'hommes à la boucherie et à la mort ? Le monde dans lequel il vivait était une jungle où les forts dévoraient les faibles sans aucune pitié ni le moindre remords.

« Dans la vie, la seule règle qui compte, c'est le succès », affirma-t-il pour lui-même, certain que la réussite sociale était la grande blanchisseuse des péchés ; rien d'autre ne les faisait aussi bien disparaître. Il poursuivit sa promenade, libéré de tout mauvais souvenir et de toute culpabilité.

Un souvenir de la guerre avait néanmoins conservé intacte toute sa capacité à le tourmenter, encore et toujours. On aurait dit un poinçon perpétuellement affûté malgré les années et la rouille. C'était le souvenir de la chaleur asphyxiante des sucreries en flammes, incendiées par les soldats du dirigeant indépendantiste cubain Céspedes, qui s'attachait à détruire la principale source de richesse de l'Empire espagnol. Ses soldats mettaient le feu aux bâtiments en hurlant « *¡Viva Cuba libre!* », un cri de ralliement baptisé « cri de Yara », du nom du village où ils avaient affronté les Espagnols pour la première fois. Albert l'avait appris de la bouche d'un métisse d'un âge indéfinissable – il avait dû naître vieux, songeait Albert –, chargé de la pitance dans le couvent transformé en caserne où il avait passé les premiers mois.

Les feux prenaient avec violence, saturant rapidement l'atmosphère d'une épaisse fumée qui empêchait les recrues espagnoles de voir d'où venait l'ennemi et leur brûlait la gorge, les laissant sans souffle. Souvent, dans leur course folle pour échapper à la mort, les hommes passaient sur le corps des plus jeunes qui s'écroulaient, au bord de l'asphyxie. Albert était certain d'avoir un jour piétiné le corps d'un de ses camarades.

En arrivant à La Havane, il ignorait tout de la canne à sucre, de l'industrie sucrière et des sucreries, mais aussi de tout ce qui concernait cette île inhospitalière, sans parler du métier de soldat, et il ne connaissait de la guerre que la peur qui l'envahissait à sa simple idée. Pourtant, la traversée lui avait fourni un avant-goût amer de ce qui l'attendait et son premier contact avec la mort. Il avait embarqué à bord d'un imposant navire marchand amarré dans le port de Barcelone, le *Guipúzcoa*, un bâtiment appartenant à la compagnie d'Antonio López. C'était bien avant que ce dernier devienne marquis de Comillas, et encore bien avant que lui, Albert, ne fasse sa connaissance, invité dans sa vaste demeure sur la Rambla.

« Ce jour-là, quand j'ai frappé à la porte… », se rappela-t-il à lui-même avec un plaisir si intense qu'il en devenait presque douloureux. Il se souvenait de la date précise de sa première invitation à une fête de la haute société, le 15 juin 1882. Il avait fait fortune quelques mois plus tôt et son nom commençait à circuler dans la bonne société de Barcelone, mais l'invitation de la famille López était arrivée de manière fortuite. Des banquiers avec lesquels il était en affaires lui avaient proposé de les accompagner. Personne ne savait que ce jeune entrepreneur qu'on saluait poliment avait été un de ces conscrits enrôlés pour aller faire la guerre à Cuba. La vie possédait cela d'étrange qu'un jour on embarquait sur le paquebot du marquis pour combattre outre-mer et que douze ans plus tard on comptait parmi les invités distingués de la réception qu'il organisait chez lui. Du caniveau au pinacle, de la défaite à la victoire, de la condition de recrue sans le sou et sans qualité à celle de monsieur à chapeau haut-de-forme et moustache à la hongroise convié aux réceptions de ceux qui l'avaient envoyé à la guerre.

Il se délecta à l'évocation de ce souvenir. Il se rappelait cette journée dans ses moindres détails, à commencer par la magnifique façade de la demeure des López construite en pierre de Montjuïc et ornée de sculptures de la déesse de la Fortune « *et d'Hermès,* ajouterait plus tard le marquis en personne à son intention, *le messager des dieux de l'Olympe, gardien des frontières et protecteur des voyageurs* ». Il s'apprêtait à pénétrer dans la magnifique maison des puissants armateurs qui transportaient les soldats, lui, Albert, l'homme qui des années plus tôt avait traversé l'océan avec des centaines d'autres misérables entassés comme du bétail, en proie à la faim, à la soif et sous un soleil de plomb, voyant périr autour de lui beaucoup de ces âmes épouvantées, ravagées par les fièvres et les infections, lui qui n'était personne, simple chair à canon, rognure de l'impôt du sang des pauvres. Il avait été invité sur l'Olympe par les dieux, car il était déjà des leurs. Avec Elisenda à son bras, vêtue comme une grande dame – « Ma mère ne sera jamais une grande dame, lui lancerait son fils Enric des années plus tard au cours d'une de leurs âpres disputes, parce qu'elle est la fille de pauvres gens » –, « vêtue comme une grande dame, parce que l'habit fait le moine dans le monde où nous vivons », se disait-il, il avait soulevé le heurtoir de la porte avec un orgueil qui balayait d'un coup des siècles de pauvreté. Puis, en traversant les salons ornés de motifs dorés, en observant les lourdes tentures recouvrant les murs et les verres de cristal remplis de vins délicieux que les serviteurs lui tendaient, il comprit que son unique objectif, dans la vie, serait désormais de ne jamais plus retomber dans sa misère passée.

Le bateau pouvait accueillir mille soldats, un nombre fictif que démentaient les centaines de corps entassés sur le pont des paquebots traversant l'Atlantique. Le *Guipúzcoa* était si surchargé que du côté où se trouvait Albert, le nombre de recrues atteignait déjà le millier officiellement admis, tandis que de l'autre côté, imaginait-il, dans un espace équivalent, voyageaient assurément la même quantité de conscrits.

Ils étaient si nombreux que beaucoup n'avaient pas la place de s'asseoir et devaient rester debout. Pendant la journée, le soleil les frappait sans pitié, et la nuit le chœur des plaintes et des sanglots de cette masse humaine produisait une musique lugubre qui accompagnait le sommeil des chanceux qui parvenaient à dormir. L'eau était très rare et la nourriture très chiche. L'air marin salé attaquait les lèvres et la peau de nombreux jeunes gens, particulièrement ceux originaires de régions montagneuses. Le pire pour Albert, de plus en plus affaibli et effrayé, c'était la pestilence que dégageaient les corps entassés dans un espace réduit, un mélange d'effluves de sueur épaisse et d'excréments, parce qu'ils faisaient souvent sous eux. Pendant les deux semaines de la traversée, ils eurent la possibilité de se laver à deux reprises, à l'eau de mer ; le sel lui causa de telles démangeaisons qu'il jugea finalement la puanteur préférable.

Le troisième jour de la traversée quelqu'un avait signalé un jeune homme qui ne bougeait plus. C'était un échalas avec d'immenses yeux bleus qui lui mangeaient le visage et une peau aussi fine que celle d'une jeune fille. Albert pensait qu'il n'avait pas plus de seize ans. Il n'avait jamais parlé avec lui, comme presque personne d'ailleurs, il restait toujours tout seul dans son coin, silencieux. On l'avait retrouvé mort aux premières lueurs du jour, mais le médecin s'était montré incapable d'affirmer quand il avait cessé de respirer et ce qui lui était arrivé. Après avoir certifié le décès, le capitaine avait ordonné qu'on l'enroule dans la couverture sur laquelle il gisait, en guise de linceul, et le soir même, en présence de l'officier le plus ancien, le capitaine et l'aumônier avaient lesté le corps d'une pièce de fer attachée à ses pieds avant de le jeter à la mer. Le bruit du cadavre tombant dans l'eau avait couvert momentanément le Pater noster récité par l'aumônier dans un silence insolite au milieu de cette fourmilière humaine.

Les profondeurs obscures de l'océan avaient englouti la dépouille du garçon. « Ça fera de la viande pour les requins ! » avait crié à la cantonade un soldat qui se trouvait près d'Albert, que l'idée de cette jeune vie déjà riche d'une famille, de souvenirs et d'espérances soudain transformée en morceau de viande jeté aux poissons avait poursuivi toute la nuit. Elle avait déclenché en lui des images si terrifiantes qu'il finissait par croire qu'il en mourrait de peur.

« De la bidoche avec deux yeux, voilà ce qu'on était, nous, les soldats de cette guerre », se dit-il, et il s'arrêta brusquement sur la Rambla, saisi d'effroi, comme transporté sur le pont du navire le soir où le corps du jeune homme de seize ans avait été jeté par-dessus bord. Il se ressaisit immédiatement, car ce souvenir de cadavre n'était que le premier des dizaines d'autres susceptibles de réapparaître s'il n'avait pas décidé de les effacer de sa mémoire, de les chasser de sa vie comme s'ils n'avaient jamais existé. Ils existaient pourtant. Le bruit du corps fendant l'eau résonnait encore dans son terrier d'oubli idyllique, refuge de la nouvelle vie qu'il s'était inventée.

D'autres avaient suivi ce premier soldat, l'un après l'autre, et il avait vu mourir à ses côtés plus d'une centaine de jeunes gens. Certains s'éteignaient subitement, comme une flamme, mais la plupart succombaient après de grosses fièvres qui provoquaient des convulsions et d'atroces maux de tête les faisant hurler de douleur.

Les choses se déroulaient toujours de la même façon. On annonçait la présence d'un malade et après la visite du médecin, il était transporté à l'infirmerie située dans la cale. Là, les soldats gisaient sur des couchettes en toile superposées sur trois étages. Il y avait tant de monde qu'on circulait à peine dans les passages étroits entre les rangées de malades. Un long tuyau de toile relié à l'écoutille avait beau ventiler la cale, cette dernière était si vaste et obscure que l'atmosphère en était irrespirable. Le médecin n'y faisait que de très brèves visites, convaincu que dans cette infirmerie improvisée la maladie empirait plutôt qu'elle ne guérissait, et par ailleurs le nombre de soldats malades était si élevé qu'il lui était impossible de faire face.

Albert n'était descendu dans la cale que vers la fin du voyage, trois jours avant d'arriver à La Havane, lorsqu'un garçon de Badalona devenu son ami avait commencé à agoniser. C'était un jeune homme courageux et gai, doté d'une force physique qui lui conférait une apparence indestructible. Il avait protégé Albert plus d'une fois au cours des bagarres qui éclataient entre les soldats au moment de la distribution des rations, lorsqu'il n'y en avait pas assez pour tout le monde. Il lui racontait que les Cubains étaient apathiques par nature et qu'ils n'avaient rien à voir avec les soldats catalans. « On va débarquer, en tuer quelques-uns et rentrer à la maison, tu verras ! », et il riait à gorge déployée, transmettant sa bonne humeur aux autres. Il s'appelait Faustí, mais tout le monde l'appelait Tinet, « une idée de ma mère ». Il avait résisté pendant quinze jours à la fièvre et aux convulsions qui l'assaillaient sans relâche. Lorsque Albert descendit dans la cale pour lui dire adieu – « *Allez-y vite, il n'en a plus pour longtemps* », lui avait dit le sergent –, l'humidité était telle qu'il fut saisi de violents haut-le-cœur. Il reconnut à peine son ami, tout ratatiné ; sa peau avait pris une teinte jaunâtre et son regard était devenu sombre, comme s'il ne voyait plus. Il ne mourut que quelques heures plus tard, mais pour Albert c'était déjà un cadavre. « Va voir mes parents et embrasse ma mère, moi je ne pourrai pas », lui dit-il, le souffle court. Albert lui promit qu'il le ferait. Ce serment lui parut sacré pendant quelque temps, mais à mesure que la guerre l'assombrissait, les promesses, comme les rêves et les tendresses, s'évanouissaient peu à peu, dévorés par les ténèbres. Il n'alla jamais à Badalona rendre visite aux parents de son camarade.

Ils passèrent du bateau au train, entassés dans des wagons qui les conduisaient à l'intérieur des terres, plus serrés encore que dans la cale. Et après les trains, ils prirent toutes sortes de moyens de transport, à traction animale le plus souvent, pour atteindre la caserne où ils devaient se présenter. Albert fut affecté au couvent de Nuestra Señora de la Merced, la Sociedad y la del Santo Cristo, à Camagüey, et il comprit immédiatement que ce serait un enfer. À peine étaient-ils descendus des chariots dans lesquels ils avaient voyagé des heures, qu'on leur ordonna de former les rangs. Le spectacle de ce défilé d'hommes en uniforme de campagne, blouse et pantalons de toile rayée bleu et blanc, panamas enfoncés sur le crâne, lui parut grotesque, image d'une armée d'opérette plutôt que d'un théâtre d'opérations militaires. Mais il était bien là, dans sa tenue en coton milleraies, avec son panama, sa ceinture et ses bretelles de suspension des cartouchières, brandissant le fusil qui était censé lui sauver la vie. Les soldats, par rangées, furent répartis en différents lieux, situés pour la plupart en dehors du couvent. Le bataillon d'Albert fut envoyé au quartier des chevaux, une sorte d'écurie sans toit dont la puanteur le prit à la gorge. On leur ordonna de poser leurs sacs à même le sol, à côté des chevaux, puis on leur distribua une gourde en fer-blanc passée au vernis noir, une gamelle, une assiette en étain et une cuiller à manche court qu'ils devaient conserver avec soin pendant tout leur séjour, car s'ils la perdaient, ils n'en recevraient pas d'autre et ils devraient manger avec les doigts. « *Vous mangerez et vous dormirez ici, et débrouillez-vous pour que les chevaux ne vous chient pas dessus* », leur dit d'une voix rauque le sergent du régiment, avant de leur donner la permission de se reposer. Ils s'accroupirent et entamèrent leur ration, un ragoût de pois chiches et de haricots qu'Albert, affamé depuis des jours, trouva absolument délicieux.

Cet endroit serait sa couche pendant les semaines suivantes. La première nuit, il s'imagina être tué par une ruade de cheval ou des suites d'une infection provoquée par les déjections qui l'éclaboussaient inévitablement en touchant le sol. Son voisin, un jeune garçon, presque un enfant, pleura jusqu'au matin en réclamant sa mère. Albert ne versa aucune larme, mais il était tout aussi tenaillé par la peur, et seul le souvenir de sa mère, Mercè, parvint à le calmer. Cette nuit-là il rêva qu'il redevenait un nourrisson et que sa mère lui donnait le sein.

Il ne tarda pas à comprendre que Cuba ne leur laisserait aucun répit, comme s'ils devaient affronter une conjuration de dieux leur ayant déclaré la guerre. D'un côté, il y avait les combats n'obéissant à aucune règle précise, des batailles sans front, et ils ne savaient jamais d'où venait l'ennemi. Lors de son premier corps à corps avec les soldats de Céspedes, il comprit que ces hommes n'avaient rien à perdre et leur vouaient une haine farouche. « *À la machette, à la machette, fils de putes blanches !* » hurlaient-ils en abattant sur eux l'énorme coutelas qu'ils maniaient aussi facilement qu'une plume. Autour de lui ce n'étaient que des corps déchiquetés et, en proie à la panique qui le gagnait, Albert aperçut un jeune Noir émacié qui s'acharnait à poignarder un soldat mort, comme s'il voulait s'assurer qu'il n'en sortirait pas vivant. Quand il en eut assez, il passa sa langue sur la lame de la machette et il s'écria : « *Assez mangé pour aujourd'hui !* » C'était la première bataille à laquelle Albert participait et elle fut si atroce qu'il pensa ne jamais rentrer vivant chez lui. Pendant la retraite, le pire fut le transport des blessés, dont beaucoup avaient la clavicule cassée. Les guérilleros cubains frappaient à la base du cou, de sorte que si le coup de machette ne tuait pas tout de suite, la blessure mortelle achevait l'ennemi quelques heures plus tard. Les années avaient passé mais l'homme riche et respectable qui flânait sur la Rambla avant de rentrer chez lui se demandait toujours comment il avait fait pour s'en tirer.

Non seulement des hordes de Cubains leur tombaient dessus à tout moment et de tous côtés, comme des spectres, mais c'était l'île dans sa totalité qu'ils subissaient : la chaleur, l'humidité, les essaims de moustiques, les infections, les vomissements, les marches interminables sur des sols boueux qui engloutissaient leurs chaussures et leur laissaient les pieds couverts d'ampoules. Ils ne combattaient pas seulement des hommes armés qui les haïssaient, mais toute une nature révoltée, qui avait décidé de les chasser de son territoire. Albert se remémorait souvent le couplet qu'ils entendaient chanter sur leur passage, dans les villages de l'intérieur…

La chaleur, pour nous,
C'est pas grand-chose.
Mais à vous, elle donne
La fièvre jaune.

Les Cubains se moquaient de ces jeunes mal nourris et encore plus mal vêtus qui prétendaient défendre la couronne d'Espagne. Tous leurs efforts étaient vains, car la terre et aussi le ciel leur avaient déclaré la guerre. Aussi Albert prit-il l'habitude dès les premières semaines, et bien qu'il ne fût pas particulièrement croyant, de réciter un Pater noster tous les soirs, persuadé que Dieu n'était pas du côté de l'armée espagnole et que la seule chose qu'il obtiendrait, s'il l'écoutait, ce serait peut-être de s'en tirer vivant. Par la suite, il oublia également de prier.

Pourtant, s'il avait eu un brin de conscience politique une fois dans sa vie, c'était pendant la guerre de Cuba, lorsqu'il avait compris que la haine farouche des guérilleros était la réponse à la brutalité des Espagnols qui les opprimaient et les spoliaient sans scrupule. Il s'en aperçut peu à peu, lentement et de façon presque imperceptible. À son arrivée sur l'île, il ne songeait qu'à tuer le plus de Cubains possible afin de rentrer chez lui au plus vite. Il avait tout quitté à cause de cette guerre et, pour mieux supporter la terreur qu'elle lui inspirait, il s'était peu à peu convaincu qu'il haïssait l'île tout entière, cette Cuba révoltée qui l'avait obligé à abandonner son foyer, à traverser l'océan avec d'autres soldats entassés comme du bétail, et à apprendre à tuer pour ne pas mourir. Les premiers affrontements et la vue des machettes qui s'abattaient sur la gorge et les épaules de ses camarades de régiment avaient attisé sa soif meurtrière. Ce peuple qui lui semblait cruel et sauvage méritait seulement d'être maté. Les Cubains qui collaboraient avec la Couronne leur rapportaient des récits effroyables sur les guérilleros, des histoires de viols, de bûchers humains, de tortures... En entendant cela, Albert n'avait qu'une hâte, celle d'aller se battre, lui-même surpris par son propre courage. Or peu à peu, sans savoir exactement comment, il commença à nourrir une certaine admiration pour ces hommes qui voulaient libérer leur patrie, et ce sentiment grandit quand les nouvelles du siège de la plantation de café La Indiana leur parvinrent.

L'Indiana se trouvait dans la province de Guantánamo, au sud de l'île, une région qu'Albert connaissait de nom parce qu'elle abritait un important camp de ravitaillement de l'armée espagnole. Le récit de la bataille de la plantation s'était répandu d'un bout à l'autre de l'île, et malgré les tentatives des Espagnols pour faire circuler une version moins désastreuse pour eux, l'histoire retint l'acte héroïque des guérilleros. C'est ainsi qu'Albert apprit les faits. Deux cents Cubains placés sous le commandement des frères Maceo avaient tenté de prendre d'assaut La Indiana, une attaque au cours de laquelle plus de soixante-dix hommes avaient péri dans les trois lignes de tranchées qui protégeaient le camp et José Maceo avait été capturé. Ils avaient alors sonné la retraite mais ce n'était que partie remise, car Antonio Maceo refusait d'abandonner son frère. Il élabora sa stratégie puis il choisit vingt soldats parmi ses meilleurs qu'il organisa en cinq groupes, et il lança une attaque-surprise sur le fortin. Ces vingt guérilleros firent preuve d'un courage inouï, réussissant à tuer presque tous les Espagnols, à libérer José Maceo et à s'emparer d'un riche butin composé d'armes, de vivres et de vêtements. Ce fut la première grande victoire des Cubains.

Cet exploit fit une impression si vive sur Albert qu'il songea que seules la fierté et la volonté de venger sa terre des outrages subis pouvaient motiver un tel héroïsme. Il en vint ainsi à penser que dans cette guerre, il n'était pas du bon côté. Trois mois plus tard, les Espagnols firent fusiller huit étudiants en médecine, condamnés simplement pour avoir pénétré dans un cimetière et arraché les fleurs de la tombe de Gonzalo Castañón, un fonctionnaire de la Couronne auteur de violentes diatribes contre les séparatistes dans *La Voz de Cuba* et tué lors d'un duel pour l'honneur de l'Espagne aux États-Unis. Albert comprit que, plus généralement, il se trouvait dans le mauvais camp de l'histoire. Il était catalan, et encore que ce fait ne l'eût pas poussé à s'engager politiquement et les idées républicaines défendues dans sa famille ne le séduisissent pas particulièrement, il avait ressenti une vibration en lui. Comme une prise de conscience du lien invisible qui unissait les Catalans et les Cubains, pareillement sous le joug des Espagnols. Son admiration pour l'armée de Céspedes, qu'il devait combattre, atteignit son apogée, au point qu'un soir de forte exaspération à l'idée du sort qui était le sien, il entonna silencieusement, dans sa tête, *La Bayamesa*. C'était sa vengeance silencieuse contre la Couronne qui l'avait conduit en enfer.

« *La Bayamesa* ! Comment était-ce déjà ? » se demanda-t-il, et l'hymne de la lutte cubaine retentit soudain au beau milieu de la Rambla de Catalunya, échappé de la bouche d'un ancien conscrit désormais vêtu comme un milord…

Bayamais, courez au combat,
La Patrie orgueilleuse vous contemple ;
Ne redoutez pas une mort glorieuse,
C'est vivre que mourir pour la Patrie.

Plus tard, le soldat Albert souffrit des diarrhées tropicales qui l'affaiblirent au point de ne plus pouvoir marcher, puis il contracta la variole qui marqua à jamais son visage. Ce fut toutefois une autre maladie qui, en le conduisant au seuil de la mort, fut son passeport pour la vie. Il attrapa la fièvre jaune au cœur du mois d'août, au cours d'une épidémie d'une telle ampleur que les hôpitaux manquaient de place pour soigner tous les soldats atteints. Albert fut donc transporté dans un village de Matanzas, dans une maison occupée par une centaine de malades répartis dans toutes les pièces. Là, il lutta pendant des semaines entre vomissements noirs et accès de fièvre qui explosaient comme des bombes dans sa tête. Il aurait pu mourir, comme les cinq cents soldats de son bataillon qui succombèrent à la maladie, mais il survécut une nouvelle fois. Il se remit de la fièvre jaune, mais il n'avait que la peau sur les os et le souffle court. Le capitaine du bataillon lui donna son congé, et ce qui restait de l'homme arrivé deux ans plus tôt embarqua pour Barcelone. « J'en suis revenu, contre vents et marées ! » Un sentiment de puissance l'envahit à nouveau.

Il était arrivé devant chez lui depuis un moment, mais il restait plongé dans ses pensées, comme s'il se refusait à laisser s'enfuir le souvenir des années sombres qui avaient été l'antichambre de sa réussite. Cuba était le pire souvenir de sa vie, mais cette guerre et cette terre l'avaient forgé et rendu indestructible, et grâce à elle, non seulement il habitait maintenant un bel hôtel particulier, il avait passé la soirée en compagnie d'illustres concitoyens et il comptait au nombre des membres reconnus de la Ligue régionaliste, mais en outre il avait été invité à la réception d'Alphonse XIII, il connaissait Narcís Oller, et sa femme s'habillait chez les meilleurs couturiers, comme une grande dame.

Il devait sa situation actuelle au fait d'avoir survécu à une guerre sauvage contre les hommes et les dieux, et de s'être relevé et d'avoir vaincu au lieu de se laisser abattre. Il était un rescapé, et rien de ce qu'il avait fait par la suite ne lui semblait immoral, car la survie ignorait le remords, ne ressentant que la faim, la soif et la colère.

Albert ouvrit la porte et entra chez lui, sans une once de mauvaise conscience.

Une mort au crépuscule

ALBERT POSSÉDAIT DEPUIS QUATRE ANS un hôtel particulier dans la rue de Provença, presque au croisement du Passeig de Gràcia, où il vivait avec les siens. Le bâtiment, construit en 1880, avait été rénové au début du siècle, dans le sillage de nombreux autres édifices du quartier. Lorsque Albert rencontrait l'architecte Domènech i Montaner aux réunions de la Ligue régionaliste, il le saluait souvent par ces mots : « Mon cher Lluís, j'arrive de votre hôtel », ce à quoi l'architecte répondait invariablement : « Il tient encore debout ? », et tous deux riaient de la plaisanterie. En réalité, la maison d'Albert avait été remodelée par le jeune Jujol, sous la supervision de Domènech i Montaner, qu'il aidait dans de nombreux chantiers. « Jujol travaille ici aussi », se rengorgeait l'ancien soldat chaque fois qu'il passait devant l'hôtel que Gaudí était en train de faire construire pour l'industriel Josep Batlló, une réalisation qui promettait de faire grand bruit. Ce chantier, qui était sur toutes les lèvres, faisait l'objet de toutes les prédictions, « une magnifique demeure » pour les uns, « un fiasco » pour les autres. Albert connaissait les Batlló depuis 1889, quand les anarchistes avaient fait exploser une bombe dite Orsini dans leur entrepôt des Ramblas, tuant un de leurs employés. Le tout-Barcelone avait témoigné son soutien à l'industriel. Albert ne resta pas en marge. Il assista aux funérailles, accompagné d'Elisenda et de son fils Avel·lí, âgé de dix ans à peine, et il put ainsi présenter personnellement ses condoléances à ce grand bourgeois qui participait peu à la vie mondaine barcelonaise. Par la suite, il conclut quelques affaires avec lui, modestes, parce que M. Batlló évoluait dans des sphères plus élevées.

« Ces anarchistes ! Ils vont tout faire sauter avec leurs bombes, les imbéciles ! Et ne parlons pas de ce fou de professeur Ferrer i Guàrdia, avec ses idées anticatholiques, et puis Lerroux, qui provoque les pauvres avec toutes sortes de bêtises. Dieu sait où cela nous mènera ! » se récriait Domènech i Montaner, et Albert avec lui, pendant les réunions du parti, et aussi chez lui, devant ses amis et ses enfants, et devant qui voulait l'entendre. La seule chose qui inquiétait vraiment Albert était l'union des bombes, des idées révolutionnaires et du républicanisme de Lerroux, un cocktail explosif susceptible de détruire l'empire qu'il lui avait tant coûté de bâtir. « C'est la triade de la destruction, ajoutait-il, désespéré. De combien de bombes avons-nous déjà souffert ? Combien d'autres ces sauvages feront-ils encore éclater ! » À ce stade, il dressait invariablement l'inventaire des agressions commises : « Joan Oliva contre le roi, les deux bombes au siège de l'organisation patronale catalane, une chez Batlló et une autre qu'ils voulaient faire exploser au domicile de Cánovas del Castillo, sans oublier celle de Paulí Pallàs contre le capitaine général… » Quand il arrivait à celle du Liceu, il s'arrêtait, respirait profondément et se signait en mémoire de la vingtaine de victimes de Santiago Salvador – « Que ce salopard brûle à jamais en enfer. » Alors, où qu'il se trouvât, il y avait toujours quelqu'un pour évoquer une de ses connaissances elle aussi touchée, ou l'enterrement des victimes, ou encore, et surtout, l'exécution de l'anarchiste Salvador soumis au supplice du garrot, le seul souvenir de cette tragédie qui mettait l'assemblée de bonne humeur.

En dehors des bombes anarchistes, des agissements des lerrouxistes et de l'idéologie des professeurs révolutionnaires, qui ne l'inquiétaient que lorsqu'il en parlait, Albert menait une vie paisible. De plus, depuis qu'il vivait rue de

Provença, il était rempli d'orgueil à la simple idée d'habiter un hôtel remodelé par des architectes célèbres, figures de proue du modernisme, le mouvement artistique en vogue, et au cœur d'un quartier peuplé de gens puissants. « Les frères Badia i Miarnau ont réalisé tous les ouvrages en ferronnerie, et l'atelier Pelegrí, toutes les céramiques. Ils se sont également occupés de notre maison », lui avait expliqué un voisin. Cette information avait redoublé l'orgueil qu'il éprouvait pour le bâtiment qu'il avait acheté, symbole de sa puissance sociale. « Les meilleurs architectes, Elisenda, et les plus grands ferronniers et céramistes de Barcelone ! Que souhaiter de plus ? » s'exclamait-il en serrant sa femme dans ses bras, et aussi son fils Avel·lí, qui comprenait ce qu'il ressentait et ne lui faisait aucun reproche. Il ne serait jamais un bourgeois, il le savait bien, mais cela ne l'empêchait pas d'être un membre reconnu de la bourgeoisie, même s'il y était entré par la petite porte. « Certes, mais à présent j'ai un magnifique portail sur la rue ! » plaisantait-il, euphorique.

Albert avait emménagé dans sa nouvelle demeure au tournant du siècle, un mois après la fin des travaux de l'hôtel de M. Amatller, à côté duquel la famille Batlló bâtissait maintenant le sien. En découvrant la demeure des chocolatiers Amatller, il avait cru voir un palais scandinave, comme si les rois du Danemark étaient venus s'établir sur le Passeig de Gràcia, et la maison lui avait paru à la fois étrange et curieusement belle. Il avait été saisi d'admiration devant la façade de Puig i Cadafalch avec son grand pignon à escalier à la flamande, les ornements d'inspiration médiévale, les sgraffites et les céramiques vitrifiées rouges provenant de Valence, d'après ce qu'il avait entendu dire. Toutefois, rien ne l'impressionna autant que les portes d'entrée ornées d'un saint Georges terrassant le dragon sculpté par Eusebi Arnau. Elles s'ouvraient sur un vestibule éclairé par trois grandes lampes en bronze d'où partait un élégant escalier menant à l'étage noble. Albert n'y était entré qu'une seule fois, en compagnie d'Elisenda, le jour où les Amatller avaient invité des hommes d'affaires et des gens de la culture à écouter une harpiste de la Scala de Milan qui séjournait chez eux. Albert était incapable de comprendre cette musique harmonieuse et pour éviter de somnoler il observa minutieusement les détails de l'immense salon, dont la décoration fastueuse née d'une imagination exubérante évoquait celle d'un palais royal. Il contempla le plafond très haut garni de sgraffites et de poutres polychromes puis les sols en marbre blanc décorés de mosaïques romaines, tellement brillants qu'on hésitait à les fouler. Deux éléments attirèrent particulièrement son regard, la cheminée centrale monumentale et la colonne de marbre rose du mirador, qui ne soutenait rien. « Quelle drôle d'idée de construire une colonne qui ne sert à rien ! » dit-il à sa femme en sortant de chez les Amatller, et il ajouta, l'air joyeux : « Voilà ce que c'est que d'être riche, Elisenda. Être riche, c'est dresser des colonnes au milieu de ton salon, rien que pour le plaisir. » Elisenda s'exclama avec une goguenardise qui ne lui était pas habituelle : « Et dire qu'il a gagné tout ça seulement en vendant du chocolat ! Imagine si ça avait été des cochons ! » Elle ne faisait pas dans la dentelle, Elisenda.

L'hôtel d'Albert était grand et cossu, doté de tous les attributs du modernisme, quoique sans l'opulence caractéristique de la demeure des Amatller ou de celle des Batlló, à en croire la rumeur. Il retrouvait ces grands industriels et voisins dans les réceptions et les événements mondains, et il lui arrivait de faire affaire avec eux. Il restait pourtant bien loin de ces grandes fortunes. La richesse inespérée dont il jouissait grâce à ses investissements dans l'industrie du coton le hissait au rang de bourgeois et l'affranchissait définitivement de ses origines ouvrières, sans pour autant lui permettre encore d'accéder au sommet, à la catégorie des dieux. « Ça viendra », assurait-il souvent à Elisenda, comme si accroître sa fortune était une promesse sacrée qu'il lui fallait accomplir coûte que coûte. Une promesse infernale, plus exactement, un pacte avec le diable signé le jour où il avait tué M. Liubó.

L'assassinat de Mateu Liubó i Fornells était son grand secret et il l'avait porté comme un fardeau pendant un temps, de nombreuses années auparavant. Jamais Albert ne se serait cru capable de tuer un homme, mais à Cuba il avait compris non seulement que c'était chose facile mais qu'en outre on pouvait s'y adonner sans remords. Toutefois, bien qu'il eût perdu toute son humanité, il savait qu'assassiner un vieillard sans défense dans sa propre maison, pour faire main basse sur ses biens, n'était pas la même chose qu'éliminer un ennemi pour sauver sa peau. Mais il fallait bien reconnaître que M. Liubó était un méchant homme, et que la sale besogne qu'il confiait à Albert avait définitivement noirci l'âme de ce dernier.

Albert avait commencé à travailler à la fabrique de coton Liubó y Hermanos quelques semaines après son retour de Cuba. Ils recherchaient un manutentionnaire également capable de faire toutes sortes de commissions. Avide de se sortir à tout prix de l'ornière où il se trouvait, Albert se consacra corps et âme à son travail. Il se fit rapidement bien voir, et le jour où le responsable eut besoin d'un homme d'une certaine prestance pour porter une lettre personnelle de M. Liubó à une demoiselle de mœurs légères, il songea à lui. C'est ainsi qu'Albert commença à gravir les échelons et à gagner la confiance de l'entrepreneur, auprès de qui il se rendit vite indispensable. De commissionnaire il devint coursier, et de messager chargé des missives sensibles, homme de confiance chargé de missions plus douteuses. Enfin, il se hissa au rang d'homme de main du patron, toujours là quand il fallait faire pression, menacer et parfois frapper ses débiteurs, ses ennemis ou ses concurrents. Albert comprit bientôt que M. Liubó était un scélérat sans foi ni loi. Veuf depuis des années, il n'avait pas d'enfants et les parents qui lui tournaient autour, en particulier des neveux à la moustache fournie et aux poches percées, n'étaient pas les bienvenus dans la fabrique, que le directeur les invitait poliment à quitter. Il avait hérité l'affaire de ses parents, de même que ses grands-parents l'avaient reçue de son arrière-grand-père, le fondateur de la dynastie, qui avait ouvert une fabrique d'indienne en 1767. Il se racontait que M. Liubó était apparenté par sa femme à Joan Pau Canals, baron de Vallroja, le premier entrepreneur qui avait créé un atelier d'impression d'indienne en Catalogne au milieu du XVIIIe siècle ; même si cela n'était pas avéré, il ne le démentait pas.

Mateu Liubó vivait seul dans une grande villa, à Sarrià, en compagnie d'un majordome aussi vieux que lui et de trois domestiques qui faisaient, murmurait-on, des heures supplémentaires la nuit. Il était vieux et fragile, et il n'avait pas l'air en bonne santé, mais il passait malgré tout de longues heures à la fabrique, où il donnait des ordres d'une voix tonnante et dirigeait d'une main de fer son empire bicéphale composé de l'industrie du coton et d'un négoce plus opaque mais aussi plus juteux, celui de prêteur sur gages.

Albert lui plut tout de suite. Le voyant accomplir sans poser de questions la première mission douteuse qu'il lui confiait, à savoir le passage à tabac d'un commerçant du quartier de Sant Martí de Provençals qui lui devait de l'argent, Liubó comprit que le jeune homme blond au visage marqué, ancien conscrit sans métier ni situation stable, offrait le profil parfait à ses yeux du garçon désespéré et de l'apprenti malfaiteur. Il en fit son garde personnel. « Vous accomplirez pour moi toutes sortes de tâches, monsieur Albert, celles qui supposent de porter un chapeau ou d'autres, dissimulées sous les jupes des femmes de mauvaise vie », lui expliqua-t-il avec un rire si éraillé qu'on aurait dit le cri d'une bête. Sitôt dit, sitôt fait, il devint l'homme de confiance du vieillard puissant, sans héritiers et souffrant de suffisamment d'infirmités pour laisser entrevoir une fin plutôt proche. Albert commença à imaginer qu'il pourrait sortir de la pauvreté, et l'idée fit son chemin, de la simple distraction qui le faisait saliver d'aise à la possibilité réelle, presque tangible, et finalement au projet parfaitement planifié. Il lui fallait se rendre indispensable à M. Liubó, lui prouver que rien de ce qu'il lui demanderait ne le ferait reculer, afin de devenir l'homme de confiance de l'entreprise, mais surtout un soutien sans faille dans ses manigances les plus sombres. Tout cela rapporterait tôt ou tard de l'argent, tant la voracité du mal est insondable. Et s'il y parvenait, il pourrait viser très haut, et même empocher l'héritage, qui sait ?

Les années qu'il passa dans la fabrique de M. Liubó transformèrent Albert et firent de lui l'homme qu'il serait plus tard. Quand il commença à travailler, un jour de l'hiver 1873, il n'était qu'une loque humaine dépourvue d'horizon et de motivation. Il survivait, et la simple idée de survivre composait toute son ambition. Peu à peu, à mesure qu'il reprenait confiance en lui et qu'il gagnait celle du responsable de la fabrique, l'ennui et l'indifférence cédèrent la place à une humeur fébrile qui le poussait à travailler sans relâche, empressé qu'il était de découvrir une voie chargée de sens pour lui. C'est dans la noirceur qu'il trouva ce qu'il cherchait, mais auparavant il lui fallut passer par toutes les étapes de la métamorphose. Au début, il n'aspirait qu'à conserver son poste, qui lui garantissait un salaire et la possibilité de faire son trou. Il voulait quitter la maison de ses parents et il vit dans la fabrique Liubó sa seule planche de salut. Ensuite, quand il se mit à fréquenter Elisenda Puig, son ambition se démultiplia. C'est à ce moment-là que M. Liubó commença à l'utiliser pour ses affaires louches, et la coïncidence des deux réalités qu'étaient son amour pour une femme et la violence exercée sur d'autres hommes lui fournit la vigueur qui lui manquait. Aimait-il Elisenda ? Il n'en était pas certain, mais l'idée de l'aimer lui plaisait parce qu'il éprouvait un sentiment de puissance inconnu de lui à avoir une femme à ses côtés tout en étant celui qui faisait le sale boulot du patron. Il comprit alors les règles du jeu du monde dans lequel il vivait. « Taper, taper fort sans regarder la tête qu'on écrase », se disait-il. Et il ajoutait : « L'important, c'est de tenir le manche du marteau. »

Il connaissait Elisenda, une jeune fille de Gràcia, depuis l'enfance. Elle venait souvent goûter chez lui, sa mère étant très amie de Mercè, la mère d'Albert. Les deux femmes avancèrent progressivement l'idée d'une union entre les jeunes gens comme l'araignée tisse sa toile. Elisenda n'était ni belle ni laide, ni mince ni grosse, ni sympathique ni revêche. D'elle, Mariona dit un jour, pensant qu'Albert ne l'entendait pas : « Elle est godiche. » Il tomba d'accord avec sa grand-mère, mais la poitrine généreuse de cette godiche l'enfiévrait et l'incitait à se masturber frénétiquement la nuit.

Au terme de nombreuses nuits agitées, il finit par conduire Elisenda à l'autel, en juillet 1878. Au mois d'avril suivant naissait son premier fils, Avel·lí, « le premier et le seul en qui je peux avoir toute confiance », répétait-il comme une litanie quand les disputes avec son autre fils, Enric, le submergeaient de colère et d'amertume. Avel·lí fut suivi d'Enric, Mariona, Mercè, et enfin Montserrat, la cadette, qui venait d'avoir treize ans. Mais avant la naissance de ses autres enfants, alors qu'Avel·lí n'avait que quelques jours, Albert tua M. Liubó.

Il n'avait jamais cessé de penser à la soirée de 1879 où sa vie avait basculé. Il en évoquait chaque détail, chaque pensée, chaque geste, comme si tout était resté gravé sur un microsillon qui tournait inlassablement sur un gramophone. Cependant, à mesure qu'il se la remémorait, il avait l'impression qu'elle variait insensiblement, que ce souvenir devenait de plus en plus fugace, précis dans les détails et curieusement confus dans l'ensemble. Par exemple, il se rappelait avec exactitude la chaleur qu'il faisait ce jour-là. C'était une fin d'après-midi d'un jour de printemps ensoleillé venu démentir un mois d'avril très pluvieux. Un des innombrables dictons de sa grand-mère Mariona lui était venu à l'esprit, comme chaque fois qu'il prêtait attention au temps : « Avril tantôt pleure, tantôt rit », et il l'avait revue, répétant sa ritournelle. « Ce sont les dictons de ma grand-mère Merceneta, elle les tenait de sa grand-mère, comme toi tu les apprends de moi, pour que la sagesse des vieux bourgeonne chez les jeunes. » Tout en pensant à Mariona, qui conservait toute sa force et son esprit rebelle en dépit des ans, il s'était dirigé vers la maison de M. Liubó.

Il aimait sa grand-mère. Il l'évoquait toujours avec tendresse, attendrissement, comme une étreinte chaleureuse et douce, alors même qu'il ne fréquentait plus guère sa famille en raison de son nouveau statut social. Et du jour où elle mourut, il ne trouva plus aucune raison de rendre visite à ses parents. Il se sentait mal à l'aise dans cette maison de Gràcia qui lui rappelait d'où il venait et ce qu'il avait fui, et il percevait aussi le mépris qu'il inspirait aux siens, incapables de comprendre l'homme qu'il était devenu. « Ils préféreraient que je sois pauvre comme Job, comme eux, et que je me traîne dans la boue », déplorait-il devant sa femme quand l'amertume le gagnait. Elisenda, loin de le calmer, attisait sa colère : « Certains naissent à genoux, et meurent à genoux. Toi, tu n'es pas de ceux-là. Tu as su te relever. »

Ce 29 avril 1879, il n'était pas encore complètement debout mais il ne pliait plus l'échine depuis longtemps. Il venait rendre compte à son patron de la mission de la veille au soir. Mateu Liubó l'avait chargé d'une de ces sales besognes qui devenaient de plus en plus fréquentes, sans qu'il sache si cela était dû à la prospérité grandissante des affaires ou à la confiance grandissante qu'on lui témoignait. Deux fiers-à-bras de la Barceloneta avec qui il avait déjà effectué d'autres missions de même nature l'accompagnaient et rouèrent de coups un vendeur de fruits de la rue Carme avant de détruire toute sa marchandise. Albert gardait en mémoire le bruit de la tomate qu'on écrase, et l'image du sol barbouillé de rouge. Le commerçant qui devait de l'argent à M. Liubó et ne lui payait plus les intérêts depuis un bon moment venait de recevoir un premier avertissement. Albert ne sut jamais avec certitude si ces premiers avertissements étaient suivis d'autres plus violents, et mortels peut-être. M. Liubó n'avait pas encore eu l'occasion de lui demander de faire des deuxièmes visites, pourtant Albert ne doutait pas qu'elles devaient avoir lieu, et que certains débiteurs y laissaient leur vie. Il savait qu'un jour viendrait où ce serait à lui de s'en occuper.

Un jour viendrait… Ce jour serait venu si la soirée ne s'était pas terminée tragiquement. Albert s'était rendu chez M. Liubó à la tombée du jour, à l'heure où un soleil rougeâtre s'étiolait à l'horizon. Le majordome lui ouvrit la porte avec une indifférence teintée de mépris. Albert se dit que cet homme affichait un air supérieur parce qu'il portait des gants blancs et ne se salissait pas les mains dans son travail, alors que lui… Mais il n'en était pas affecté parce qu'il avait la certitude que le monde se divisait en deux catégories d'hommes, ceux qui acceptaient leur condition de serviteurs et courbaient la tête toute leur vie, et ceux qui se révoltaient et prenaient leur destin en main. Tout en traversant l'immense hall d'entrée sur lequel donnait le cabinet où l'attendait M. Liubó, il songea qu'un jour, lorsqu'il serait un *senyor*, un homme respectable et respecté, il aurait lui aussi un majordome comme celui-là.

Tout se passa en une fraction de seconde, même si le temps conserva l'apparence de son rythme habituel. Pendant cet instant fugace, l'ordre naturel des choses fut bousculé et la vie d'Albert prit un tour inattendu. M. Liubó était en train de compter une liasse de billets, et il était si absorbé par sa tâche qu'il ne prit même pas la peine de lever la tête quand il entendit le bruit de ses pas. « Asseyez-vous, asseyez-vous, je suis tout de suite à vous. » Albert s'approcha, un peu gêné, comme s'il était un intrus venu fouiller dans les secrets de cet homme. Mais il le vit si tranquille qu'il se détendit et prit place sur le canapé Chesterfield dans les tons rouges qu'on aurait dit sorti de chez le tapissier. Le meuble majestueux trônait fièrement dans un coin de la pièce d'où Albert observa son patron. Ses doigts noueux effeuillaient les billets l'un après l'autre, ses yeux ne quittaient pas la liasse et sa langue léchait fébrilement des lèvres minces ; derrière lui, la porte ouverte d'une petite armoire laissait voir des tas de billets soigneusement rangés. Le vieillard produisait en comptant une sorte de petite musique qui évoquait le ronronnement des chats lorsqu'ils sont heureux. Il relevait la tête de temps en temps et fixait sur lui ses yeux vitreux avec la morgue des puissants.

Il comprit en un éclair. Un geste simple, un regard rogue, le dernier mouvement de cette langue reptilienne tentant en vain d'humecter des lèvres trop sèches. L'idée jaillit et s'insinua dans son esprit, sans frein, telle une voracité attisée par des siècles de pauvreté. Rien ne pouvait plus l'arrêter. Albert se leva lentement, sourit au vieillard qui le regarda avec une certaine surprise et, droit devant lui, il l'étrangla. Au diable l'héritage qui n'arriverait jamais, la petite situation gagnée à force de tabasser de pauvres diables, le coup de chance. Il n'avait plus le temps d'attendre, il ne voulait plus attendre. Une telle occasion ne se représenterait pas, et le vieux était en sursis aux portes de la mort. M. Liubó agitait les bras et les jambes dans des moulinets et des ruades désespérés, essayant vainement de retenir la vie qui s'échappait de son corps, et c'est alors qu'une foule de justifications affluèrent dans l'esprit d'Albert, là où la conscience tisonne et triture sans pitié. Quand il desserra ses mains et lâcha le cou du vieillard, le corps s'affaissa comme un sac sur la chaise où il demeura à moitié assis, penché d'un côté, la bouche tordue. Albert l'observa sans le moindre remords, et il comprit sur-le-champ que ce meurtre ne l'empêcherait pas de vivre. Il n'avait pas tué son patron, il ne faisait que construire une nouvelle vie sur de vieux débris. Pendant qu'il ramassait les liasses de billets et les mettait dans un sac posé près de l'armoire, il songea que cet homme méritait davantage la mort que la plupart des guérilleros cubains qu'il avait tués. Sa conscience ne le tourmenterait pas.

C'est ainsi qu'Albert Corner i Espiga, fils de Mercè et d'Ignasi et petit-fils de Mariona, changea le cours de sa destinée et jeta les bases de l'empire qu'il voulait bâtir pour accéder à la fortune et au pouvoir, deux objectifs qui lui restaient interdits jusque-là. Il avait vingt-neuf ans, une histoire vécue sous le sceau de la pauvreté et de l'infortune, un passé de chair à canon expédiée à l'autre bout du monde pour tuer d'autres misérables, et, depuis les dernières années, une activité d'homme de main exerçant des violences sur d'autres pour le compte d'un vieil infirme. La page venait de se tourner définitivement et il l'avait compris à l'instant où il avait fixé du regard la gorge de M. Liubó avec une envie irrépressible de la serrer jusqu'à ce que mort s'ensuive. Lorsqu'il appela le majordome d'une voix brisée : « Au secours, au secours, M. Liubó est mort ! » et qu'il l'aida à le redresser en lui donnant toutes sortes d'explications, sa nouvelle vie avait déjà commencé.

Ce fut très facile, beaucoup plus qu'il ne l'aurait imaginé. Les domestiques firent état de la mauvaise santé de M. Liubó, dont le majordome précisa qu'il avait le cœur très fragile, et Albert en remit une couche en narrant avec force détails les conditions de sa mort – l'asphyxie, le cri déchirant, les convulsions. Le médecin délivra le certificat de décès sans aller chercher plus loin : M. Mateu Liubó i Fornell avait rendu l'âme à son domicile, victime d'une crise cardiaque, le 29 avril 1879. Personne ne soupçonna que le jeune homme qui travaillait pour lui, et qui paraissait si effondré, était son assassin. Le majordome lui-même eut pitié de lui : « Il était déjà très vieux, monsieur Albert, il devait nous quitter », des paroles de consolation qui achevèrent de consolider son œuvre.

À partir de là, les événements s'enchaînèrent doucement, sans hâte et sans heurt, continûment, comme s'il évoluait dans un univers suave et onctueux. Il pratiqua d'abord l'usure, suivant l'exemple de M. Liubó, dont il s'appropria la clientèle et la logistique. Puis il fit ses premiers pas à la Bourse, suivis d'investissements lucratifs dans l'immobilier et d'exportation de produits, et enfin de la fabrication du coton... En dix ans, Albert avait réussi à bâtir une fortune assez considérable pour commencer à traiter d'égal à égal avec les grands industriels du pays, et dans les années quatre-vingt-dix, quand les anarchistes déversaient leurs bombes dans les rues de Barcelone, il était déjà un homme riche, jouissant pleinement du statut social tant convoité.

Il ne s'était remis en question qu'une seule fois depuis l'assassinat. Il y avait un peu plus d'un an de cela, et chaque fois que le souvenir de cet épisode lui revenait, il se sentait si accablé qu'il éprouvait le besoin frénétique de parler avec quelqu'un pour se l'ôter de la tête. C'était le 12 avril 1904, le jour où, devant la basilique de la Mercè, un jeune homme de dix-neuf ans avait essayé de tuer le président du gouvernement espagnol, Antoni Maura, en visite à Barcelone. La veille, Albert avait assisté à la cérémonie à l'hôtel de ville et écouté le discours de bienvenue de Cambó, qui resterait dans les mémoires. Toutefois, il n'avait pas été convié à assister à la messe dans l'église de la Mercè. Il avait donc tout appris par les journaux : un jeune homme s'était approché de la voiture, une lettre à la main pour Maura, il avait grimpé sur le marchepied et ôté sa casquette, le président lui avait tendu la main, le jeune homme avait crié : « Regarde ça, Germinal » en sortant le couteau qu'il avait planté dans le côté gauche de Maura. Ce dernier avait tenté de freiner le mouvement, les plis de son uniforme avaient empêché la pointe de pénétrer, il était blessé mais vivant. Le jeune homme avait pris la fuite au cri de « Vive l'anarchie ! » et, après une course-poursuite dans la rue d'en Serra, la police avait arrêté l'agresseur, qui s'appelait Joaquim Miquel Artal… L'arme du jeune anarchiste illustrait l'article, avec une description détaillée : couteau de montagne, longueur de vingt centimètres environ, manche noir de dix centimètres, lame en forme de couteau de cuisine, très aiguisée, pointue.

Cet attentat contre le président du Conseil des ministres espagnol, perpétré sur le seuil de l'église de la Mercè, était une nouvelle de première importance. Pourtant, ce qui bouleversa Albert, ce ne fut ni la tentative d'attentat contre un personnage de tout premier plan, ni la description de l'arme, ni les mots hurlés par le jeune homme, ni la façon dont Maura s'en était miraculeusement sorti. Rien de tout cela mais le nom de l'anarchiste, Joaquim Miquel Artal, qu'il connaissait depuis qu'il était enfant. Le garçon avait le même âge que sa fille Mariona, et ensemble, avec sa fille Mercè aussi, ils avaient fréquenté le couvent des sœurs franciscaines de Badalona ; où le garçonnet était enfant de chœur et où les fillettes aidaient les religieuses. Albert faisait du commerce dans la ville. Il connaissait la mère supérieure du couvent depuis longtemps et il avait commencé à y conduire ses filles les fins de semaine, convaincu que la pratique religieuse en ferait des demoiselles vertueuses. Le garçon qui gambadait dans le couvent était prudent et bien élevé. Albert l'apercevait parfois dans le patio, assis, le nez plongé dans un livre. Il se rappelait s'être dit en le voyant que la passion pour la lecture était l'une des très bonnes choses que les jeunes apprenaient dans ce couvent. Or, voilà qu'il retrouvait subitement ce garçon transformé en assassin. C'est alors qu'en lisant l'article dans le journal, tout en essayant de se remémorer l'enfant timide du couvent franciscain, une question surgit sans prévenir et, tel un poignard, commença à lui labourer les entrailles, la cervelle, le cœur et la conscience. S'il est un idéaliste, ne suis-je, moi, qu'un vulgaire assassin ?

Jusque-là, il avait échafaudé un argumentaire solide à partir d'explications et de justifications qui le disculpaient de l'assassinat de M. Liubó et faisaient de ce meurtre un élément de l'ordre naturel des choses. Le doute ne l'effleurait jamais, même pas quand son fils Enric, de plus en plus influencé par les idées révolutionnaires, l'accablait de reproches douloureux, comme s'il était son ennemi et pas son père. Rien ni personne ne l'avait jamais fait douter. Mais là, face à l'acte de ce jeune anarchiste qui avait détruit sa vie pour servir un idéal, le motif de son crime lui apparaissait nu dans sa plus sordide vérité : il avait tué pour voler, voilà tout. Valait-il mieux que ce garçon ? Quand il comprit qu'il valait beaucoup moins, et que les anarchistes, malgré la haine qu'ils lui inspiraient et son exaspération devant les bombes, essayaient au moins de combattre une société injuste alors que lui n'aspirait qu'à s'enrichir, il en fut si perturbé qu'il demeura soucieux et de mauvaise humeur pendant plusieurs jours. Il avait brusquement perdu la cuirasse qui le protégeait contre les démons de son passé du simple fait d'avoir considéré son propre meurtre dans le miroir de l'acte du petit choriste timide devenu anarchiste. Il se mit donc à lire tous les articles le concernant avec un intérêt fébrile, avide de connaître les moindres détails de sa vie. Fils de barbier, Artal avait été élevé à l'école des Orphelins de Barcelone, il fréquentait le syndicaliste Francisco Miranda, il lisait Tolstoï et le quotidien *Pueblo*, et il avait décidé de tuer Maura à la suite des événements d'Alcalá del Valle. Le sort des journaliers de ce petit village andalou n'avait jusqu'alors jamais éveillé aucune curiosité chez Albert, même s'il faisait couler beaucoup d'encre depuis quelques jours à cause de la mort d'un jeune garçon de quinze ans, dit le Chevelu, tué par la Garde civile : elle avait tiré sur une foule de manifestants, dont un grand nombre de femmes et d'enfants, et ensuite arrêté des dizaines d'ouvriers agricoles qui avaient été torturés en prison… Dans l'article qu'il avait publié dans le journal anarchiste *El Rebelde*, Artal affirmait qu'il avait agi pour venger ces journaliers. Albert ne l'avait pas lu, mais les informations que fournissait *La Veu de Catalunya* étaient suffisamment explicites.

Son accès de mauvaise conscience ne dura que quelques jours, et deux mois plus tard, lorsque l'anarchiste Artal fut jugé, condamné à dix-sept ans de prison et incarcéré dans le pénitencier de Ceuta, en Afrique du Nord, Albert ne lut même pas l'article. Il avait succombé à la tentation de sombrer dans la culpabilité mais, après avoir sondé le sordide territoire des reproches et du questionnement, il l'abandonna, d'autant plus fort et convaincu. Jamais plus il ne douterait de la direction qu'il avait prise, car la seule façon de combattre l'injustice était de surclasser ceux qui l'exerçaient, et pas de poser des bombes qui provoquaient un surcroît de douleur et d'injustice. Cambó avait raison, il fallait maintenir l'ordre, et Albert voulait être du nombre de ses gardiens. Si le prix à payer pour faire partie des élus était le meurtre d'un vieillard avili et souffreteux, il le jugeait plutôt bon marché. Il en avait tué davantage à Cuba, qui étaient jeunes et innocents. C'est ainsi qu'Albert Corner i Espiga ouvrit et conclut du même coup le chapitre de la mauvaise conscience. Il estima même que ce bref tiraillement moral lui avait été bénéfique en ce qu'il l'avait conforté et raffermi dans ses motivations.

Assis sur le banc en bois capitonné de son balcon, il observait souvent la rue de Provença envahie par les échafaudages et les ouvriers. De cet observatoire privilégié, il apparaissait clairement que la seule certitude qui régissait son univers était celle du pouvoir. Et ce pouvoir, il l'avait obtenu.

Un instituteur

DE TOUS LES ENFANTS D'ALBERT, Enric était celui qui avait le physique le plus agréable. Il avait hérité la finesse de traits de son arrière-grand-mère, Mariona, et on lui disait souvent qu'il avait une tête de chérubin, avec ses cheveux blonds toujours ébouriffés entourant un visage à la peau blanche qui lui donnaient un air angélique. Il était le seul à avoir conservé la blondeur de son père et de nombreux hommes de la famille, et la sienne était même la plus dorée. À la différence de son père, il était grand, et il avait une voix puissante qui contrastait avec les traits délicats de son visage. Mais ce qu'il y avait de plus remarquable en lui, c'était l'ardeur qu'il mettait dans tout ce qu'il entreprenait, et singulièrement la fougue avec laquelle il défendait ses idées.

La relation avec son père n'avait jamais été facile. Même enfant, lorsque Albert se demandait ce qu'il allait bien pouvoir faire de ce garçon qui n'aimait pas les jeux violents et manifestait une sensibilité maladive, éclatant en sanglots inconsolables lorsqu'il voyait un oiseau tomber du nid et se cachant dans les jupes de sa mère quand son père le grondait. Il affichait une dévotion intense à l'égard de son arrière-grand-mère Mariona et de sa grand-mère Mercè, et il passait souvent l'après-midi chez elles à Gràcia, ne se lassant pas d'écouter leurs vieilles histoires de manifestations et de soulèvement, d'émeutes, et bien sûr l'épisode de la révolte de Gràcia, à laquelle Mariona avait pris part avec un courage qui lui faisait une vive impression. Cette dernière lui parlait aussi d'amours blessées, et Enric aimait particulièrement le récit de la rencontre avec son mari, un après-midi qu'elle se promenait sur les Ramblas et qu'il l'avait poursuivie entre les étals du marché aux puces. Mariona n'avait jamais dit un mot de travers à propos de l'arrière-grand-père, mais Enric devinait qu'elle n'avait pas été heureuse avec lui. « Est-ce qu'il vous aimait, grand-mère Mariona ? » lui demandait-il souvent. « Parfois, Enric, parfois, comme la plupart des hommes », lui répondait-elle toujours.

Quand la famille avait été prévenue que Mariona était à l'agonie et que, d'après le médecin, il ne lui restait que quelques heures à vivre, Enric s'était laissé glisser par terre et il était resté là, le dos appuyé contre le mur du couloir, à sangloter comme un petit enfant en se balançant d'avant en arrière, poussant de temps à autre des gémissements déchirants. Son père l'avait regardé, écœuré par le spectacle de ce fils pusillanime et inconsistant, incapable d'affronter la mort comme un homme. Il sut ce jour-là qu'il n'éprouverait jamais que du mépris pour Enric, parce qu'il ne ressemblait pas à son frère aîné, Avel·lí, un homme droit, fort et déterminé. « Décidément, Enric est une petite nature, un oisillon peureux, une mauviette, et qui sait s'il ne va pas devenir une tante, un chevalier de la rosette comme le roi consort », fulminait-il en se rappelant les couplets qui circulaient sur le mari d'Isabelle II...

Paquito la Vanille,
est une chochotte
qui fait pipi assis
comme une cocotte.

Il ne pouvait s'empêcher de ressentir une profonde colère contre ce fils qui lui paraissait si mou et délicat, même si cela le chagrinait parce que c'était la chair de sa chair.

Mariona mourut le 12 décembre 1898, deux jours après la signature du traité de Paris par lequel l'Espagne accordait son indépendance à Cuba. « C'est bien, maintenant je peux partir », avait-elle dit en apprenant la nouvelle, comme si elle avait réussi à tromper la mort jusqu'à ce jour-là, pour pouvoir se venger de cette terrible guerre qui s'emparait des fils, petits-fils et époux et les envoyait mourir loin de chez eux. Sa vie avait atteint son point culminant et, une fois Cuba perdu pour la Couronne d'Espagne, elle s'était crue victorieuse. Elle partit avec ce sentiment au cœur, presque heureuse. À quatre-vingt-treize ans, aveugle depuis quatre ans et sourde d'une oreille, elle avait gardé jusqu'à son dernier souffle toute sa tête et toute la vigueur de son cœur, et bien qu'elle eût beaucoup souffert au cours de sa si longue vie, elle était en paix avec un Dieu retrouvé quelques années auparavant. Ce n'était plus celui de sa jeunesse, tout-puissant et infaillible, qui ne laissait aucune place au doute ; ni non plus le dieu décevant et imparfait des périodes tragiques, ni le dieu hargneux de l'époque où son petit-fils avait été envoyé à la guerre. Le dieu qu'elle avait retrouvé était enfantin, tendre et compréhensif, il ne lui demandait rien et ne lui promettait rien non plus, mais il lui apportait la sérénité. Dans les dernières années de sa vie, elle avait aussi recommencé à prier Notre-Dame de Montserrat, parce que l'ancien chant à la Vierge lui rappelait sa grand-mère Merceneta, son grand-père Eulogi, sa mère Maria et toutes les personnes chères aujourd'hui disparues qui l'avaient accompagnée sur le chemin – « Vierge Pure, Immaculée, / Mère du Fils Incréé, / Soyez toujours notre avocate, / Princesse de Montserrat. » Elle s'éteignit entourée de ses enfants, ses petits-enfants et ses arrière-petits-enfants, convaincue qu'elle avait gagné la guerre de Cuba.

À la mort de Mariona, Enric s'effondra, comme frappé par la foudre. Pendant plusieurs jours sa tristesse fut si profonde que sa mère craignit qu'il ne commît une bêtise et ne mît fin à ses jours. Il alla trouver refuge chez sa grand-mère Mercè ; il se rendait souvent dans la chambre de Mariona et il respirait l'odeur familière de ses vêtements qui l'apaisait un peu. À seize ans, il était resté un petit garçon pour son arrière-grand-mère, et il se sentait désormais orphelin.

« On devrait en faire un militaire, dit Albert à sa femme quand son fils rentra, sombre et abattu. Ce n'est pas un homme, c'est une moitié d'homme qui a besoin de discipline. » Ordinairement, Elisenda faisait toujours grand cas de l'avis de son mari et elle le contredisait rarement, pourtant cette fois elle défendit ardemment son enfant, soutenant que c'était un garçon sensible parce qu'il était bon et qu'il ne fallait pas le brusquer, sinon on obtiendrait pour seul résultat de l'éloigner encore davantage d'eux, ses parents. « Laisse-le tranquille, la vie se chargera de l'endurcir. » Mais pour Albert, l'idée d'en faire un soldat devint une véritable obsession. Il se renseigna, interrogea autour de lui et alla jusqu'à faire les démarches nécessaires pour le faire entrer dans une école militaire. Toutes ses tentatives furent vaines puisque Enric ne choisit pas la carrière militaire mais l'enseignement, un choix qui signifia la rupture définitive entre le père et le fils. « Instituteur, mon fils ! Un pauvre instituteur ! Un fils maître d'école ! » Il étouffait de colère et l'envie le prenait de casser le premier objet qu'il aurait sous la main.

Dès lors la situation s'envenima. Ce fut d'abord l'entrée d'Enric à l'École normale primaire, puis son implication progressive mais de plus en plus déterminée dans les mouvements libertaires et, plus tard, son engagement dans l'Escola Moderna de Francesc Ferrer i Guàrdia, où il allait parachever sa conversion à ses nouveaux idéaux. À ce stade, la relation entre Albert et son fils se bornait à de simples salutations et à de brefs messages échangés par l'intermédiaire de Merceneta. Très patiente, la fille aînée d'Albert savait tout à la fois comment prendre son frère et contenir les colères de son père. Cependant, quand personne ne les retenait, ils se lançaient mutuellement à la figure des ribambelles de reproches qui débouchaient inéluctablement sur des vociférations et des disputes qui ne cessaient que lorsqu'un membre de la famille entraînait le fils dans une autre pièce. Peu après avoir commencé ses études d'instituteur, Enric avait décidé d'aller vivre chez sa grand-mère Mercè. Cette décision déclencha une telle rage chez Albert qu'il déclara qu'il ne lui ouvrirait plus jamais sa porte.

Les premiers contacts d'Enric avec les idées libertaires se firent graduellement et de façon inconsciente, d'abord grâce à quelques écrits que lui avait passés son camarade de classe Lliberi, un jeune rouquin au caractère jovial, membre d'une association culturelle ouvrière, avec lequel il s'entendit aussitôt. Ils devinrent vite amis et les lectures de Lliberi devinrent peu à peu celles d'Enric, qui se mit à lire la revue *Tierra y Libertad* dirigée par Joan Montseny, connu sous le pseudonyme de Federico Urales. À l'université, les textes de l'écrivain anarchiste échauffaient les esprits, lorsqu'il affirmait que la propriété c'est le vol, qu'il fallait instruire les femmes afin de les libérer du joug du catholicisme, et qu'il prônait la grève générale comme moyen de renverser l'ordre établi. Ces idées firent un tel effet sur Enric qu'il se mit à lire tout ce qui lui tombait sous la main, les livres de Proudhon et de Jaurès et, surtout, les proclamations de l'anarchiste Jean Grave. Celui-ci lui fit découvrir un auteur qui le fascina dès les premières lignes, le Russe Kropotkine, dont il lisait les textes traduits en espagnol par des membres de la loge maçonnique qu'il fréquentait. Toutefois, l'étape décisive fut sa découverte de l'Escola Moderna et les liens qu'il tissa avec Francesc Ferrer i Guàrdia, le pédagogue anarchiste que son père traitait de fou radical, ainsi qu'avec son amante, Clémence Jacquinet, une pédagogue française que tout le monde appelait Clemència et qu'Enric trouva extraordinaire dès leur première rencontre. « J'ai fait la connaissance d'une autre grand-mère Mariona », raconta-t-il à sa grand-mère Mercè quelques semaines plus tard.

Cette femme impressionnait Enric par sa façon de vivre le plus naturellement du monde son amour avec Ferrer i Guàrdia, hors de l'idée de péché incrustée dans le bagage culturel du fils d'Albert, et en outre elle était aussi plus brillante que la plupart des hommes. Lorsqu'elle donnait des conférences sur la nouvelle pédagogie qui préconisait la mixité dans les classes, l'abolition de « l'asphyxiant et infernal pouvoir des rois, des bourgeois et des évêques », la visite de musées, qui incitait à respecter la nature et à apprendre à regarder le monde de manière rationnelle et « jamais sous l'emprise de la peur et de la répression », Enric était émerveillé et restait sans voix. Dans les premiers temps, il fut persuadé de ne plus jamais rencontrer pareille femme. « Grand-mère Mariona devait être ainsi », se disait-il, ému, brossant un portrait idyllique de son aïeule. Cette femme simple qui s'était révoltée contre l'armée espagnole et qui avait risqué sa vie pour sauver celle de son petit-fils possédait sans aucun doute à ses yeux la même sagesse et surtout le même courage que Clemència. Mais il connut bientôt d'autres femmes tout aussi extraordinaires, en particulier les sœurs Villafranca, les filles d'un sergent d'artillerie de Navarre récemment installées à Barcelone. L'admiration qu'Enric vouait tout spécialement à Soledad était tout aussi exaltée que celle qu'il ressentait pour Clemència, et un jour qu'il parlait avec sa sœur Merceneta, sa confidente, il lui expliqua que la véritable révolution de l'Escola Moderna était la parole des femmes.

Enric avait dix-neuf ans et il était encore étudiant quand il commença à fréquenter l'Escola Moderna, ouverte depuis quelques mois, depuis le 18 septembre 1901. Il proposa son aide pour n'importe quelle tâche et de façon entièrement désintéressée. Il n'aspirait qu'à prendre part à cette grande expérience révolutionnaire qui visait par tous les moyens à créer une société de citoyens honnêtes et droits, éduqués dans la connaissance des sciences et dans l'amour de la nature, et éloignés à jamais des dogmes religieux.

Dès l'instant où il pénétra dans l'école de la rue de Bailèn qui recevait une centaine d'élèves, il fut fasciné en voyant les filles et les garçons étudier ensemble, les salles de classe débarrassées de Dieu et l'enseignement, tant théorique que pratique, des sciences. Selon le précepte de Ferrer i Guàrida, « la grande loi naturelle de la solidarité » régissait les relations des professeurs avec leurs élèves, et aussi avec les parents. Saisi d'un enthousiasme débordant, Enric écrivit dans le bulletin de l'école, prépara des cours, participa aux excursions à la campagne avec les élèves. En un mot, il se forma pour devenir un professeur appliquant cette nouvelle pédagogie destinée à changer le monde en formant des citoyens instruits et libres penseurs. Au début, la seule chose qui le préoccupa fut l'obligation de dispenser les cours en castillan, alors que tous les enfants étaient de langue maternelle catalane. Il s'imaginait que les idées révolutionnaires impliquaient également la protection des langues réprimées, comme le catalan qui s'efforçait de retrouver sa splendeur malgré la répression constante de l'État. Il en parla rapidement avec Ferrer en personne et il accepta rapidement le point de vue internationaliste qui voyait dans les langues peu parlées et régionales un frein pour la révolution mondiale. Le pédagogue enfonça le clou en lui assénant : « Laisse le catalan aux bourgeois ; nous, nous faisons une révolution internationale ! »

Ses études terminées, Enric obtint un poste de professeur à l'Escola Moderna. Encouragé par l'anarchiste Paul Berthelot, qui suivait alors les cours du soir pour adultes de Ferrer i Guàrdia, il se lança dans l'apprentissage de l'espéranto. Il adhéra à l'association culturelle ouvrière de son ami Lliberi, au cœur du quartier de Sant Andreu de Palomar, et il abandonna la franc-maçonnerie, puis, de façon tout à fait inattendue, il tomba amoureux. Tout se déroula en l'espace d'une année. Son existence tranquille fut balayée par un tourbillon d'émotions incontrôlables et exaltantes qui le hissèrent au-dessus des contingences, des épreuves et des échecs, des complexes qui le rongeaient, et firent de lui le héros fier du roman qu'était sa propre vie. Pour Enric, l'année 1904-1905 avait duré un siècle.

« Ça fait seulement un an ? Quel jour sommes-nous ? Le 24 novembre 1905 ? Eh oui, ça ne fait qu'une année, et pourtant j'ai l'impression d'avoir vécu toute une vie.

— Une vie qui compte pour deux, mon chéri.

— Une vie qui compte pour deux, mon chéri… », répéta Enric en levant les yeux. Il caressait les cheveux noirs de l'homme qui le contemplait de son regard profond. Il redressa la tête, avança le visage vers lui et leurs lèvres se fondirent en un baiser passionné. Un an auparavant, il n'aurait jamais imaginé que son désir pour les hommes pouvait déboucher sur relation stable et intense. Il en rejetait d'ailleurs l'idée, tant il voyait dans les rêves érotiques qui enfiévraient ses nuits le symptôme de sa dépravation. Il se sentait sale, souillé, et sa honte ne s'apaisait que lorsqu'il parvenait à se convaincre qu'il n'était pas coupable et que son désir résultait d'une maladie. Pendant des années, lorsque son père le couvrait de reproches et l'accusait de ressembler à une fillette, douillet et pleurnichard, il s'enfermait dans sa chambre et se disait que c'était vrai. Il n'était pas viril. Il s'imaginait alors en train de rouer de coups Periot, un des caïds de l'école, qui se bagarrait avec tout le monde ; mais lorsqu'il se trouvait devant lui, il ne cherchait qu'à lui obéir et à passer inaperçu. Était-il donc une lopette, une tantouze, un inverti ? Cette question le torturait et le plongeait dans un abîme de crainte et de désespoir.

Avant de faire la connaissance de Dionís, il croyait dur comme fer qu'il était malade, ce qui le conduisait à combattre de toutes ses forces le désir irrépressible qui le consumait. Il sortit pendant plusieurs mois avec une jeune fille, parente du côté de sa mère. Elle s'appelait Roseta, elle était délicate et très amoureuse de lui. Il s'efforça d'éprouver des sentiments amoureux pour elle, et de s'imaginer qu'il l'épouserait. Elle était jolie et soumise, et son innocence l'attendrissait. Mais quand elle lui adressait des mots d'amour, il se sentait encore plus vil ; le soir, il sentait les remords l'assaillir et il se considérait comme un monstre. Dans ces moments de désolation, il empoignait son sexe et le broyait violemment, jusqu'à la limite de la douleur insupportable. Il relâchait alors sa main, vaincu, et il sanglotait longuement. Après quatre mois, il rompit avec Roseta. Elle hurla de désespoir, le supplia de ne pas la quitter, et il éprouva une profonde tristesse, mêlée toutefois d'un grand soulagement. « Je ne suis pas l'homme qu'il te faut, Roseta », essaya-t-il de lui expliquer en lui faisant ses adieux. Elle implora un dernier baiser et il posa ses lèvres sur son front en répétant encore une fois : « Je ne suis pas l'homme qu'il te faut. »

Un jour, il avoua à Lliberi qu'il n'était jamais allé avec une femme, « charnellement, je veux dire ». Son ami décida de remédier à ce manque et prit la tête des opérations : « Il faut aller chez Mme Francisca », dit-il. La grosse Andalouse aux seins énormes et au caractère jovial dirigeait une maison close de la rue Hospital où l'on trouvait de très belles filles. « Il y a même une négresse, lui dit-il, quand tu l'embrasses, tu as l'impression de manger du chocolat. » Francisca n'exerçait presque plus, mais elle conservait sa réputation de mangeuse d'hommes et de « princesse des baiseurs », et tous les clients qui étaient montés avec elle racontaient qu'il n'existait pas de langue plus rapide et de lèvres plus gloutonnes que les siennes. « Elle prend toujours les jeunes puceaux en main », précisa Lliberi. Enric prit le chemin du temple de Mme Francisca, poussé moins par l'envie que par un sentiment d'obligation. Prévenue par Lliberi, la maîtresse des lieux se fit un devoir de dépuceler le jeune instituteur, un soir de 1904. L'acte fut si bref qu'elle garda un moment la tête d'Enric sur ses genoux ; elle caressait les cheveux du jeune homme qui tremblait de tout son corps, à la fois soulagé et abattu. En sortant de la chambre, elle l'embrassa doucement et lui dit, dans un grand sourire : « *Mon garçon, trouve-toi une paire de pantalons, les jupes c'est pas ton truc.* »

Il ressortit de cette expérience encore plus vide, plus dégoûté et plus déconcerté. Les femmes ne l'attiraient pas, mais il refusait d'admettre qu'il éprouvait du désir pour les hommes, et quand il se tourna vers les textes libertaires pour y chercher une explication, il ne trouva que du rejet, et parfois de la pitié. Un jour, au cours d'une réunion à l'association ouvrière, un des hommes raconta qu'un de ses collègues était homosexuel, et les rires de l'assistance l'affligèrent encore davantage. Il n'avait pas le courage de révéler son secret à quiconque, il ne trouvait de réponse et d'espoir ni dans les écrits révolutionnaires qui chamboulaient pourtant toutes les vieilles idées, ni auprès des nouveaux pédagogues de l'école. Il portait cette tare depuis la naissance et il lui fallait vivre avec la maladie honteuse de son désir prohibé. C'était du moins ce qu'il avait toujours cru, jusqu'à sa rencontre avec Dionís.

Un soir, Enric était resté plus tard à l'école pour terminer les textes qui devaient être publiés dans le bulletin, et Dionís était passé les prendre. Le numéro de la revue abordait le thème « *La nature comme fondement de l'humanité et source de la connaissance* », il s'en souvenait, et il présentait de nombreux conseils pour mener une vie plus saine et élever les enfants dans le respect de leur environnement. Enric était très fier de ce qu'il avait écrit. Lorsque Dionís entra dans la petite salle, il le salua sans lever les yeux : « Entrez, entrez, je termine tout de suite. » Dionís était le responsable d'une imprimerie qui travaillait avec l'école. D'habitude, c'était l'apprenti qui venait chercher le matériel, pas lui, mais le garçon était malade ce jour-là et il l'avait remplacé. Dionís avait trente ans, il avait la peau et les cheveux bruns, et un regard si pénétrant qu'en le voyant enfin, Enric tressaillit. L'imprimeur perçut son trouble et comprit vite que le garçon le désirait et qu'il n'avait jamais été avec un homme auparavant. Cette circonstance l'attira autant que sa beauté. Le rituel de la séduction s'instaura peu à peu entre eux, sans hâte, tel l'épisode initial d'un récit déjà écrit des siècles plus tôt. Un échange de sourires pour commencer, suivi de remarques un peu bêtes, des regards suggestifs, l'effleurement d'une main distraite… Enfin, après que Dionís eut vaincu la panique et les dernières résistances d'Enric, il l'embrassa. Le premier baiser, doux, lent, profond et intense, laissa le jeune instituteur pantelant. Une fois ses doutes et ses peurs dépassés, Enric succomba au désir de cet homme qui lui murmura après l'amour, en l'embrassant avant de se lever pour partir : « Tu apprendras vite à t'aimer toi-même. » Cette nuit-là, Enric se sentit enfin heureux et, pour la première fois, il n'eut pas le sentiment d'être un monstre en rêvant d'un homme. Ce qui ne l'empêcha pas de ressentir aussi une terreur plus forte que jamais.

Les jours passèrent, ponctués de nombreux baisers, et les peurs cédèrent devant cet amour ardent et clandestin qui conférait à son existence une intensité insoupçonnable avant, malgré les vives inquiétudes qu'il éveillait en lui. Enric se sentait à la fois terrassé par le vice et la dépravation et comblé, avec la ferme conviction que la seule façon de surmonter une tentation était d'y succomber. Lorsque Dionís percevait cette lutte intérieure, il le rassurait par ses caresses et il lui murmurait des mots qu'Enric se répétait la nuit venue, au souvenir des moments partagés avec son amant.

« Ce n'est jamais mal d'aimer », affirma Dionís lors d'un de ces épisodes sombres où Enric se sentait cruellement tiraillé entre le désir et le rejet que cet amour lui inspirait. « Ce n'est jamais mal d'aimer », répéta Dionís, et cette phrase se mit à tourbillonner dans la tête d'Enric, restée en suspens un après-midi d'amour et de haine au plaisir aussi intense que la honte ressentie plus tard. Le soir, seul et nu, il se remémora ce moment et la phrase de Dionís lui revint, insolente, libre de toute honte et de toute culpabilité, et elle agit sur son âme comme un baume apaisant. Avec le temps, elle demeura gravée dans son esprit telle une devise capable de le protéger de la peur et du doute. « Ce n'est jamais mal d'aimer, ce n'est jamais mal ». Bien au contraire, c'était si bon que cela le rendait fort et lui donnait une vaillance qu'il ne se connaissait pas et qui l'encourageait à réaliser des projets, des rêves, sans limites. La nuit, il n'y avait plus de miroir pour refléter ses malheurs, les détails de chaque instant passé avec Dionís emplissant la pièce, berçant ses pensées, se glissant entre ses draps et guidant sa main vers son sexe pour sacrifier au rituel du plaisir solitaire par lequel il rendait quotidiennement hommage à son amant. Souvent, après la jouissance, fatigué et heureux, il s'imaginait allant voir Albert pour lui dire : « Père, je vous présente mon mari. » À l'évocation de cette torture infligée à son père, il éprouvait une nouvelle onde de plaisir, comme s'il se masturbait une nouvelle fois, et il s'endormait le plus souvent avec la main sur son membre, le caressant doucement, heureux de ne plus éprouver de répugnance vis-à-vis de sa sexualité. « S'il existe un dieu, il vit dans notre amour », pensa-t-il un jour qu'ils s'étaient aimés avec fougue, et l'idée d'une divinité aimant les hommes qui aimaient les hommes lui sembla la plus libertaire que personne ait jamais défendue au nom de la révolution.

Un penseur l'avait très certainement formulée, elle devait figurer dans un livre, un révolutionnaire devait l'avoir défendue… Cette conviction le poussa à lire sans relâche, impatient qu'il était de voir voler en éclats les tabous sociaux sur les hommes comme lui. Or ces idées modernes qui voulaient miner les fondements du pouvoir, qui portaient le rêve d'une société égalitaire et libre et faisaient tomber les dieux de leur piédestal n'offraient aucune réponse aux questions qu'il se posait sur l'amour entre hommes, et les préjugés se perpétuaient obstinément au long des siècles. Et chaque fois qu'Enric entendait évoquer le sujet, c'était avec des propos insultants, motivés par le mépris et le dégoût. Un jour qu'il parlait avec lui d'un homme d'affaires célèbre généralement entouré de jeunes garçons, Lliberi dit : « Il devrait modérer ses perversions. » Et quand Enric essaya de savoir ce qu'il pensait des homosexuels, il exprima un point de vue apparemment pétri de bonne volonté et de compréhension, qui le blessa pourtant davantage que n'importe quelle injure dirigée traditionnellement contre les hommes de sa nature.

« Ce ne sont pas de mauvaises gens, Enric, parce qu'ils ne sont pas responsables de leur perversion. Ils souffrent d'une inversion des sentiments qui les pousse à être attirés par des hommes comme eux, ce qui est contre nature. Tu remarqueras qu'ils sont surtout nombreux parmi les rois et les puissants, parce que c'est une maladie de dégénérés et que le pouvoir corrompt les hommes. Regarde bien, il y a peu de tapettes dans le peuple. Ce sont des malades, Enric, de pauvres victimes qui ne peuvent s'empêcher d'être comme ils sont, et il faut nous montrer compréhensifs à leur égard parce que nous sommes des révolutionnaires et que nous sommes solidaires. Ce qu'il y de mieux à faire, c'est d'essayer de les empêcher de pratiquer leur vice, de les aider à contenir leur désir, à le dépasser.

— Mais comment ? Comment fait-on pour que quelqu'un cesse de désirer ce qu'il désire ?

— Quelle drôle de question, mon ami ! On dirait que tu en es, de la pédale ! Comment résoudre ce problème ? Eh bien, il devrait y avoir des traitements médicaux, des médecins spécialistes, et aussi une éducation fondée sur des valeurs égalitaires et un contact constant avec des hommes normaux, et la chasteté, qui, ma foi, dans leur cas, est préférable... Et puis, quand nous ferons la révolution et que nous détruirons ceux qui corrompent les mineurs, quand nous liquiderons l'Église, la monarchie et le capital, nous pourrons donner une éducation sexuelle qui rendra ces perversions impossibles, et il n'y aura plus d'invertis. Il ne faut pas les traiter comme des vicieux, Enric, mais nous devons les aider parce que ce sont des victimes. »

« Victime ». Le mot, sorti spontanément et de façon naturelle de la bouche de son ami, frappait son cerveau comme une pierre jetée sur lui, sur Dionís, sur tous les hommes qui aimaient d'autres hommes, transformés en proscrits et en pestiférés. Quelques mois auparavant, cette condition de victime l'aurait apaisé, lui qui se vivait comme un monstre, mais la relation avec son amant l'avait transformé, de sorte que la douleur avait laissé place au plaisir, que la honte avait cédé le pas à la force d'un secret lumineux. Il n'était pas une victime, il le savait, il était un être humain amoureux, et l'amour n'abrite ni vice ni perversion. Si la révolution qui pouvait permettre l'amour libre entre les hommes et les femmes ne favorisait pas aussi l'acceptation d'hommes comme lui, était-ce vraiment une révolution ? Pendant un temps, cette question le poussa à essayer de comprendre les raisons pour lesquelles les préjugés sociaux demeuraient plus forts que les révolutions. Mais il ne trouvait la réponse nulle part, ni à l'association culturelle ouvrière, ni à l'Escola Moderna, ni dans les livres des grands penseurs libertaires, ni dans les discussions avec des compagnons révolutionnaires. Il cessa donc peu à peu de chercher. Il était déterminé à ne pas laisser l'absence générale de compréhension lui gâcher la vie qu'il avait choisie, l'amour qu'il ressentait et les idéaux qui étaient les siens. « Quand nous aurons gagné, il faudra peut-être que la révolution fasse sa propre révolution », dit-il un jour à Dionís. Celui-ci lui répondit : « Arrête de dire des bêtises et serre-moi fort dans tes bras », et il comprit que cela n'avait plus d'importance, désormais. Il accomplirait une révolution sociale avec ses camarades et une révolution personnelle avec son grand amour, et si la première n'était pas prête à comprendre la seconde, il les ferait séparément, l'une au grand jour, et l'autre dans la pénombre du désir prohibé. Il menait ainsi une existence double, doublement heureuse, malgré la clandestinité, trop timoré pour sauter le pas et se montrer tel qu'il était, mais suffisamment fort tout de même pour vivre sa vie.

« Tu apprendras à t'aimer », lui avait dit Dionís la première fois qu'ils s'étaient embrassés, et c'était vrai, il avait appris à s'aimer. Il n'était pas une victime, mais un homme amoureux.

Les larmes du coucou

C'ÉTAIT UN SAMEDI PLUVIEUX et, comme chaque fois que le temps était humide, Albert sentait une forte douleur au flanc droit, souvenir d'une vieille blessure de Cuba qui le faisait encore parfois souffrir. Il s'était cassé deux côtes en tombant alors qu'il poursuivait un groupe de guérilleros. Cette douleur aiguë le mit de mauvaise humeur et il commença sa journée en maudissant le passé et les séquelles qu'il laissait. Devant sa femme, il parlait des « canines de ceux qui sont morts avant l'heure, qui mordent encore ». Ce 25 novembre 1905, ce n'étaient pas les morsures du passé qui allaient lui déchirer l'âme, mais celles du présent.

C'était l'anniversaire d'Enric et, même s'il habitait depuis longtemps chez sa grand-mère Mercè et que les relations avec son père oscillaient de l'indifférence totale aux explosions de colère et de reproches, tous respectaient la trêve des anniversaires. Enric le faisait pour sa mère, et Albert pour sa femme, et ces jours de fête offraient des parenthèses inhabituelles de calme leur permettant de démentir pendant quelques heures le tapage de leur relation tumultueuse. Elisenda s'attachait aux préparatifs de ces célébrations avec le plus grand soin, elle étrennait de nouveaux vêtements, remplissait tous les vases de fleurs bien choisies, achetait des cadeaux coûteux et envoyait bien sûr une domestique acheter le gâteau à la pâtisserie Foix de Sarrià où, petite fille, elle allait chercher la *coca* de la Saint-Jean, sur ordre de son père. Les grandes fêtes familiales étaient celles de décembre, naturellement – le réveillon chez Mercè et Ignasi, le déjeuner de Noël chez ses parents –, mais Elisenda avait l'impression qu'elles ne lui appartenaient pas, parce qu'elle ne recevait pas mais était invitée. En revanche, les anniversaires représentaient toujours de grandes fêtes bien à elle, celles où toute sa famille, la famille qu'elle avait créée, prenait place dans la salle à manger autour de la table qu'elle avait dressée dans le moindre détail, avec les verres en cristal, les assiettes bien disposées sur la nappe en lin que sa grand-mère Eustàquia avait brodée de ses mains, « au temps où les Français occupaient Barcelone, ma petite Elisenda ». Et quand le premier plat faisait son entrée triomphale, elle frétillait d'orgueil, convaincue que nul ne présentait mieux sa table dans toute la ville. Pendant quelques heures, elle se sentait comme une reine.

Ce n'était pas une femme compliquée. Grand-mère Mariona la trouvait godiche, et c'est ainsi qu'elle suivait son bonhomme de chemin, sans autre ambition que de faire aller son monde, comme si la vie était un champ de blé et elle un coquelicot fleurissant au milieu, heureux et indolent. Elle n'avait pas d'opinion politique, suivant celle de son mari pour lequel avait une véritable vénération. Elle possédait un instinct maternel très développé qui la poussait à prendre la défense des plus fragiles de ses enfants, Enric en particulier mais aussi Montserrat, une enfant délicate et constamment malade depuis qu'elle était née. À treize ans, elle était si grande et élancée qu'on lui aurait donné dix-huit ans si elle n'avait pas eu ce teint d'une pâleur de cire et un regard triste de figurine de porcelaine. « La petite Montserrat finira par se briser », disait-elle à son mari qu'elle inquiétait parce qu'il éprouvait une tendresse particulière pour sa cadette.

Mis à part cela, Elisenda était une femme dépourvue de préoccupations, éprise de la vie confortable et opulente que lui avait arrangée Albert. Au début de leur relation, sa mère avait déclaré : « Ce n'est pas un bon parti », mais Elisenda avait flairé la rage qui animait le jeune homme, une rage qui était un gage de réussite, et elle avait décidé d'unir sa destinée à la sienne. Après des premiers temps difficiles, son existence était progressivement devenue plus facile et agréable, et quand il commença à prospérer, elle comprit que la condition de femme du monde avait toujours été dans sa nature. Dès le premier jour de leur vie commune, elle laissa Albert être le maître de sa vie, parce qu'elle en était la maîtresse.

Comme à son habitude, Enric arriva tard, alors que tout le monde était déjà là. La grand-mère Martina, la mère d'Elisenda, s'était présentée deux heures plus tôt avec la traditionnelle crème brûlée, « un délice ! », qu'elle voulut imposer pour le dessert malgré la volonté de sa fille de la garder pour un autre jour. Martina, veuve, sortait toujours avec la sœur cadette d'Elisenda, Rita, restée vieille fille et qui s'était flétrie plus vite qu'elle, de sorte qu'elle avait l'air d'être la mère. En outre, Martina était dotée d'un physique généreux, d'une langue bien pendue et d'une forte personnalité, tandis que sa fille, peu avenante et d'une grande timidité, avait le regard des âmes perdues. « Elle est née post mortem », disait Albert à sa femme, reprenant une expression entendue un jour quelque part.

À peine arrivée, Martina, dotée à l'excès du sens de la démesure, mit toute la maison sens dessus dessous. Elle fouilla dans la cuisine, retourna les cadeaux, arrangea la coiffure de sa fille aînée, critiqua la robe de Montserrat – « Elle ne convient pas à une enfant de treize ans, Elisenda, tu veux la faire grandir trop vite » –, et surtout elle voulut qu'on la mît au courant de toutes les nouveautés de la maison, tout ce qui avait trait aux uns et aux autres autant que les nouvelles acquisitions matérielles, qui faisaient son bonheur. « Oh, mais il est nouveau, ce secrétaire ! » s'exclama-t-elle d'une voix joyeuse en apercevant le meuble en chêne qui trônait dans le couloir menant à la chambre à coucher du ménage. Et elle passa un moment délicieux à s'enquérir de tous les détails le concernant – quel en était le prix, où l'avait-on acheté, de quel bois était-il fait.

À table, chacun avait sa place. Elisenda suivait les règles d'étiquette à la lettre depuis qu'elle assistait aux réunions organisées par Mme Adelina, « une femme très distinguée », pour apprendre les règles du savoir-vivre et les bonnes manières. Albert et elle présidaient et les autres membres de la famille se voyaient attribuer une place selon un ordre précis, un plan de table qui, pour Elisenda, représentait le monde. À côté d'Albert, sa fille cadette, Montserrat. Ensuite, les grands-parents Ignasi i Mercè et, à côté d'Elisenda, Enric et sa sœur Merceneta, la deuxième fille du ménage, qu'elle plaçait toujours auprès d'elle, et pas seulement pour des raisons protocolaires. Merceneta était une jeune fille sérieuse et honnête, mais Elisenda avait l'impression qu'elle était différente, comme si elle avait toujours la tête ailleurs et que, sans être rebelle, elle avait une vie intérieure qui tôt ou tard leur donnerait du fil à retordre. « Cette gamine pense trop », marmottait Albert.

Le même rituel se répétait de l'autre côté de la table, avec la fille aînée, Mariona, puis la tante Rita et la grand-mère Martina. Pour terminer, Elisenda plaçait entre Martina et son mari son fils Avel·lí et sa fiancée Dolcina, une jeune fille de bonne famille au caractère revêche malgré son nom. Ainsi, l'équilibre était parfait : deux filles à côté du père, les deux fils et l'autre fille à côté de la mère, et les grands-parents au milieu. Chacun avait donc sa place, une place correspondant également à celle occupée dans la famille. Ainsi Elisenda organisait-elle une illusion d'harmonie familiale sans laquelle elle se sentait malheureuse et perdue, grâce à cette disposition stricte et infaillible.

Lorsque tous furent assis à leur place autour de la table couverte de la nappe parfaitement amidonnée de la grand-mère Eustàquia et garnie de la vaisselle des grands jours, Elisenda fit sonner la clochette en verre et les domestiques commencèrent à défiler avec les plats qui devaient couronner en beauté cette parfaite organisation. Tout se déroula pour le mieux jusqu'au plat de résistance.

Au petit matin, Elisenda en sanglotait encore, seule dans le lit conjugal, écrasée de douleur et meurtrie par les deux hommes les plus importants de sa vie le jour où tout devait bien se passer car la loi de Dieu l'ordonnait. Son mari venait de sortir précipitamment, en proie à une vive inquiétude, après avoir été averti des événements affligeants de la nuit. Il rejoignait ses amis de la Ligue régionaliste pour apporter son aide aux victimes de l'assaut mené par des militaires contre la rédaction de *La Veu de Catalunya.* « Ils sont aussi entrés dans les locaux du *Cu-cut !*, Elisenda la revue satirique, et il paraît qu'ils ont tout cassé. » Elisenda, en pleurs, ne comprenait pas comment cette agitation étrangère à son foyer pouvait avoir plus d'importance que la rupture qui venait de se produire dans sa propre famille.

Tout avait commencé alors qu'on servait l'agneau. Albert raconta qu'il en avait aussi mangé au dîner de la Ligue régionaliste, deux jours plus tôt. Il était enchanté de la victoire de son parti aux élections municipales. Contre tous les pronostics, il avait battu les monarchistes et écrasé les lerrouxistes. Albert pérora longuement sur le sujet et du ton euphorique qu'il employait pendant les repas de famille, parlant haut et fort pour afficher son triomphe.

« Le *Cu-cut !* l'a baptisé le Banquet de la Victoire, et à juste titre, je peux vous l'assurer, parce que nous avons remporté une grande victoire et que nous avons fait un grand banquet. Sacrément somptueux, même ! Si vous aviez entendu ces discours… Prat de la Riba, grandiose, dissertant sur la nationalité catalane ! Et Cambó ! Quel homme, ce Cambó ! Et quel chef !

— Grand défenseur des oppresseurs et des bourgeois… », répondit Enric d'une voix douce mais énergique. Dès lors, les reproches et les accusations lancés par le père et le fils, sur un ton de plus en plus acide, fusèrent par-dessus la tête des convives. L'un parlait de la défense des intérêts de la Catalogne ; l'autre invoquait les droits des ouvriers, qu'il opposait à la défense du pays, et aucun point commun ne leur permettait de se rapprocher ; de trouver ensemble un terrain d'entente. Ils s'affrontaient sur tout, et ils brassaient furieusement, rageusement même, les mots de *bourgeois* et d'*ouvriers*, de *puissants* et de *peuple*, de *nation* et de *classe sociale*. À un certain moment, alors qu'Enric venait d'attaquer durement son père – « Vous êtes les privilégiés qui vivez aux dépens d'un peuple réduit en esclavage » –, Avel·lí cria : « Ça suffit ! » tout en se levant, et il prit la parole pour réfuter les arguments de son frère.

« De quel peuple parles-tu, toi qui n'as jamais connu la faim, toi qui n'es jamais allé à la guerre, toi qui n'as jamais eu à lutter pour tirer ta famille de la misère ? Respecte un peu ton père qui a souffert plus que quiconque, qui a survécu et réussi grâce à son seul mérite ! Aucun anarchiste, aucun partisan de l'Escola Moderna, aucun sauveur de la patrie ne lui a jamais rien donné, à lui ! Comment oses-tu parler de privilèges, toi qui travailles dans une école que seuls les riches peuvent se permettre ? Vous pratiquez des prix de bourgeois, et en plus, courageux révolutionnaires de pacotille que vous êtes, vous enseignez tout en espagnol ! Cesse de dire des âneries et tais-toi, va. Respecte ton père et respecte cette table !

— Bravo ! Le fils modèle, l'héritier de la famille a parlé. Tu l'as bien méritée, ta médaille familiale ! Mais tu ne me feras pas taire ! Ni toi ni personne. Vous êtes le passé, vous êtes la canaille qui vit aux dépens des ouvriers, et vous ne nous arrêterez pas, vous n'arrêterez pas notre révolution parce que nous sommes l'avenir. Nous sommes la nouvelle morale du monde.

— De quelle morale parles-tu ? Des bombes qui tuent des gens ? De la violence qui saccage tout ? Du manque de respect à l'égard des croyances et des dieux, et du mépris des gens qui prospèrent ? De quelle morale me parles-tu ? Vous n'êtes que des parasites désireux d'imposer votre loi, et par la force s'il le faut. Qu'est-ce que tu crois, que les catalanistes ne subissent pas la répression, qu'on ne nous persécute pas, que nous ne voulons pas changer les choses ? Tu ferais mieux d'aimer un peu plus ta patrie et les tiens, Enric, et d'arrêter de nous insulter.

— Ma patrie c'est le monde, et je pisse sur votre drapeau... »

Elisenda, qui sanglotait depuis un bon moment, réclama un peu de calme dans un filet de voix, mais la colère des trois hommes enflait toujours sans rien pour l'arrêter. Avel · lí parlait de plus en plus fort, Albert voyait rouge, le visage et le cou gonflés, et soudain Enric brisa à jamais la paix familiale.

« Vous êtes l'indécence même. Comment osez-vous parler de famille ? C'est toi, père, qui en parles ? Toi qui entretiens une poule depuis sept ans, qui la promènes dans tout Barcelone et qui la pares des bijoux de notre mère ? De quelle famille parles-tu ? De celle de notre mère, ou de ta poule ? »

La gifle claqua avec un bruit sec, une autre suivit, plus bruyante, et encore une autre, jusqu'à ce qu'Enric sorte de table pour aller se réfugier contre le mur près du balcon. La grand-mère Mercè s'interposa alors entre le père et le fils et sa voix couvrit les pleurs, les insultes et le vacarme de la dispute. « Quitte immédiatement cette maison ! » cria-t-elle à Enric en le regardant droit dans les yeux sans une étincelle de pitié. Le jeune homme sortit de la maison de ses parents la tête haute et le regard fier, toisant les membres de sa famille. Avant de franchir le seuil, il prit encore le temps de prononcer une dernière phrase en les dévisageant avec mépris : « Vous n'êtes que mensonge ! », et il referma la porte avec une surprenante douceur.

« Pourquoi m'a-t-il fait cela, pourquoi ? » rabâchait Elisenda dans un murmure douloureux et désespéré aux allures de litanie. Après le départ de son fils, elle s'était enfermée dans sa chambre à coucher, incapable d'assumer sa honte devant les siens, tellement absente qu'elle n'entendit même pas la grand-mère Martina qui essayait d'ouvrir la porte en criant son nom. Elle se sentait mise à nu et souillée, non pas à cause de la maîtresse de son mari, dont elle connaissait l'existence depuis le début, mais en raison de l'étalage que son fils en avait fait, transformant un secret de Polichinelle qui arrangeait tout le monde en péché public.

Jusqu'à ce jour fatidique, Bibí était un membre supplémentaire du couple qu'Elisenda avait accepté sans faire d'histoires, comme un simple tribut payé au statut de son mari. D'autant que depuis qu'Albert fréquentait Bibí, il semblait plus détendu et il n'exigeait plus d'elle des rapports sexuels pendant la nuit. Elle appréciait cette tranquillité après toutes ces années d'actes sexuels non désirés et sales. Tous les hommes puissants de Barcelone avaient leur Bibí, et Albert, qui avait tant lutté pour entrer dans la haute société, ne restait pas en marge. Mais pour Elisenda il y avait un abîme de douleur, de colère et de désarroi entre la Bibí secrète, qui vivait tranquillement à l'ombre de son ménage, et la poule exhibée et avilie que son fils avait précipitée au beau milieu de la salle à manger. À cette pensée, elle sentait saigner la blessure provoquée par ce fils qu'elle aimait tant et qui n'avait pas hésité à la poignarder devant tout le monde le jour de son anniversaire, alors qu'elle avait préparé la fête avec tant de soin et dans le moindre détail, les fleurs, les cadeaux, la nappe de la grand-mère Eustàquia. Elle reprenait sa litanie avec la même et unique question sans réponse, dans toute sa cruauté, et elle songeait qu'elle ne pourrait plus jamais regarder sa mère en face, ni ses enfants, ni le reste de la famille, parce qu'elle avait été humiliée de la pire des façons, de la seule des façons dont il est impensable d'humilier une dame.

Avant de s'enfermer dans la chambre, juste après qu'Enric avait déversé son mépris sur sa famille – « Vous n'êtes que mensonge » –, elle avait entendu son mari prononcer une phrase qui, sur le moment, lui avait paru n'être qu'un éclat de plus dans le fracas sinistre de cette journée : « C'est un bâtard à l'esprit tourneboulé par ce fanatique de Ferrer i Guàrdia. Je le maudis. » Tandis que ses filles tentaient de le calmer vainement par leurs étreintes, les autres membres de la famille, abasourdis par la virulence de la dispute inattendue, essayaient de comprendre ce qui s'était passé. L'existence de Bibí n'était une surprise pour personne, mais jamais ils n'auraient pensé qu'elle pouvait venir un jour gâcher un dîner d'anniversaire chez Albert. « Qu'est-ce qui lui prend, à mon petit-fils ? » se demandait Martina, bouleversée par la pagaille dont elle venait d'être le témoin. La grand-mère Mercè, qui était d'une rigueur extrême en ce qui concernait les relations familiales et qui s'était montrée implacable en chassant son petit-fils de la maison, n'avait toutefois pas pu se retenir de fournir à Martina une réponse qui la surprit :

« Peut-être faudrait-il vous interroger sur ce qui a pris à votre gendre ?

— Mais c'est votre fils, Mercè. Que voulez-vous dire ?

— Qu'il arrive qu'une mère ne comprenne pas son fils. »

L'esprit qui animait Mercè dans sa jeunesse lointaine, cette âme révolutionnaire qui la poussait à manifester avec les partisans de l'avocat de gauche ardemment catalaniste et fédéraliste Valentí Almirall et à brandir des pancartes républicaines, se rappelait à son souvenir et lui offrait une petite revanche. Certes, son petit-fils Enric s'était mal comporté et toutes ces histoires d'anarchistes, les bombes, les morts, lui faisaient peur. Certes, elle avait de la sympathie pour le libéral Prat de la Riba, qui lui paraissait plus digne de confiance que Cambó, mais le luxe et la vie excessivement fastueuse de son fils la dégoûtaient aussi profondément.

Albert avait fait la connaissance de Bibí par l'intermédiaire de son ami Xió, qui entretenait depuis longtemps une maîtresse à qui il avait même acheté un appartement. Un jour qu'avec d'autres amis ils assistaient à une démonstration de dressage de chevaux au club de polo, il lui avait dit : « La Xineta a une amie française, tu devrais la rencontrer. » Le club de polo, inauguré depuis peu, était fréquenté par les membres de l'aristocratie et les grandes familles de la bourgeoise barcelonaise, qui s'y retrouvaient, et Albert avait beau ne savoir des chevaux que ce qu'il en avait appris à la guerre, c'est-à-dire fort peu de chose – et principalement à éviter le crottin, résuma-t-il pour lui-même au souvenir de ses premières nuits à Cuba –, il avait pris sa carte du club dès son ouverture. C'était une manière de s'offrir un peu de distinction et de pouvoir fréquenter la fine fleur de la société barcelonaise. Il y passa bientôt de longs moments avec Xió, au restaurant ou sur la terre battue – il jouait au tennis avec peu d'élégance mais beaucoup d'application. Il assistait également aux événements sportifs qui s'y déroulaient. Il aimait regarder les matchs de polo, un spectacle qu'il jugeait à la fois dur et élégant et qui conciliait force et distinction. « Quelle précision ! Quand je pense qu'ils sont à cheval... », se disait-il. Il vouait une admiration éperdue à ces hommes dont il reconnaissait la supériorité sociale. Ils n'étaient pas des parvenus, des nouveaux riches comme lui, mais des hommes de haut lignage, une condition qui lui inspirait un respect excessif.

C'était donc au club de polo, pendant que des cavaliers cherchaient à éblouir les spectateurs par une démonstration de dressage, que Xió avait évoqué Bibí pour la première fois. Ensuite, tout avait été très simple. Ils avaient passé un après-midi au club, avec Xineta et Bibí joliment habillées et parfumées, à boire du chocolat chaud, à s'adresser quelques sourires et quelques phrases piquantes, et à jouer des mains baladeuses avec le joyeux sans-gêne de la séduction, puis ils avaient terminé la journée dans la petite chambre d'hôtel où Bibí s'était installée en arrivant de Marseille. C'était une jeune femme à la peau brune et à l'abondante chevelure noire, aux grands yeux et à la bouche pulpeuse, qui lui fit perdre la tête dès le premier instant où il la goûta. Quelques semaines plus tard il l'installait dans un appartement. En l'apprenant, Elisenda se montra heureuse : la présence de Bibí couronnait la réussite sociale de sa famille, et cette certitude l'amena à accepter fièrement ce nouveau ménage qui incluait une tierce personne. Après tout, elle serait toujours l'épouse, la maîtresse de maison... Mais de quoi avait-elle l'air à présent que son fils cadet, qu'elle avait tant protégé et aimé, en faisait un péché public ? Elle se sentait brisée à l'intérieur, ravagée, et elle perdait pied, sombrant dans un gouffre sans fond.

Albert était parti avec son fils aîné qui avait insisté pour l'accompagner. Avel·lí s'était impliqué dans la Ligue régionaliste avec un enthousiasme croissant, et pas par opportunisme, à la différence de son père ; il croyait sincèrement à la nécessité d'une organisation authentiquement catalane pour défendre les intérêts de la province. Il avait totalement changé d'opinion à la lecture des écrits du politicien Prat de la Riba, convaincu par son idée que la Catalogne n'était pas qu'une simple région, mais bel et bien une nation. Le père était un cynique seulement intéressé par la position sociale et le prestige qu'elle procurait alors que le fils, militant convaincu, était prêt à remettre en cause sa situation sociale pour défendre des idéaux qu'il jugeait nobles. Père et fils avançaient de concert sur le chemin tracé par la Ligue régionaliste, ignorant tous deux qu'ils ne faisaient pas route ensemble.

Ce samedi-là, la nuit était noire et humide, mais la pluie tombée pendant tout l'après-midi avait cessé. À peine sorti de chez lui, Albert, encore furieux contre son fils cadet, avait dit à Avel·lí qu'il maudissait Enric, il était perdu et contaminé par des idées insensées, et plus jamais il ne pourrait le regarder en face. « Si ce fou de Ferrer i Guàrdia ne l'avait pas complètement corrompu... » Il avait ajouté, hors de lui : « S'il voulait être instituteur, il n'avait qu'à entrer dans les écoles de Flos i Calcat et travailler avec l'Association pour la protection de l'enseignement catalan ! Ce sont des gens corrects, eux au moins, des gens d'ordre, qui éduquent des enfants qui aiment la Catalogne et pour qui la vie a un sens. Mais non ! Tout droit à l'Escola Moderna ! Ils avaient besoin de monde, et mon fils se retrouve à aider à la formation de révolutionnaires, auprès d'hommes et de femmes sans aucun sens de la pudeur, sans éducation et sans Dieu, qui veulent tout chambouler. Cette racaille l'a rendu fou, Enric. » Il était si énervé qu'il en bafouillait et qu'Avel·lí peinait à le suivre.

Mais la violence des événements de ce 25 novembre 1905 leur fit bien vite oublier leurs préoccupations familiales. Les hommes qui étaient venus prévenir Albert lui avaient dit : « Nous allons chez les Oller. » Aussi s'était-il dirigé vers la maison de Narcís Oller, sur les Ramblas, dans laquelle il n'était jamais entré, même s'il fréquentait depuis un certain temps l'écrivain. En arrivant, il retrouva plusieurs rédacteurs de *La Veu de Catalunya* qui s'étaient réfugiés là, et l'un d'eux, un jeune homme maigre très exalté qui parlait avec une vive agitation, lui expliqua les faits.

« Ils sont partis de la Plaça Reial. Plus de trois cents militaires commandés par le général Brandeis en personne. Imaginez un peu la file de soldats… Ils faisaient peur à voir tellement ils suaient la haine, et ils n'arrêtaient pas de crier *"Vive l'Armée !"* et *"Vive l'Espagne !"*. Ils terrorisaient les passants, et sur les Ramblas ils ont même frappé ceux qui ne répondaient pas à leurs vivats. Ils ont continué en direction de la rue Avinyó, pour saccager l'imprimerie Bagunyà, et quand ils sont arrivés au local de la revue *Cu-cut !*, ils ont tout cassé et tout défoncé, ces canailles n'ont rien laissé debout. En les entendant approcher du Palau de la Virreina, on a compris qu'ils venaient au siège de *La Veu de Catalunya* et on a pris la fuite dare-dare, on s'est tous enfuis comme on a pu, tous ceux de la rédaction. Heureusement qu'on a pu venir se cacher chez vous, monsieur Oller.

— Il paraît qu'ils font des bûchers sur les Ramblas, ajouta un autre journaliste plus énervé que le premier, et qu'ils y brûlent tout ce qu'ils ont trouvé à *La Veu*, les meubles, les livres et tous les exemplaires du journal, ils ont même jeté les machines au feu, en proférant leurs cris patriotiques. Vous imaginez bien, mes amis, que parmi ces militaires se trouvent les républicains de Lerroux, et qu'ils démolissent tout avec encore plus de fureur. »

L'avocat Duran i Ventosa enfonça le clou :

« Que pouvions-nous attendre d'autre des lerrouxistes, après ce qui s'est passé le soir du Banquet de la Victoire ? Ils nous ont tiré dessus, et ils ont même essayé de nous renverser, grands Dieux ! Tianet et Pep Ruall ont été grièvement blessés, et Ofili a perdu un bras ! Comme le dit Lerroux, *"le catalanisme est le fruit dégénéré d'un concubinage monstrueux*". Au moins les choses sont claires, il semble vouloir mettre fin à ce concubinage de ses propres mains.

— "*Républicains et Espagnols*", voilà son mot d'ordre. Le salaud n'en fait pas mystère et il le dit tout à fait clairement dans son article de *La Publicidad* ! » ajouta une voix depuis le fond de la pièce.

Les événements des jours précédents, surgis d'un brouhaha de conversations entrecroisées, frappèrent les esprits et apparurent bientôt comme un ensemble de faits prémonitoires des violences survenues pendant la nuit. On rappela le grand succès électoral du parti, auquel personne ne s'attendait après la rupture entre les républicains du Centre nationaliste républicain et la Ligue régionaliste. « La Catalogne a répondu ! » selon les mots de Prat de la Riba. On évoqua la colère des monarchistes et des lerrouxistes, qui laissait présager des réactions violentes, le magnifique banquet au Frontón Condal pour fêter la victoire, les militants de la Ligue qui en étaient sortis en chantant *Els segadors*, l'hymne catalan, et on en revint aux partisans de Lerroux ; ils leur avaient tiré dessus alors qu'ils passaient devant leur local, et on parla de la caricature de Junceda raillant les défaites de l'armée espagnole publiée dans le *Cu-cut !*... Il régnait un véritable fouillis sonore où tout se mélangeait dans le salon qui se remplissait de responsables et de militants de la Ligue régionaliste apportant avec eux de nouveaux détails sur les événements de la nuit. Quelqu'un raconta qu'il ne restait plus rien des locaux du *Cu-cut !* et d'autres décrivirent les dégâts causés à l'imprimerie et à la rédaction de *La Veu de Catalunya*.

« Les militaires se sont vengés des catalanistes », affirma Ramon d'Abadal, qui dirigeait la Ligue depuis un an avec Cambó et Prat de la Riba. « Ils ne supportent pas notre victoire et ils vont s'en prendre à nous », répondit un vieil homme appelé Xico d'Oli. « Ils haïssent la Catalogne », ajouta un jeune homme qui venait d'arriver et qui n'avait pas eu le temps d'ôter son chapeau. Certains rappelaient le découragement du Dr Robert quand il était député à

Madrid, peu avant sa mort, et qu'il disait avec colère et dépit à propos de la Chambre : « Pour les Catalans, on dirait plutôt une cour martiale sommaire qu'un parlement. » D'autres déversaient leur colère sur Maura, qui considérait que le catalanisme était la « *maladie nerveuse* » de la Catalogne. Albert Rusiñol, le frère du peintre, énonça sur un ton sentencieux : « Ici, ce n'est pas la Norvège, ce pays qui vient d'obtenir son indépendance de la Suède grâce à un traité signé entre gentlemen. Ici, ils ne nous laisseront jamais partir ! » Du fond de la pièce, une voix appuya le propos : « Aurions-nous oublié ce qui est arrivé à Folch i Torres ? » Tous se mirent à parler de l'écrivain Josep Maria Folch i Torres, arrêté en 1901 au cours d'une manifestation pendant la *Diada*, la fête de la Catalogne, et récemment condamné à l'exil en France pour avoir publié un numéro spécial sur l'indépendance de Cuba dans sa revue *La Tralla*. « Qui n'a pas connu la prison ? Souvenez-vous de Prat ! » lança un des présents, et l'emprisonnement de Prat de la Riba pour avoir repris un article du journal de Perpignan *L'Indépendant* sur leurs revendications occupa le centre des discussions. « Pauvre Ignasi Corma, il est si bon, pourvu qu'il ne lui arrive rien ! » entendit-on, et tous les regards se tournèrent vers Corma, le directeur de *La Veu de Catalunya* assis à une extrémité du salon, l'air inquiet. C'était l'homme de paille des notables qui pouvaient ainsi écrire dans le journal sans craindre de finir en prison, tandis que lui, Corma, courait justement ce risque à présent. Ils le savaient tous. « Il ira en prison, vous pouvez en être sûrs. » La conversation rebondissait, d'histoire en histoire, sans autre but que d'apaiser par les mots l'angoisse que chacun ressentait. Dans ce concert strident de plaintes, d'accusations et de lamentations, certains évoquèrent les disputes de Narcís Oller avec l'écrivain Benito Pérez Galdós, qui le blâmait de ne pas écrire en castillan et jugeait que c'était « *complètement idiot* » de le faire en catalan. Avel·lí intervint énergiquement avec une fougue qui surprit son père : « Même dans le domaine de la littérature, on ne nous supporte pas ! Soit nous devenons espagnols, soit nous sommes des ennemis. » Et tandis que les portes de la demeure s'ouvraient et se refermaient dans un va-et-vient continuel, certains dirigeants décidèrent d'aller protester auprès des principales autorités, à l'hôtel de ville pour commencer, puis à la Capitainerie générale et au Gouvernement. Là, après s'être entretenus avec le général Castellví et le gouverneur Julio Fuentes, ils comprirent que l'agression des militaires demeurerait impunie. De retour chez les Oller, ils prédirent ce qui allait se passer : « Mes amis, il n'y a rien à faire. Ils n'arrêteront pas les militaires, bien au contraire, ils les ont encouragés à nous attaquer. Personne ne prendra la défense des catalanistes. » Le découragement général conféra à cette fin de nuit des allures de chant de requiem.

Les événements du *Cu-cut !* furent dans toutes les bouches pendant les semaines suivantes, on en parlait dans les dîners, dans la presse et dans les réunions de l'Ateneu barcelonès. Les sombres pronostics émis chez les Oller se confirmèrent, et les catalanistes subirent ce qu'Avel·lí appela un « déluge universel ». Au lieu de freiner la pression exercée par l'Espagne sur la Catalogne et de susciter de la part des partis et des journalistes éclairés du reste du pays des marques de solidarité, l'agression fut l'amorce d'une profonde réaction teintée d'anticatalanisme dans tous les secteurs, politique, militaire et journalistique, de la Péninsule. De nombreux capitaines généraux envoyèrent des télégrammes pour exprimer leur soutien aux agresseurs, et *El Ejército Español* et *La Correspondencia Militar* publièrent des chroniques enflammées contre les « sécessionnistes ». À Madrid, au centre culturel des armées, dénommé Casino Militar, le colonel Ricardo Burguete s'occupa de centraliser les diverses pétitions exigeant du roi la condamnation des séparatistes, le retour du général Valeriano Weyler à la Capitainerie générale de Catalogne – « Grands dieux, le boucher de Cuba envoyé pour nous mater ! » commentaient les journalistes les plus engagés –, la démission du président du Conseil des ministres Montero Ríos pour avoir tenté de faire punir les militaires, tentative immédiatement désavouée par Alphonse XIII en personne – il était notoire qu'en privé, le roi défendait l'assaut contre les organes de presse catalanistes. Pendant ce temps, au cœur de l'offensive et régnant depuis les lieux les plus obscurs, Lerroux fomentait la violence et s'enflammait dans un article intitulé « L'âme sur les lèvres » – une âme dont Avel·lí assurait qu'elle résidait plutôt dans son arrière-train.

> « Tant que le parti républicain de Barcelone, ou plutôt le peuple républicain de Barcelone, écoutera ma voix et suivra mon conseil, il ne pactisera pas avec les régionalistes qui ont dénigré la patrie et qui suivent des hommes tellement indignes qu'ils l'ont entendue insulter sans protester à Barcelone, l'outrageant de nouveau à Madrid par leurs paroles d'amour serviles, lâches et hypocrites. L'amour de la patrie tel que je l'entends abolit les frontières sans en dresser d'autres ailleurs ni en renforcer dans la haine et l'insulte du sol dont la nature nous a confié l'élévation morale. Aussi ne me demandez pas de condamner la violence rageuse avec laquelle les représentants de l'armée ont vengé la patrie à Barcelone. [...] J'affirme que si j'avais été militaire, je serais allé brûler La Veu de Catalunya, le Cu-cut !, la Ligue régionaliste et le Palais épiscopal, s'il avait fallu. Et si j'avais été à Barcelone la nuit où les bûchers ont été dressés, nous serions allés, le peuple et moi, mettre le feu aux couvents, aux écoles séparatistes, et nous aurions frappé à la porte des casernes pour dire aux soldats qu'avant la discipline, la conscience des hommes abrite la liberté et la patrie. »

Le gouvernement espagnol suspendit les garanties constitutionnelles à Barcelone et il interdit l'emploi du catalan dans le domaine public ainsi que la publication de *La Tralla* et de *La Veu de Catalunya,* dont le directeur fut jeté en prison, ce qui n'étonna personne. La certitude qu'il leur faudrait désormais mener une lutte démesurée fit sombrer les catalanistes dans un désespoir profond tout en leur servant de tremplin. Ils comprirent qu'ils devaient s'organiser pour défendre leurs intérêts. Pendant ces journées ponctuées d'explosions de bombes posées par les anarchistes, et une fois l'état d'exception décrété, Cambó s'exila à Toulouse, les dirigeants de la Ligue jugeant qu'il valait mieux « qu'il ne se fasse pas tuer ». L'appel à l'union de tous les partis catalanistes se faisait de plus en plus insistant à mesure que la répression s'intensifiait.

L'assaut contre l'hebdomadaire satirique *Cu-cut !* secoua Barcelone et toute la Catalogne, mais elle eut également une forte répercussion dans la famille Corner, le père et le fils se sentant fortement impliqués dans ces événements. Avel·lí vivait la situation avec un enthousiasme redoublé pour la cause catalane, tandis qu'Albert était en proie à la seule émotion capable de l'ébranler, la peur de perdre ce qu'il avait acquis. Cette agression lui rappela brutalement et de façon implacable que les armes étaient aux mains des militaires et qu'ils pouvaient s'en servir en toute impunité. Les catalanistes étaient seuls et sans protection, si isolés et vulnérables qu'ils avaient beau être les victimes de l'attaque militaire, ils étaient considérés comme des bourreaux par une Espagne qui réagissait avec furie contre ces Catalans insolents qui s'opposaient à elle et lui tenaient tête. Albert prit alors conscience qu'il avait choisi le mauvais camp. Malgré le sérieux de Cambó, l'élégance de Prat de la Riba, les articles impeccables de Maragall, les livres d'Oller, les arguments de *La Veu de Catalunya* et l'enthousiasme de son ami Xiol et de son fils Avel·lí, malgré même le souvenir illustre du Dr Robert, ce serait toujours le camp des perdants. Or Albert ne poursuivait qu'un seul but dans la vie, et une seule idée le poussait à se battre : conserver et accroître la fortune et le prestige social qu'il avait si difficilement acquis. Il avait adhéré à la Ligue parce que c'était le parti des nantis de Barcelone, le parti des gens qu'il avait l'habitude de fréquenter, qui l'invitaient à leurs fêtes et avec qui il faisait affaire. Ces gens avaient tout naturellement créé un outil politique pour protéger leurs intérêts, mais qu'adviendrait-il s'ils échouaient à les défendre ?

« On parle maintenant de s'unir, tous ensemble, pour former une sorte de grand mouvement, ou quelque chose de ce genre, appelé Solidarité catalane. Que veux-tu que je te dise, Elisenda ? Je ne vois pas à quoi ça rime, tout ça, puisque à la première occasion ils nous envoient l'armée, et fini de rigoler ! » Albert se demandait si ceux qu'il fréquentait étaient capables de défendre leurs intérêts face aux bombes des anarchistes, aux inepties des lerrouxistes, aux attaques des militaires et, surtout, face à la sévérité implacable des politiciens espagnols protégés par un roi qui les encourageait à maintenir la Catalogne sous leur botte. Il s'était trompé d'alliés. Cette inquiétude soudaine, inexistante avant les événements du *Cu-cut !*, le rongeait de l'intérieur et le laissait orphelin, sans protection et sans possibilités. S'il restait dans la Ligue régionaliste, il ferait partie des perdants, « pas besoin d'être fine mouche pour constater que l'Espagne nous bat toujours », ruminait-il, soucieux. Et s'il rejoignait les monarchistes… Où cela le mènerait-il ? Il n'appartenait pas à l'aristocratie, il n'avait rien à voir avec ces gens, et même s'il les croisait au club de polo et qu'il connaissait certains d'entre eux, ils ne lui permettraient jamais d'accéder à leur cercle fermé de privilégiés. Or il n'y avait rien d'autre en dehors de ces deux options, les seules qui correspondaient à un homme dans sa position, « rien que le chaos, les bombes et les révolutionnaires », fulminait-il, mettant dans le même sac tous ceux qu'il abhorrait, anarchistes, ouvriéristes de Lerroux ou disciples de l'Escola Moderna, « ces vipères qui ont empoisonné Enric avec leur venin ».

Pour la première fois depuis de nombreuses années il ne savait pas ce qu'il devait faire, et le désespoir qui avait déjà tant rongé son âme de vieux conscrit se manifesta de nouveau, plus vorace que jamais. Et si les militants de la Ligue étaient plus dangereux que les anarchistes ? se tourmentait-il en silence, épouvanté à l'idée de se poser une telle question.

Après tout, ils attisent la révolte contre l'Espagne. Il poursuivait son raisonnement, convaincu que les catalanistes de la Ligue régionaliste étaient seuls coupables de cet engrenage diabolique, de ce mécanisme d'action et de réaction auquel était condamnée la Catalogne. « Nous ne changerons pas l'Espagne, et nous ne pouvons pas l'affronter sans que toujours elle nous écrase. L'heure est peut-être venue de se donner la main, de nouer une amitié… » Albert savait combien le gouvernement espagnol et la monarchie faisaient de tort aux intérêts économiques catalans, en particulier aux industriels comme lui, aux commerçants et, de façon plus générale, à la bourgeoisie et, pardi !, au peuple. Dès lors, n'était-il pas plus sage de s'allier avec le pouvoir de Madrid plutôt que de le contrer ? « Serais-je un lâche ? » se demandait-il, et il répondait aussitôt par la négative : il était un battant, un misérable qui s'était révolté contre son sort et qui en était sorti victorieux. C'était aussi parce qu'il savait ce qu'était la victoire, et surtout la défaite, qu'il ne pouvait pas se laisser guider par des sentiments patriotiques ou des émotions émollientes. Il était le gardien de la vie qu'il s'était construite, et il ne pouvait permettre à personne de détruire son œuvre.

S'allier avec l'Espagne était la solution. N'était-ce pas ce qu'écrivait le poète Joan Maragall dans ses articles pour *La Veu*, que son fils Avel·lí lisait souvent à haute voix ? Ne valait-il pas mieux tenter de changer l'Espagne plutôt que d'essayer de la vaincre ? Il semblait cependant que même Maragall y avait renoncé, et le seul souvenir de son poème d'adieu à l'Espagne ébranlait l'argumentaire qu'il s'évertuait à élaborer.

Albert songea à ce poème qu'Avel·lí avait apporté un dimanche midi, quelques mois plus tôt, à l'époque où il commençait à s'impliquer sérieusement dans la vie de la Ligue. « M. Maragall l'a écrit au moment de la perte de Cuba, mais les événements des dernières années lui donnent encore davantage raison. » Après en avoir demandé la permission à sa mère, il l'avait lu d'un ton ému et solennel.

Écoute, Espagne – la voix d'un fils
qui te parle en sa langue – qui n'est point castillane ;
je m'adresse à toi dans la langue – que m'a donnée
cette âpre terre :
on t'a peu parlé dans cette langue ;
on t'a beaucoup parlé dans l'autre.

On t'a trop parlé – des Sagontins,
et de ceux qui meurent pour la patrie :
de tes gloires – et de tes souvenirs,
gloires et souvenirs – de mort.
Et tu as vécu triste.

[...]

Tu lançais tes fils – vers la mort tragique.
Tu te contentais – des honneurs funéraires ;
tes fêtes – ô triste Espagne,
célébraient tes obsèques.

[...]

Espagne, je t'appelle – et ne te vois nulle part.
Tu n'entends donc point ma voix grandissante ?
N'entends-tu pas cette langue – dans laquelle on te parle
[à l'heure du danger ?
Quoi, tu ne reconnais pas tes fils ?
Adieu, Espagne !

« "Adieu, Espagne !" Non, non et non ! » s'écria-t-il subitement. Il venait de se rendre compte que le souvenir de ces mots puissants l'avait ému. Quelque chose de la terre qui l'avait vu naître remuait en lui, peut-être à la recherche d'anciens élans du temps où il était jeune, du temps où la guerre ne l'avait pas encore malmené, du temps où les idées de grand-mère Mariona le séduisaient. Il s'était brièvement laissé gagner par la fièvre patriotique, révolté contre lui-même, presque inconscient, mais cela n'avait duré qu'un instant fugace. « Non, non et non, que suis-je en train de faire, bon Dieu ? » se dit-il en donnant un coup de pied dans un tabouret insolemment immobile dans un coin de son bureau, près de la bibliothèque qu'il s'obstinait à remplir. Il se précipita hors de la pièce. Lui, Albert Corner i Espiga, petit-fils d'une rebelle de Gràcia, fils d'une républicaine convaincue et père d'un adepte de l'Escola Moderna, il n'adhérerait pas aux sottises révolutionnaires, il ne se laisserait pas gouverner pas ses émotions et il ne commettrait pas la moindre erreur susceptible de le détourner de son chemin. Il était un survivant. « Je suis un rescapé », se répétait-il, et il se rappelait qu'il avait survécu à une guerre terrible, qu'il avait tué un homme pour se tirer du marigot de la pauvreté, et qu'il n'y était pas arrivé en s'attendrissant sur des patries, des langues ou des mots de poètes riches qui n'avaient rien de mieux à faire que de composer des vers. Il était un rescapé, et si sa survie devait le conduire à rompre les liens politiques qu'il avait tissés et à renoncer à toutes ces idées et à toutes ces personnes, il n'hésiterait pas un instant car sa seule patrie était celle de la rue de Provença, près de chez les Almirall et les Batlló, en plein cœur de la Barcelone toute-puissante. C'était une patrie qui se mesurait à l'aune de la balustrade moderniste de sa salle à manger, des bijoux dont se parait Elisenda pour les fêtes de ses amis, des lèvres charnues de Bibí qui suçaient son sexe avec un appétit vorace. C'était là sa seule patrie, celle qui l'avait arraché à une vie misérable et l'avait accueilli en plein malheur, celle-ci et aucune autre ; la patrie des drapeaux catalans et de la langue de ses parents, grands-parents et arrière-grands-parents, et de générations entières de vaincus, cette patrie-là n'avait rien fait d'autre que de le condamner. Alors, enfin persuadé, il se dit qu'il devait quitter la Ligue régionaliste et changer de relations. Cette aventure politique ne pouvait pas bien finir.

Échange de lettres

TANDIS QU'ALBERT, persuadé d'être à une nouvelle croisée des chemins, se réinventait pour la énième fois, Avel·lí essayait de recoller les morceaux de sa famille éclatée. Il ne supportait pas la tristesse de sa mère et il nourrissait pour son père une admiration sincère et sans bornes, mais il aimait par-dessus tout son frère, et la façon dont il s'était comporté l'affligeait profondément. Il n'avait que trois ans de plus que lui mais il assumait son rôle de grand frère avec un zèle rigoureux, se montrant souvent paternel avec lui, comme si le cadet qui causait toujours tant de souci à sa famille se trouvait sous sa responsabilité. Alors que ses parents le considéraient comme un garçon fragile et craintif, que sa mère le protégeait et que son père le provoquait, Avel·lí le soupçonnait d'être plus fort qu'il n'en avait l'air, et cette dualité entre l'image extérieure qu'il percevait et la révolte intérieure qu'il devinait lui causait une vive inquiétude. Il se disait qu'en Enric devait se livrer un combat intérieur impitoyable et qu'il y avait en lui autant de désespoir que de colère. Il ne connaissait pas la raison de sa souffrance, et il ne comprenait pas d'où sortait ce garçon hargneux qui s'éloignait de plus en plus d'eux, comme s'il faisait traîner en longueur une séparation inévitable. « Nous finirons par le perdre », avait dit son père un jour, et cette idée s'était consolidée à mesure que son frère s'était rapproché des anarchistes et des gens de l'Escola Moderna.« Ils lui empoisonnent le cerveau », maugréait Albert.

Préoccupé et fâché, Avel·lí se dirigea vers sa chambre. Dès qu'il était arrivé chez lui, il était allé trouver sa mère, qui pleurait encore à la moindre occasion deux jours après les événements survenus au cours de l'anniversaire, répétant à longueur de temps : « Quelle honte, mon Dieu, quelle honte. » Avel·lí habitait encore chez ses parents, rue de Provença, mais depuis plusieurs semaines il visitait des appartements avec Dolcina en vue de leur mariage. Il referma la porte de sa chambre, se laissa tomber sur le canapé Chesterfield que sa mère lui avait acheté deux mois plus tôt – « Il vient d'arriver d'Angleterre, Avel·lí, tu l'emporteras chez toi quand tu te marieras. » Une grande fatigue s'empara de lui comme s'il n'avait pas dormi depuis des semaines, entre l'attaque du *Cu-cut !* et tous les propos perfides et toutes les calomnies rapportés par les journaux d'un côté, et la charge de son frère contre l'autorité familiale et tous les dégâts qu'elle avait entraînés de l'autre. Depuis longtemps, il ne s'entendait plus avec Enric, et il ne supportait pas cette sensation d'éloignement croissant ni les paroles qu'ils échangeaient, de plus en plus creuses, comme s'ils étaient tous deux en train de perdre la notion du dialogue et que l'autre devenait un étranger. Il avait beau avoir la certitude qu'un jour viendrait où tous leurs liens se déchireraient, il n'aurait jamais cru son petit frère capable de porter un coup aussi terrible à sa famille, et surtout à sa mère. L'action contre le *Cu-cut !* ne lui avait sûrement pas permis de se consacrer autant qu'il l'aurait souhaité à la tempête qui avait secoué le repas d'anniversaire et le souvenir douloureux de l'affront fait par son frère le hantait. Impatient de vider son sac pour se libérer de son chagrin et de sa colère, il avait l'idée, depuis ce funeste jour, de lui écrire une lettre, « une lettre sans détour, ni ménagement ».

Il devait trouver le ton et le juste équilibre entre les émotions contradictoires que lui inspirait ce frère aimé et détesté à la fois, comme c'est le cas des êtres qui nous sont très chers. Il se leva lentement, en prenant tout son temps comme dans la mise en œuvre des grandes décisions, il s'assit à la table de style moderniste dessinée pour sa famille par Joan Busquets i Jané, et il demeura quelques instants immobile à écouter le silence de la chambre. Il regarda les décorations et les incrustations de marqueterie du meuble et se rappela le jour où il avait été livré. Son père avait décidé « Il sera pour Avel·lí », et il avait éprouvé une grande fierté lorsque les déménageurs l'avaient placé devant sa fenêtre. Il caressa du doigt la silhouette délicate d'un chérubin pyrogravé sur le tiroir central puis il inspira profondément avant de se saisir de sa plume qu'il trempa dans l'encrier.

Cher Enric,

Je ne suis pas un homme cultivé comme toi, mais il y a certaines choses que je dois te dire, mon frère, même si je ne maîtrise pas l'art des mots. Et comme je ne sais pas tourner les phrases, j'irai droit au but, sans détour et sans fioritures. Je m'adresse à toi en toute sincérité, le cœur blessé, et effrayé par un frère que je ne reconnais plus.

Qu'as-tu fait ? Quel monstre es-tu devenu ? Comment un fils peut-il humilier ainsi sa mère devant tout le monde, sans aucune pitié, sans une once d'amour ? Que t'est-il arrivé ? Qu'est-il arrivé à ce frère sensible qui se souciait de tous et qui serrait sa mère dans ses bras avec plus d'amour qu'aucun autre enfant ? Te souviens-tu de ces nuits d'août où, sur le balcon de notre maison de Badalona, nous parlions de ce que nous ferions quand nous serions grands ? Je me souviens que tu rêvais de faire de longs voyages, tu disais que tu irais jusqu'aux Indes, ou là où tu aurais envie d'aller. Quand tu me racontais cela, je t'imaginais aventurier, petit frère, voyageur visitant des villes mystérieuses et vivant des histoires fantastiques, et nous restions là à regarder la mer et à rêver. Puis notre mère entrait et nous grondait : « Allez, au lit, il est tard », et nous allions nous coucher bras dessus, bras dessous. Tel était le frère que je connaissais, que j'aimais, que je respectais, parce que tu étais le frère qui nous aimait et nous respectait tous. Maintenant, je ne sais plus qui tu es. On dirait que tu as éclaté en mille morceaux, comme ces mosaïques modernistes faites de centaines d'éclats de céramique, et je ne sais pas comment rassembler ces morceaux pour reconstruire le frère qui était le mien. Non, je ne te reconnais plus.

Tu ne t'es jamais entendu avec papa, je le sais, et il est indéniable qu'il peut se montre inflexible et dur, mais c'est un grand homme, parti de rien, qui a souffert de la faim et de la guerre et qui a failli mourir, un homme qui a peu à peu relevé la tête et bâti un empire. Tout ce que nous avons, il l'a obtenu à la force du poignet, sans autre aide que son travail et sa ténacité. Qui es-tu pour le mépriser, pour l'humilier devant sa famille ? Qui es-tu pour salir son nom ? Toi qui n'as jamais rien fait que mener la vie confortable offerte par tes parents, toi qui as toujours tout eu, les meilleurs vêtements, les meilleures écoles, l'amour de notre mère. Parce que tu es son préféré ! Et tu l'as toujours été ! Tout ce que tu demandais, tu l'obtenais. Je peux comprendre que ta relation avec papa soit difficile, mais pourquoi le haïr ?

Oui, Enric, le haïr, car c'est le sentiment que tu dégages, la haine, haine de papa et aussi de maman, que tu tourmentes sans raison, et la haine de la vie qu'ils t'ont procurée. Tu taxes notre famille de « bourgeoisie haïssable », mais pour qui te prends-tu, toi ? Pour un ouvrier ? Tu ne sais pas ce que cela signifie d'être un ouvrier, tu n'es qu'un fils à papa qui veut faire la révolution parce qu'il n'a jamais connu la faim ni dû endurer d'autres épreuves. Tu penses changer le monde avec une poignée de livres et de bombes. Satanée révolution ! Ne vois-tu pas qu'elle ne nous apportera que de la douleur et de la souffrance ? Ne vois-tu pas qu'à cause de tes amis nous sommes tous persécutés, qu'on nous tire dessus, qu'on ferme nos fabriques, qu'on détruit nos journaux et qu'on envoie les meilleurs d'entre nous en prison ?

Chaque fois que tes amis commettent une de leurs actions imbéciles, qui paie les pots cassés à ton avis ? Les révolutionnaires ou tous les autres, et surtout nous, les catalanistes, nous de qui on a vraiment peur ? Ne vois-tu pas que nous qui luttons pour la Catalogne sommes la cible de toutes les lois et de toute la répression du gouvernement ? Ne comprends-tu pas que la véritable révolution est celle engagée par des gens disciplinés et soucieux de l'ordre, aux idées raisonnables, qui avancent pas à pas, sans tuer ni brutaliser personne mais avec de la fermeté dans leurs convictions et l'amour de la patrie ? En faisant le mal, vous donnez au gouvernement une excuse pour nous écraser, parce que nous seuls sommes capables de changer les choses.

Tu ne jures que par les révolutions, Enric, par l'école libertaire censée libérer les hommes, par les ouvriers et par la suppression des rois, des évêques et des armées. Tu me parles de justice universelle, de fraternité et de vie en harmonie avec la nature, et tes paroles ressemblent aux vers des plus grands poètes, à la beauté de l'idéal. Mais rien de tout cela n'est vrai, parce que toi et les tiens faites sauter des bombes et tuez des hommes, des femmes et des enfants, parce que vous avez en horreur la Sainte Vierge, notre Catalogne bien-aimée et les hommes qui ont monté des usines et ont lutté pour faire prospérer notre pays, comme ton père, comme ta propre famille. Vous nous haïssez, vous haïssez ce que nous sommes. Vous n'êtes pas fraternels, Enric, vous êtes des fabricants de haine.

Je suis un bourgeois, je le dis, je le répète et je m'en vante, parce que j'appartiens à une famille qui s'est construite toute seule et qui n'a pas honte de sa réussite, j'aime l'ordre social, la culture, les bonnes manières et la parole donnée, et je défends mon propre bien parce que je suis un homme honnête et que je ne laisserai aucun révolutionnaire détruire la vie de ma famille. Même mon petit frère. Sache pourtant que ton bourgeois de frère s'engage pour son pays. Je risque ma liberté, Enric, mon patrimoine et peut-être ma vie. À moins que tu n'imagines que se battre pour la Catalogne ne comporte aucun risque… Tu devrais être fier de nous. Nous mettons en danger notre existence aisée pour la défense de tous les Catalans. Car que faisons-nous, selon toi, sinon défendre notre patrie ?

Les révolutions n'apportent que la mort, la douleur et le chaos. Regarde-toi. Qu'as-tu apporté à ta famille à part les tourments et le chaos, et peut-être un jour, Dieu nous en garde, la mort… ? Les idées que tu défends détruisent efficacement, avec leurs bombes et leurs paroles incendiaires. Elles savent détruire, mais elles ne savent pas construire. Ce sont des idées destructrices, que tu défends avec l'arrogance des fanatiques.

Je ne te reconnais pas, je ne reconnais pas mon frère, je ne l'aurais jamais cru capable de faire autant de mal à sa mère, à son père, à ses sœurs, à moi-même… Ne reviens pas à la maison, si ce n'est pour demander pardon. Cet enfant qui contemplait la mer les soirs d'été et qui rêvait de parcourir le monde sera toujours mon petit frère chéri et regretté… Mais l'homme qui crache son venin sans respecter l'espace familial, qui blesse sa mère et veut abattre ce que nous sommes et avons bâti, qui n'aime pas l'ordre mais le désordre et la destruction, je ne le connais pas, et je ne le laisserai jamais agresser à nouveau ma famille. À toi de choisir le frère que tu veux être, et si tu préfères rester celui qui nous a offensés, ne reviens pas. Tu me manqueras toujours et j'aimerai toujours l'enfant que tu étais, mais je ne pourrai jamais aimer l'homme que tu veux être. Ou que peut-être tu es déjà…

Réfléchis à ces mots venus d'un cœur blessé. Et songe à maman, qui t'aime par-dessus tout.

Ton frère, Avel·lí

« Un domestique très bien mis est venu, monsieur Enric, et il a dit que c'était pour vous », dit Tico, le jeune homme qui était de corvée à l'école, en lui remettant une lettre. Enric ressentit immédiatement le malaise et le tressaillement qu'il éprouvait petit garçon lorsque son père le terrorisait. Il était adulte désormais, il avait quitté la maison de ses parents et embrassé les idéaux révolutionnaires, et il s'autorisait même à aimer un homme, or malgré tout, il tressaillait comme par le passé. « Mon père ne se lasse jamais de m'humilier. » Il froissa l'enveloppe sans l'ouvrir en se disant que décidément les enfants ne se libéraient jamais complètement de leurs parents. « À moins de les tuer », pensa-t-il, plein d'une rage qui le surprit. Il imagina dans la foulée que même en tuant son père, un fils ne s'en libérait pas. « Il est en moi, comme un charançon, comme un ver qui me ronge de l'intérieur, qui creuse mes entrailles. » Il serra violemment le poing. Puis il se ravisa et il regarda l'enveloppe avec une lenteur résignée, regarda la lettre, convaincu qu'elle provenait de cet homme qui, dès l'instant où il lui avait donné la vie, avait commencé à se nourrir de sa force, tel un vampire.

Lorsqu'il lut le nom de l'expéditeur, « Avel·lí Corner i Puig », l'inquiétude et la colère cédèrent la place à l'accablement. Il déchira la lettre, en proie à l'abattement. Sa relation avec son frère s'était détériorée depuis longtemps, et il ne savait pratiquement plus comment s'adresser à lui tant la distance se creusait entre leurs idées, leurs vies et leurs aspirations. Toutefois, jusqu'à sa rencontre avec Dionís, Avel·lí était, avec sa mère, la personne qui comptait le plus dans sa vie, son point d'ancrage les jours de découragement, le rocher immuable auquel il se raccrochait quand le sol tremblait sous ses pieds, le père qu'il n'avait jamais eu, son géniteur n'existant pour lui que sous la forme de l'ogre qui peuplait ses cauchemars. Si cette lettre était bien d'Avel·lí, et que son frère lui tenait les propos qu'il imaginait, il faudrait bien qu'il lui réponde, et il n'irait pas par quatre chemins, il ne manifesterait ni compréhension ni indulgence. Et dans ce cas, tout serait terminé entre eux et les quelques liens rares et fragiles qui les unissaient encore seraient définitivement coupés. Mieux valait ne pas lire ce courrier.

« Non, je ne la lirai pas », se répétait-il fermement tout en rassemblant fébrilement les deux morceaux de papier. Dans l'imbroglio sentimental caractéristique de son état d'esprit, la volonté et le désir étaient deux étrangers qui ne se donnaient presque jamais le bras. Ainsi à cet instant où, contre sa volonté, il finit par lire, comme il en mourait d'envie, les mots empoisonnés que lui avait adressés son frère, sans nul doute enrobés de l'amour qu'ils éprouvaient l'un pour l'autre. Chaque phrase était comme un coup de trique, chaque mot comme une blessure au fer rouge, chaque paragraphe comme une mise à distance supplémentaire de l'insaisissable, l'étranger, l'intrus qu'il était. La blessure causée par cette missive resterait ouverte à jamais.

Il tarda deux jours à lui répondre et quand il le fit, sa douleur et sa colère s'étaient atténuées et une sérénité inattendue l'enveloppait, le tout dans le calme qui, toujours, prélude à la tempête. « Je vais te répondre, frérot », murmura-t-il, et il commença à tracer les mots qui bouillonnaient en lui depuis toujours. « Cher Avel·lí… »

Le soir, allongé contre son amant endormi après lui avoir fait l'amour, il entendit des passages de sa propre lettre lui marteler le cerveau comme un bruit muet, un hurlement silencieux dans la nuit. « Nous, les misérables, les laissés-pour-compte, les lépreux, nous sommes un temps nouveau, un vent nouveau de l'histoire, et rien ne nous arrêtera, parce que nous sommes la révolution des esprits et que nous ferons basculer le monde, ce sera la vengeance des déshérités… Nous n'avons pas de haine à votre égard, mais de la colère… Si tu pouvais comprendre rien qu'un instant la force merveilleuse qui nous anime ! Que sais-tu de ma vie ? Je n'ai jamais été un fils à papa, je n'ai jamais trouvé ma place, j'ai toujours été un intrus, un étranger vivant la vie des autres. Notre père est un exploiteur, un capitaliste qui étouffe le peuple, un rouage dans l'engrenage mortifère d'un système pourri que nous ferons voler en éclats… Je ne l'ai jamais aimé, non, jamais… » Peu à peu, les battements du cœur de Dionís l'apaisèrent et calmèrent son grand trouble intérieur ; il eut alors la certitude qu'il n'appartenait plus à cette famille qui avait été la sienne.

Le lendemain, il écrivit à Avel·lí avec l'impression de se libérer enfin de ses doutes et de son sentiment de culpabilité, et alors seulement il ouvrit le tiroir du petit bureau dont il disposait à l'école et il décacheta l'enveloppe du courrier reçu la veille. Il avait également songé à déchirer cette lettre de son père, mais il avait décidé de la laisser traîner dans son tiroir des semaines, voire des mois, comme s'il condamnait ses paroles à une mort lente et silencieuse. Il éprouvait cependant une attirance maladive pour ce bout de papier qu'il savait purulent dans la mesure où il provenait d'une blessure toujours béante. Il ne pouvait toutefois éviter l'attraction. « Le ver me rongera toujours », se disait-il.

Il finit par ouvrir l'enveloppe, bien décidé à ne pas se laisser abattre, quoi qu'elle pût contenir. La missive était très courte. Son père l'informait qu'il l'avait déshérité.

FEU

Je m'en vais vous conter l'histoire, / si vous voulez l'écouter,
D'un pauvre réserviste / envoyé à Melilla
Quand éclata la guerre / d'Espagne avec le Maroc,
Un pauvre réserviste / marié depuis peu.

Lorsque le gouvernement mobilisa / toute sa classe
Lui comme sa femme / en virent de toutes les couleurs,
Et obéissant à la loi / il la laissa seule
Pour aller faire la guerre, / pour la patrie et pour le roi.

En arrivant à Melilla / tout son bataillon
Fut envoyé dans un château / pour le protéger
Il passa sept ou huit nuits / sans fermer l'œil
Veillant à ce que les « Rifains » / n'approchent pas d'là.

Puis ce fut le premier coup de feu / l'heure était venue,
Regardant le ciel, / pensant à sa chère épouse
Et pour pouvoir sauver / l'honneur de sa patrie
Il lutta contre les Maures / et fit preuve d'un grand courage.

Au milieu des balles / et des cris d'épouvante,
À ses pieds tombèrent / deux chefs gravement blessés.
Et sur le champ de bataille / ce fut lui qui les sauva,
Combattant contre des Maures / qui voulaient les achever.

Il n'avait ni ruse ni stratagème, / mais un tel acharnement
Qu'à chaque coup de poing / il tuait un Kabyle.

Et ces vaillants officiers / qu'il sauva avec honneur,
Pour paiement de ce service / lui donnèrent une croix.

Un jour, le courageux héros / sur un rocher très dur
En face du mont Gurugu / écrivit une lettre
Et raconta à son épouse / tout ce qu'il avait fait
Se lamentant intérieurement / tant il avait faim et soif.

Il lui disait que dans le Rif / il était brave comme un taureau
Et qu'il voulait lui envoyer / les oreilles d'un Maure.
Quand il eut fini sa lettre / les canons tonnaient
En fermant l'enveloppe / il y déposa deux baisers.

Un jour en première ligne / il fut envoyé.
Et ce jour-là une balle le tua, / sur le champ de bataille
À côté de son cadavre / beaucoup de soldats mouraient
Et un convoi les emportait / pour ensuite les enterrer.

Pendant ce temps son épouse, / confiante et pleine d'espoir
Lui écrivait / lui souhaitant bonne mise à mort.
Mais le triste jour / où elle apprit sa mort,
D'amour et de tristesse / la pauvre mourut aussi.

Chanson populaire (1909) du village Les Planes d'Hostoles,
dans la province de Gérone

Noces de sang

« JE PARS, ENRIC, JE M'ENFUIS en France sur-le-champ. » Le temps avait passé mais Enric en avait encore le frisson quand il repensait à ces cris de Lliberi, en plein milieu de la nuit. Son ami tambourinait comme un fou à la porte de la chambre du petit hôtel du Barrio Chino où il vivait depuis plusieurs mois. Ferrer i Guàrdia venait d'être arrêté. « Soledad aussi, ils l'ont emmenée sans ménagement, et tous ceux que Mateu connaissait, Enric, et tu verras, on tombera aussi toi et moi. » Tous étaient soupçonnés de complicité dans la tentative de régicide. Les paroles de Lliberi se bousculaient dans sa bouche ; on aurait dit qu'elles cherchaient à fuir elles aussi le danger qu'elles racontaient. Ce Mateu, Mateu Morral, bibliothécaire à l'Escola Moderna, avait tenté d'assassiner le roi Alphonse XIII le jour de son mariage avec Victoire Eugénie. Il avait lancé une bombe dissimulée dans un bouquet de fleurs de la fenêtre du troisième étage de la pension de la *calle* Mayor de Madrid où il logeait. L'engin avait percuté les câbles du tram et dévié de sa trajectoire avant de tomber sur la foule, et non sur le cortège royal. On dénombrait plus d'une vingtaine de morts. « Il paraît que son engin a tué quinze militaires et plusieurs badauds, et qu'il en a blessé plus d'une centaine, mais ce foutu roi s'en est tiré », racontait Lliberi à Enric, lequel, très agité, fourrait quelques vêtements à la hâte dans un sac de voyage.

Quand tout cela s'était produit, en juillet 1906, Lliberi, l'ancien compagnon d'université d'Enric, collaborait avec l'école depuis un an, et même s'il n'entretenait pas particulièrement de relations d'amitié avec Mateu, il le connaissait bien. Natif de Sabadell, ce fils d'entrepreneur du textile avait quitté l'affaire familiale pour s'engager dans la lutte aux côtés des anarchistes, et il s'était présenté à l'Escola Moderna pour faire « n'importe quoi, même de la manutention » s'il le fallait. Ce qu'il préférait, c'était les livres. Il était très cultivé et parlait plusieurs langues, de sorte que Ferrer lui dit : « Tu seras notre gardien des livres » en lui remettant les clés de la bibliothèque. Il rangeait les volumes, établissait des fiches avec les caractéristiques de chaque ouvrage, dressait des listes par sujet et remuait ciel et terre pour obtenir de nouveaux ouvrages. Le soir, il traduisait des œuvres d'anarchistes européens, principalement de l'italien et de l'allemand, ce qui lui valut bientôt d'être respecté de tous. C'était un jeune homme agréable à regarder, aux manières distinguées et à la parole facile, et sa personne dégageait une telle force intérieure qu'il suscitait le plus fréquemment l'admiration. Enric se lia d'amitié avec lui après avoir lu un de ses textes, largement débattu à l'association culturelle, *Pensées révolutionnaires de Nicolás Estévanez*. Il était allé le trouver avec l'intention d'en savoir plus sur cet Estévanez, le personnage de son livre. « C'est mon mentor, ma source d'inspiration », lui avait répondu Mateu. Il découvrit ainsi que Nicolás Estévanez était un militaire originaire des Canaries qui affichait de solides convictions républicaines. « Il a participé à la révolution de 1868 ! » lui expliqua Mateu avec ferveur, ajoutant qu'il avait traversé une période de crise pendant la guerre de Cuba à cause de l'exécution de huit étudiants en médecine. Il avait alors décidé de quitter l'armée, parce que, disait-il, « *l'humanité et la justice passent avant la patrie* ». Mateu l'avait encouragé : « Il faut absolument que tu lises ses écrits en faveur de l'indépendance de Cuba, et aussi des Canaries, parce qu'il était très lié à Secundino Delgado, le grand héros de ces îles. » Il lui avait raconté ses rencontres avec Estévanez pendant son exil en France. Enric se rappelait cette histoire du temps où son père lui parlait de la guerre de Cuba. « J'ai entendu parler de ces étudiants en médecine », lui avait-il dit. Et, avec une fierté qui l'avait surpris et qu'il n'admettrait jamais, il avait murmuré : « Mon père y était. » Par la suite, ils avaient eu de fréquentes discussions, le soir, très animées, sur la grève générale. Ils commentaient le sujet après la lecture de *La Vaga*, le journal dirigé par Ferrer i Guàrdia. Ils évoquaient aussi le rôle de l'éducation dans la formation d'individus libres dès l'enfance et les succès obtenus par l'école, notamment la visite de Santiago Ramón y Cajal, avant l'obtention de son prix Nobel de médecine, pour une conférence dans le cadre de séances dominicales organisées pour les parents d'élèves. Il leur était arrivé de parler des bombes : elles « accélèrent la transformation sociale », assurait Mateu avec conviction ; « Elles augmentent aussi la répression », répondait Enric ; « C'est le but, mon ami, c'est le but », répliquait Mateu… Au long de ces soirées enflammées prenait corps l'idée d'un mouvement action-réaction considéré comme un combustible pour la révolution. Un jour, Mateu dit à Enric : « Si tu finis par accepter la nécessité de la violence, souviens-toi que les bombes Orsini sont très faciles à fabriquer ! » Il lui tendit un de ses livres, *Pensée révolutionnaire*, dans lequel il décrivait en détail l'élaboration d'une bombe maison.

Tout cela s'était passé trois ans plus tôt et depuis, le monde s'était écroulé autour de lui. Enric était à plat ventre sur le lit de sa chambre, dans l'appartement de la rue de Bailèn qu'il partageait avec deux camarades libertaires et dont le propriétaire, un marchand de fils et rubans dénommé Genís Tocadell, sympathisait avec l'anarchisme. Le poids des souvenirs récents l'écrasait. En l'espace de trois ans il avait perdu son travail, il avait été poursuivi par la police, il avait connu l'exil et voyagé à travers l'Europe, il avait perdu l'amour de sa vie et, comme s'il s'agissait d'un châtiment cyclique du destin, il était une fois de plus tombé dans les griffes de son père.

Depuis son retour en Catalogne, il vivait de petits emplois temporaires, d'amants occasionnels et de conspirations de piètre envergure. Bref, tout ce qu'il faisait lui rappelait l'échec de son existence. Il avait perdu l'élan de grandeur d'une vie vouée à une cause, et si « la cause » conservait sa grandeur, sa vie n'en avait plus. « La bombe de Mateu devait tuer un roi, et elle nous a tués, nous », pensait-il. Il se laissait aller à imaginer un monde sans rois, sans révolutionnaires et sans bombes, le monde de la fraternité universelle prônée par Ferrer i Guàrdia, et il n'y voyait plus un idéal lumineux, mais un excès de naïveté inutile et fatale. L'être humain ne serait jamais qu'un prédateur imposant ses privilèges par le pouvoir et la force. Il ne lisait même plus les livres qui l'avaient accompagné dans son parcours de militant libertaire, et même s'il se sentait encore profondément anarchiste, convaincu de la nécessité de la grève générale, de l'abolition de la propriété et d'une révolution qui mettrait fin à la monarchie et au pouvoir de l'Église, il ne croyait déjà plus que les nouvelles générations y parviendraient grâce à la formation des individus à la liberté. « Peut-être ne nous reste-t-il que la violence », disait-il à ses compagnons, en y croyant chaque fois davantage.

Il était devenu pessimiste, il avait vieilli trop vite à cause des ravages survenus dans une vie enfin équilibrée grâce à un travail qui l'épanouissait, un amour qui le comblait et un idéal qui le poussait à aller de l'avant. Tout cela n'était qu'un château de sable qui s'était désintégré à cause d'une bombe lancée contre un roi par un camarade, à six cents kilomètres de là. La vie n'était donc qu'une accumulation chaotique de petites circonstances qui créaient parfois, de façon inespérée, un environnement équilibré où l'on pouvait se sentir heureux. Enric avait eu la chance de connaître ce moment dans la vie où les émotions et les actions sont en harmonie, ce qui confère à l'existence un sens profond. À présent qu'il avait tout perdu, il cherchait à se convaincre que le bonheur n'était qu'un mensonge, une simple parenthèse dans le désespoir et l'inévitable défaite. Lorsque ces pensées l'envahissaient, elles éveillaient aussi sa colère.

La bombe de Mateu Morral avait été suivie d'une répression implacable qui avait anéanti le rêve de l'Escola Moderna. Francesc Ferrer i Guàrdia, Soledad Villafranca, le journaliste José Nakens, soupçonné d'avoir caché Mateu à la rédaction d'*El Motín* la première nuit de sa fuite, et beaucoup d'autres anarchistes brillants furent emprisonnés pour complicité avec l'assassin, et l'école ferma définitivement ses portes. Ferrer i Guàrdia passa plus d'un an dans la prison barcelonaise baptisée « la Model » (le Modèle !), tandis qu'Enric, Lliberi et d'autres libertaires attendaient sa libération dans la cave de la ferme d'un paysan français membre du Groupe anarchiste espagnol de Perpignan, qui aidait ses camarades en exil. Il s'appelait Galdric et parlait le catalan du Nord, avec un accent clair et un vocabulaire francisé, qui leur rappelait que ce coin de terre appartenait aussi à la mémoire catalane. Enric avait beau se sentir citoyen du monde et ne pas vouloir entendre parler de patries et de drapeaux – « ils ne font que salir les hommes » –, quand il écoutait Galdric, il était pris d'une certaine pitié pour sa terre natale si maltraitée par l'histoire. Lors d'une des nombreuses discussions animées qu'il avait le soir avec des compagnons anarchistes venus de toute la région, ils en vinrent à parler des nations opprimées, et Enric se surprit à exprimer un sentiment qui aurait été plus à sa place dans la bouche de son frère Avel·lí.

« Pauvre Catalogne. D'abord vaincue, puis brutalement réprimée, plus tard reniée, et, à présent qu'elle se relève, accusée de tous les maux de l'Espagne. C'est également une âme meurtrie.

— Nous sommes frères de tous les hommes de la terre, répondit énergiquement un homme d'un certain âge né dans l'Ampurdan et considéré par tous comme un grand théoricien du mouvement. »

Il ajouta :

« Les drapeaux ne sont que des morceaux d'étoffe, et si vous vous entichez d'une patrie, vous oublierez la cause de l'humanité. Les patries sont comme l'Église, le pouvoir, les rois et les dieux, ce sont des instruments d'oppression du peuple, elles le trompent, elles l'avilissent, elles l'envoient mourir à la guerre, elles le poussent à haïr la patrie voisine, elles nuisent à la fraternité.

— Mais certaines patries sont comme le peuple, elles ont souffert de la répression et elles ont été anéanties. Nous devrions aussi porter secours aux patries opprimées. Souvenez-vous de lord Byron. Son combat pour l'indépendance de la Grèce n'était-il pas noble ? N'est-il pas mort pour une juste cause ? Certaines patries valent peut-être la peine qu'on les sauve », répliqua Enric, dont la conviction faiblissait.

Il reçut une avalanche de réponses critiques, puis la conversation se poursuivit et se perdit dans des analyses exaltées des nations et du pouvoir, et de l'idéal d'une civilisation globale sans drapeaux, sans dieux et sans frontières. Enric décida de se taire et Lliberi, à la fois étonné et amusé, lui lança : « Tu as eu une petite poussée de fièvre patriotique, mon petit. Ça te passera. »

À Perpignan, Enric fit également la connaissance du célèbre anarchiste Charles Malato, dont Ferrer i Guàrdia disait qu'il était l'homme le plus lucide qui soit. Il venait d'être accusé de complicité dans l'attentat contre Alphonse XIII en raison de son amitié avec le pédagogue, et en attendant son jugement il avait rejoint le groupe de Perpignan. Malato expliqua à ses jeunes compagnons qu'ils devaient se préparer à subir de telles attaques et de fausses accusations. Ils étaient des révolutionnaires, et le système de pouvoir qui dominait la société chercherait toujours à avoir la tête des meneurs pour étouffer la révolution. « Mais nous sommes une hydre à mille têtes, camarades, et s'ils en tranchent une, il en repousse dix, parce que nous sommes les héritiers de la terre et que nous agissons au nom de la liberté ! » les encourageait-il. Il leur conseilla également d'employer les mêmes méthodes déloyales que le pouvoir : tous les moyens étaient bons pour traîner dans la boue et discréditer les ennemis du peuple. Cette nuit-là, Enric pensa que l'intelligence du monde était dans le camp des anarchistes.

Après Perpignan, il connut l'une des périodes les plus intenses de sa vie. Ferrer i Guàrdia s'était rendu à Paris avec Soledad, sa nouvelle compagne après la rupture avec Clemència, et ils souhaitaient y créer une ligue internationale pour l'éducation rationaliste afin de poursuivre en Europe l'expérience pédagogique commencée à Barcelone. Enric les rejoignit avec le groupe d'anarchistes désireux de mener à bien le projet. À Paris, il retrouva Malato et il fit la connaissance d'Eugène Fournière et d'autres grands penseurs du socialisme libertaire qui accompagnaient Ferrer i Guàrdia dans son projet pédagogique. Dès le début, il se livra à une activité frénétique : réunions, prises de contact, formation d'un comité international, premiers pas dans la création de la Ligue internationale pour l'éducation rationnelle de l'enfance, avec, pour président d'honneur, l'écrivain Anatole France, édition de la revue *La Escuela Laica*... « Pas le temps de s'ennuyer », lui disait Soledad quand elle le voyait si affairé. Enric lui répondait invariablement : « C'est mieux ainsi, Soledad, ça me préserve des idées noires. »

« Des idées et des sentiments », ajoutait-il pour lui-même, convaincu que cette agitation stimulante l'aidait à se reconstruire. Quand il était arrivé à Paris, cela faisait deux semaines qu'il avait rompu définitivement avec Dionís, après quelques mois d'éloignement progressif. La détérioration de leur relation avait commencé avec la distance physique, pendant son séjour clandestin à Perpignan, suivie d'une distance sentimentale qui s'était creusée à mesure que leurs rencontres devenaient de plus en plus sporadiques. Dionís vint le voir quelques fois à Perpignan et Enric traversa parfois les Pyrénées pour le retrouver dans une auberge des environs de Figueres. S'ils se désiraient toujours avec la même fougue, se fondant dans les mêmes étreintes et des baisers enfiévrés au moment des retrouvailles, Enric comprit vite qu'il ne restait de leur histoire que cette ardeur charnelle. Leur amour s'était évanoui. La rupture ne fut ni soudaine, ni amère, ni passionnelle, comme il se l'était toujours imaginé, mais elle prit la forme d'un renoncement doux et lent, pareil à la flamme d'une lampe sans huile s'éteignant peu à peu. Le jour où Dionís lui annonça : « Je ne reviendrai pas, Enric, ce serait un mensonge », il sut qu'il disait vrai, il y avait un autre homme depuis longtemps et leur relation était fallacieuse. Il ne se sentit pas blessé ou abandonné mais simplement triste, plongé dans un chagrin si profond qu'il n'autorisait ni plaintes ni larmes, rien que la solitude. Il se mit à écrire, d'abord des poèmes et quelques réflexions, puis un journal, et ces moments d'écriture devinrent un rituel apaisant qui l'aidait à contenir l'immense désarroi qui le tenaillait. Ils servaient de béquilles à sa vie boiteuse.

Je me suis toujours senti perdu. Cela ne veut pas dire que j'ignore où je vais, ni quel sens je veux donner à ma vie. Bien au contraire, je sais qui je suis et avec qui je fais route parce que j'appartiens à une famille neuve et lumineuse, désireuse de changer le monde. Je suis un guerrier, un soldat de la révolution, un bâtisseur d'utopies, un révolté. Je ne reconnais pas le pays où je suis né, ni la famille qui m'a créé, parce que je me suis construit moi-même et que ma patrie c'est le monde. J'ai un idéal, j'appartiens à un mouvement, je sais qui je suis et qui je veux être, et j'ai connu l'amour. Et cependant, je me sens perdu.

Ce malaise ne me quitte jamais, ce ver ronge mes entrailles et me rappelle que je vis dans l'ombre, me fuyant moi-même, éternellement condamné à ne pas m'aimer. Bien sûr, je me leurre, j'avance avec courage et détermination, comme si le chemin était plat et que je connaissais les raccourcis, mais c'est un mensonge. Chacune de mes journées est pénible, difficile, et je me perds encore et toujours, prisonnier de mes propres peurs. Est-ce pour cette raison que j'aime les hommes ? Parce que je trouve en eux la solidité que je n'ai pas ? Mon amant me disait que le désir et l'amour ne posent pas de questions tout en apportant toujours des réponses. Il est vrai que j'ai trouvé dans son corps, dans ses baisers, dans son ardeur des réponses, mais elles n'ont jamais soulagé mon malaise. Je ne sais pas m'aimer, et j'avance de manière mécanique, recherchant l'amour des autres avec l'espoir qu'ils rempliront le puits sans fond de mon existence. J'y suis arrivé pendant un temps, et j'ai eu l'impression d'être heureux. Je me suis redressé et j'ai regardé la vie en face. Mais c'était une illusion, parce que ce qui me soutenait était l'amour que me portait un autre et non ma propre assurance. À présent que l'illusion a disparu, je suis de nouveau face à mon désert intérieur et les ténèbres règnent à nouveau dans mon âme. Je ne serai jamais heureux, mais j'espère trouver de petites oasis où je pourrai vivre de façon inattendue et intense l'illusion du bonheur. Je me contenterai des miettes, en rongeur de petites émotions qui calment ma faim.

Après la création de la Ligue internationale, Enric participa à la tournée de Ferrer i Guàrdia à travers l'Europe, en France, en Belgique, en Allemagne et en Angleterre, partout où les bienfaits de l'éducation rationaliste éveillaient de l'intérêt. Dans ses conférences, le pédagogue traitait de la révolution des idées, de la formation d'individus libres et débarrassés des préjugés et des dogmes, ne manquant jamais de dénoncer le pouvoir absolu de l'Église catholique espagnole, qu'il considérait comme la principale responsable de ce qu'il nommait l'« aliénation du peuple ». Ses compagnons plaisantaient fréquemment sur ce sujet : « Voilà pourquoi les évêques te haïssent et veulent ta mort ! Ils se sont lancés dans une croisade contre toi, tu le vois bien. Combien de fois t'ont-ils excommunié, Francesc ? » À cette occasion, il y avait toujours quelqu'un pour affirmer que c'était l'Église qui l'avait dénoncé comme complice dans la tentative de régicide : « Ils ont profité de la bombe pour détruire ton œuvre », et la plupart acquiesçaient, convaincus. « Mais je suis toujours vivant. Et s'ils ont tué l'Escola Moderna, ils ne tueront jamais son esprit », répondait Ferrer i Guàrdia. Tous approuvaient avec un regain d'espoir. Ils se sentaient invincibles, car ils étaient les bâtisseurs de l'avenir.

Dans le groupe qui accompagnait Ferrer i Guàrdia à travers l'Europe, Soledad Villafranca, que son compagnon appelait Soli, faisait l'objet d'une vénération toute particulière de la part d'Enric. Il la connaissait depuis qu'elle avait commencé à enseigner aux plus jeunes à l'Escola Moderna, mais c'est au cours de la tournée qu'ils se lièrent d'amitié. C'était une femme d'une vingtaine d'années d'une beauté troublante, aux formes voluptueuses et aux yeux sombres si pénétrants qu'ils déconcertaient souvent la personne sur laquelle ils se posaient. C'était la plus belle femme qu'Enric avait jamais connue, et certains soirs, quand sa main recherchait le plaisir solitaire, il arrivait que le souvenir de Soledad l'excitât. Il en fut très étonné quand il le remarqua. Mais ce qui lui conférait un caractère vraiment spécial, c'était son éloquence. Elle captivait son auditoire au point de réussir à faire taire Ferrer i Guàrdia, qui ne cachait pas son admiration quand sa maîtresse prenait la parole.

Un après-midi qu'ils étaient seuls dans un petit café de la Grand-Place de Bruxelles en attendant leurs compagnons, Soledad lui parla de sa vie. Son père, sergent d'artillerie d'un petit village de Navarre – « Aoiz, tu ne connais sûrement pas » –, était mort quand elle avait cinq ans. Sa mère avait alors déménagé avec tous ses enfants à Pampelune, où elle tint un bureau de tabac, avant de s'installer à Barcelone en 1902. Soledad avait vingt-deux ans. « Ma mère est une femme très dure, elle a élevé neuf enfants toute seule, sans autre aide que sa force et sa détermination. Pour moi elle incarne la mère du peuple, la maternité universelle, et même si elle ne comprend pas ce que je fais et qu'elle a honte de moi parce que je vis dans le péché, elle fait partie de notre révolution, Enric, comme toutes les femmes qui lui ressemblent. Sans le savoir, elles ont fait notre force. »

Elle lui parla du rôle des femmes, du nouveau monde qui ne pouvait se construire que grâce à elles – « Nous savons regarder l'âme humaine » –, et elle affirma qu'elle consacrerait sa vie entière à l'idéal libertaire. C'était certainement vrai, d'autant que toutes ses sœurs étaient liées à des anarchistes : Ángeles était mariée à Joan Colominas, le directeur des publications de l'Escola Moderna, et son autre sœur, María, était la compagne de José Robles, un professeur rationaliste très cultivé, collègue d'Enric à l'école. « Une véritable lignée d'amazones ! » s'exclama Enric un de ces après-midi oisifs. À mesure que la confiance s'installait entre eux, leurs conversations devenaient plus intimes.

Alors qu'il lui demandait si elle avait songé à épouser Francesc, elle répondit : « Je suis une femme libre » en fixant sur lui un regard si vif qu'il était presque douloureux. « Nous sommes deux êtres libres qui s'aiment quand ils veulent et parce qu'ils le veulent, ajouta-t-elle, et la liberté est la plus grande garantie d'un contrat. » En entendant ces paroles éclatantes, Enric eut envie de la serrer dans ses bras. Il était amoureux de Soledad, il se savait, mais il n'éprouvait pas pour elle l'attirance sexuelle qui l'avait poussé vers Dionís. Il l'aimait d'une sorte d'amour spirituel où le sexe, l'engagement ou les promesses éternelles ne tenaient aucune place. Ce qui comptait, c'était de se savoir l'un près de l'autre, de faire un bout de chemin ensemble. Enric désirait les hommes, mais il découvrit auprès de Soledad qu'il pouvait aussi aimer les femmes. Lorsqu'elle lui révéla, quelques semaines plus tard, lors d'une promenade dans Paris, qu'elle connaissait son secret, il prit cet aveu comme une libération, non pas comme une catastrophe. S'il y avait quelqu'un au monde qui pouvait lui donner la clé de l'acceptation de soi, au-delà de tout intérêt et de tout préjugé, c'était bien Soledad. Après tout, elle aussi était une proscrite, une femme qui vivait librement sa sexualité, hors des sentiers battus. Il se sentit moins seul à l'idée d'avoir une complice qui savait aussi ce que c'était d'affronter les préjugés les plus profondément ancrés, ceux concernant le sexe et l'amour.

Ils étaient dans un bistrot du quai Malaquais, au bord de la Seine, quand elle lui avait dit qu'elle savait. Ils attendaient Ferrer i Guàrdia, qui rendait visite à Anatole France pour sceller l'accord sur la présidence de la Ligue internationale.

Il rencontrait souvent l'écrivain, dont il partageait l'engagement critique et qu'il admirait depuis l'affaire Dreyfus : dans un contexte fortement marqué par l'antisémitisme haineux, Anatole France, Georges Clemenceau, Jean Jaurès et d'autres intellectuels s'étaient rangés aux côtés d'Émile Zola pour défendre le capitaine Alfred Dreyfus injustement jugé pour trahison parce qu'il était juif. Fervent défenseur de la séparation de l'Église et de l'État et des droits syndicaux, Anatole France avait rendu sa Légion d'honneur, en signe de solidarité avec Zola à qui le gouvernement avait retiré la sienne. Quand il parlait de l'affaire Dreyfus, Ferrer i Guàrdia rappelait toujours que « la France des Lumières a vu son grand poète Paul Valéry encourager la persécution des juifs », ajoutant que la culture ne mettait personne à l'abri de l'intolérance et des préjugés, dans la mesure où « nous sommes tous aliénés par un système pourri dont nous ne pourrons nous libérer qu'en le combattant ». Pour lui, la lettre ouverte au président de la République de Zola intitulée « J'accuse » et publiée dans le journal *L'Aurore*, lettre dans laquelle l'écrivain attaquait les pouvoirs militaires responsables de la persécution, était l'un des plus fabuleux textes de dénonciation jamais écrits. « Et avec quelle plume ! » répétait-il.

Dans ce Paris en pleine effervescence intellectuelle, où le socialisme libertaire, le syndicalisme, la lutte contre la propriété et pour la grève générale cohabitaient dans les réunions politiques, les débats et les articles de presse, la nouvelle pédagogie de Ferrer i Guàrdia avait reçu l'accueil attendu. « M. Anatole France acceptera la présidence à titre honorifique », dit Soledad à Enric en dégustant une tasse de chocolat chaud. Après avoir rencontré un groupe d'étudiants socialistes qui suivaient les cours de Jean Jaurès à l'université, ils s'étaient rendus à la Librairie de France, propriété de la famille d'Anatole France, qui y avait installé son bureau. En attendant la fin de l'entrevue entre France et Ferrer, ils s'étaient installés dans le café d'en face, et là, Soledad, sa tasse de chocolat dans la main et les yeux fixés sur la fenêtre, laissa échapper le « Je connais ton secret ». L'annonce lui aurait fait l'effet d'une bombe si elle ne l'avait pas dit sur le même ton qu'une constatation concernant la pluie et le beau temps. Dans la foulée, ils entamèrent avec insouciance et détachement une discussion intime, comme si l'homosexualité était un sujet aussi anecdotique que la couleur des cheveux, et Enric démêla l'écheveau de ses peurs, un fil après l'autre. Pour la première fois, quelqu'un lui parlait de son désir masculin non pas comme d'une maladie, d'un vice ou d'une perversion induite par son éducation catholique, mais simplement comme d'une façon d'aimer. « Ne regarde jamais le sexe de ton amoureux, Enric, ne regarde que la force de ton amour. » Ce jour-là, devant tout le monde, dans le café situé en face de la Librairie de France, Enric ne refréna pas son envie d'enlacer Soledad, et quand elle l'étreignit il se mit à pleurer.

Ils se retrouvèrent ensuite souvent autour d'un chocolat chaud pour discuter de l'école rationaliste, de la révolution libertaire et de la grève générale, avec de petits apartés plus intimes sur la vie et sur l'amour, et sur le désarroi qui les accompagnait. En Soledad, Enric trouva à la fois une camarade de lutte, une confidente et un amour platonique, et s'il pouvait imaginer la femme idéale, ce n'était qu'avec la poitrine généreuse, la chevelure soyeuse, la voix douce et la force de caractère de Soledad. Elle l'aurait très certainement rendu fou d'amour s'il n'avait pas été si fortement attiré par les hommes, mais la possibilité d'une relation avec une femme faite de sentiments passionnés dépourvus d'attirance et de plaisir sexuels le réconforta et il la perçut comme une protection. Nombre de ses compagnons affirmaient que Mateu Morral était follement amoureux de Soledad, et qu'il avait lancé sa bombe contre le Bourbon pour lui démontrer son courage et son amour, mais Enric, quoique conscient de la fascination qu'elle exerçait sur le jeune homme, ne croyait pas qu'il avait agi sous le coup de cette passion. Morral avait toujours été convaincu de l'efficacité des bombes dans la révolution libertaire, et il était évident qu'il allait passer à l'acte un jour ou l'autre. En outre, avec la révélation des détails de l'attentat on savait désormais de source sûre qu'il avait soigneusement prémédité son geste. C'était même la seule certitude dans cette affaire. Les journaux avançaient même qu'il s'était rendu dans le parc du Retiro quelques jours plus tôt, et qu'il avait gravé un message sur l'écorce d'un arbre :

Alphonse XIII sera exécuté le jour de ses noces. Un intrépide. Dynamite.

Un après-midi, après une réunion durant laquelle une violente dispute avait éclaté entre les défenseurs de la thèse de l'Italien Malatesta, selon lequel il fallait s'impliquer dans le syndicalisme pour ne pas le laisser aux mains de l'État, et ceux qui prônaient la position contraire du Russe Kropotkine, Enric se laissa captiver par les lèvres de Soledad qu'il contemplait. « Elles sont parfaites. » Il s'imagina en suivre le contour du bout du doigt, peu à peu, en les effleurant à peine, et il eut envie d'y poser ses lèvres. Mais la nuit venue, cette petite excitation, loin d'être la première que lui inspirait Soledad, avait disparu et lorsqu'il voulut se donner du plaisir il convoqua l'image de la bouche charnue de Jean-Jacques, un anarchiste français qui les aidait dans l'édition de la revue. Il aurait aimé être attiré par Soledad, la désirer avec la même fougue et la même flamme qui le poussaient vers les garçons. « Tout serait tellement facile. » Mais il n'y avait rien à faire, sa chair demeurait insensible à la peau douce des femmes. « Tu apprendras à t'aimer », lui avait dit Dionís la première fois qu'ils avaient fait l'amour, et il avait cru y être parvenu. Mais lorsque son amant l'avait quitté, le malaise était réapparu tel un intrus féroce et malveillant qu'il ne pouvait ni expulser ni détruire. Il en était là, seul dans son lit, fébrile et inquiet, en train de branler son sexe en imaginant être pénétré brutalement et avec violence par le jeune Français. La masturbation terminée, il se sentit affligé, écrasé par une sensation de solitude si profonde qu'il crut étouffer. Il quitta son lit en titubant pour aller s'asseoir par terre dans un coin de la pièce, les bras serrés autour de ses jambes et le regard perdu dans l'obscurité. Il sut alors qu'il ne serait jamais en paix dans la mesure où il se méprisait. La haine qui l'habitait et la peur qui le tenaillait ne disparaîtraient jamais, car elles faisaient partie de sa nature. Autrement dit, il se haïssait. S'il avait pu fuir de son propre corps, il l'aurait fait sans hésitation. Mais il était prisonnier de lui-même.

« Il faut que j'écrive, se dit-il après un accès d'échauffement et de colère. En comprenant ce qui m'arrive, je parviendrai peut-être à l'accepter. » Et à la lumière d'un quinquet, il enchaîna quelques mots craintifs…

Je suis un révolutionnaire. C'est-à-dire que je me sens appelé à détruire à la base le monde dans lequel je vis, et à contribuer à sa réécriture avec des mots justes et élevés qui ne racontent pas la domination des puissants sur le peuple. J'appartiens à une famille de combattants de la liberté et de la justice, qui sont les plus nobles causes qui existent. Je ne crois pas aux dieux oppresseurs, et je hais les calotins et les évêques, et tout l'appareil de pouvoir et de répression de l'Église, véritable instrument d'aliénation et de douleur. Je rêve qu'il n'y ait bientôt plus de rois, ces canailles avilies et pernicieuses qui imposent leurs privilèges et leur pouvoir. Nous bouleverserons le monde et l'ordre établi, et lorsque nous l'aurons remis dans le bon sens, les enfants auront été élevés dans la tolérance et la raison, et nous n'aurons plus jamais besoin de passer notre vie à lutter contre le mal.

Pourtant, si mon but est noble, si mes rêves sont grands, si je me crois capable de détruire l'ordre qui a régi la société pendant des siècles, pourquoi m'est-il impossible de briser les chaînes qui m'assujettissent ? Je regarde à l'extérieur et je vois tout un monde à changer, je regarde à l'intérieur et je ne vois qu'un prisonnier apeuré et malheureux cherchant désespérément le rayon de soleil du matin dans sa cellule. Je vis dans l'obscurité parce que je hais ce que j'aime, je méprise ce qui me donne du plaisir, je voudrais anéantir ce que je suis. D'après Soledad, c'est la méchanceté des autres qui produit les préjugés contre les hommes comme moi, et je peux pas nier moi-même ce que je suis. Quand je me retrouve dans les bras d'un amant occasionnel qui me procure le plaisir interdit, pendant cet instant fugace j'arrive à m'accepter, j'arrive même à m'aimer, et le monde me semble moins inhospitalier. Dès que je retourne à la lumière, mes camarades et mes amis, ma famille révolutionnaire, tout le monde m'accepte et m'aime, mais c'est parce qu'ils ignorent ma vraie nature. Que diraient-ils s'ils savaient que les hommes me rendent fou ? Ils auraient pitié de moi, ils me rejetteraient, ils essaieraient de me guérir. Ils feraient tout sauf... m'accepter tel que je suis. Tout comme mon père, Avel·lí, ou ma mère peut-être... Pourquoi doivent-ils me faire souffrir autant ?

De toute façon, le problème ce n'est pas eux mais moi. Je suis le premier à me mépriser, à me prendre en pitié, à me rejeter, je suis mon propre ennemi, et si je ne parviens pas à me libérer de cet ennemi intérieur, je ne trouverai jamais le calme. C'est la noirceur de mon âme qui plonge ma vie dans les ténèbres.

D'autres nuits tout aussi mouvementées se succédèrent, et il vivait une existence tout à la fois radieuse, emplie d'activité, de réunions et de voyages, de combats au nom de l'idéal, et obscure, dans ses heures nocturnes tourmentées. J'ai appris à vivre déchiré. Il mena ainsi une vie écartelée entre ses deux moi durant ces années de frénésie.

Son retour à Barcelone fut tout aussi naturel que l'attiédissement de son admiration pour Soledad. Cette femme unique et exceptionnelle laissant peu à peu transparaître quelques faiblesses, des défauts et de l'arrogance, Enric prit conscience qu'elle était une grande dame, certes, mais aussi et avant tout une femme, et il comprit qu'il s'était inventé un idéal parce qu'il avait besoin d'une déesse. Les après-midi autour d'un chocolat chaud et les moments où ils se disaient tout ne lui faisaient plus envie. Il en vint même à craindre que Soledad ait révélé son secret et il la considéra dès lors d'un œil vaguement soupçonneux. « Je perds la tête », se disait-il pour écarter ces idées. Or la défiance avait déjà fait son œuvre et il éprouva le sentiment grandissant d'être un intrus. Ferrer et Soledad avaient prévu de rentrer à Barcelone au mois de juin, mais il préféra avancer la date de son retour, sans les attendre. Il se présenta dans l'appartement de la rue de Bailèn le 15 janvier 1909. On lui avait dit qu'il y trouverait un abri sûr.

Barcelone était la même que trois ans plus tôt, quand il l'avait quittée, et pourtant elle lui sembla étrangère. C'était toujours le même capharnaüm social de bourgeois, d'artisans et de prolétaires perpétuellement surveillés par les monarchistes et les militaires, le même ensemble bigarré évoluant à chaque instant au bord du conflit. Au cours de ces trois années, les tensions politiques s'étaient exacerbées entre les républicains lerrouxistes, les catalanistes de la Ligue régionaliste désormais transformée en Solidarité catalane, et les syndicalistes anarchistes, et Enric eut l'impression que tout avait changé pour s'assurer que rien ne changerait. Non, pas rien… La grande nouveauté aux yeux d'Enric, la plus grande nouvelle depuis le début des luttes ouvrières, était la formation deux ans plus tôt de Solidarité ouvrière, impulsée par des socialistes et des anarchistes, dont Salvador Seguí, surnommé *el Noi del Sucre* (le gars du sucre) et d'Antoni Badia i Matamala. La contribution économique décisive de Ferrer i Guàrdia avait rendu possible l'achat d'un local et la publication postérieure de *Soli*, la revue du syndicat. Tomàs Herreros, un grand ami d'Enric qui avait fréquenté avec lui le groupe de réflexion anarchiste du Quatre Mai, participa également à la création de Solidarité, tout comme Anselmo Lorenzo, un homme qu'il admirait profondément et avec qui il avait eu l'occasion de parler du temps où ils étaient dans la même loge maçonnique. Reconnu comme un maître par ses frères maçons, Anselmo était aussi une figure essentielle de l'anarchisme. Il avait rencontré Marx et Engels en 1871, alors qu'il assistait en tant que délégué clandestin de la Catalogne à la Conférence de Londres de la Première Internationale. Ami personnel de Ferrer i Guàrdia, Anselmo avait traduit les œuvres de Pierre Kropotkine et d'Élisée Reclus pour l'Escola Moderna.

Récemment fondée, Solidarité ouvrière pouvait néanmoins représenter l'élan nécessaire à la création d'un grand syndicat anarcho-syndicaliste, et lors des débats enflammés auxquels Enric participa, tous étaient persuadés que l'organisation assurerait le succès d'une grande grève générale. Un de ses amis, impatient de lui raconter les progrès des derniers mois, lui raconta : « Si tu avais assisté au meeting du Palau de la Música, il y a quelques mois, tu aurais vu ce que c'est qu'une ode à la révolution ! La salle était pleine. Il y avait une telle foule d'anarchistes qu'il ne restait plus un espace libre. Nous sommes nombreux, camarade, très nombreux, et chaque jour un peu plus. Et nous y arriverons. Nous réussirons à paralyser tout Barcelone ! »

« Nous réussirons à paralyser tout Barcelone ! » La phrase courait de bouche en bouche dans les réunions et dans les discussions informelles, présente dans l'esprit de tous les syndicalistes qui préparaient la grève générale. On analysait phrase par phrase, mot par mot, le manifeste fondateur publié par la revue *Tierra y Libertad*, sorte de nouveau catéchisme de la foi libertaire :

> « En tant que classe ouvrière, nous ne pouvons avoir qu'un but commun, la défense de nos intérêts, et seul un unique idéal peut nous unir, notre émancipation économique, qui transforme le régime capitaliste actuel basé sur l'exploitation de l'homme par l'homme en un régime social fondé sur une organisation rationnelle du travail obéissant à la solidarité humaine. »

Enric n'avait pas tardé à rejoindre Tomàs Herreros et ses anciens camarades et il s'impliqua immédiatement dans le syndicat. Son ami lui parut plus combatif que jamais, aussi bien dans la lutte syndicale, qui occupait la plus grande part de son énergie, que dans son combat sans merci contre Alejandro Lerroux, qui selon lui trompait les ouvriers. Enric n'avait pas lu son livre consacré à Lerroux, mais le titre annonçait clairement la couleur : *Histoire d'une infamie racontée par l'ouvrier qui en a été la victime*. Pour lui, Lerroux était un démagogue, un menteur qui excitait les instincts primitifs des gens, attisait la violence des masses et profitait de la faim et de la misère des autres, tout en pactisant avec les plus forts.

« C'est un agent du pouvoir, un intrigant, un fourbe qui réveille chez le peuple ses pires instincts, pas révolutionnaires mais revanchards, sans objectifs ni idéal.

— Je ne crois pas qu'il soit aussi mauvais que tu le dis. Il a parfois fait preuve de courage, ne l'oublie pas, et il vit actuellement en exil à cause d'une condamnation à deux ans de prison pour avoir pris la défense de Nakens. Tu te souviens ? Ils l'avaient inculpé à cause de la bombe de Mateu. C'est peut-être un incendiaire, mais c'est aussi un républicain convaincu.

— Un républicain ? Il vendrait la peau du peuple à la première occasion. Il suffit de regarder qui sont ses ennemis : nous, Enric, nous. Oh, bien sûr, ce minable prince du Paral·lel parle à tout bout de champ de mettre le feu aux couvents et de faire la révolution, ça oui, mais qui haït-il ? Nous, les vrais révolutionnaires, les anarchistes…

— D'accord, mais n'oublie pas qu'il exècre aussi les bourgeois de la Ligue régionaliste, on dirait qu'il veut tous les faire pendre.

— Détrompe-toi, mon ami, il ne s'en prend pas à eux parce qu'ils sont bourgeois. À la différence de la nôtre, ses attaques ne sont pas révolutionnaires, il ne les affronte pas dans le cadre d'une lutte des classes, non, mais parce qu'ils sont catalanistes… »

… et ils commentaient les articles de *La Publicidad* où Lerroux tenait un langage incendiaire aussi bien contre l'Église catholique que contre l'anarcho-syndicalisme, qu'il traînait dans la boue, et « *la perfide bourgeoisie catalaniste, qui suinte la haine contre la noble Espagne* ». Ils concluaient : « Cet infâme tricheur fera du mal, beaucoup de mal », et, délaissant la haine pour Lerroux, ils discutaient de la consolidation du syndicat, de la préparation de la grève générale, et des nouvelles qui arrivaient d'Afrique depuis quelques mois et qui laissaient présager une guerre prochaine.

La guerre sur le point d'éclater blesserait brutalement Enric, lui infligeant une meurtrissure qui lui tirerait des larmes de sang.

Les nouvelles affluaient, toutes de mauvais augure. Les Kabyles du Rif venaient d'attaquer à coups de couteau les ouvriers près d'une garnison espagnole destinées à protéger la construction d'une voix ferrée reliant Melilla aux mines de fer appartenant au comte de Romanones et à la famille Güell, apparentés au marquis de Comillas. Le télégramme envoyé par le gouverneur militaire de Melilla, le général José Marina Vega, au ministre des Affaires étrangères éveilla les craintes :

> *Matin, huit heures, groupes Maures ont poignardé plusieurs ouvriers voies ferrées. – Suis sorti immédiatement avec renforts, ai fait tirer sur ennemi, attaqué et délogé trois collines jusqu'à Jbel Sidi Ahmed el Haj. – Combat terminé vers treize heures, suis resté sur positions conquises. – Pertes actuellement recensées : un officier mort, deux blessés, trentaine de morts et blessés dans troupes.*

Cette attaque fut suivie de plusieurs autres, et la situation dans le Rif eut un fort retentissement dans toute la Péninsule. Le grand négoce qui s'établissait en Afrique se voyait soudainement menacé par les incursions des Berbères, et le triumvirat qui assumait le pouvoir de l'Espagne – l'armée, les grandes fortunes et la monarchie – donna l'alerte. Les journaux firent leurs gros titres au service de la cause et les trompettes de l'enfer retentirent. « *Les Marocains sont déloyaux envers la généreuse nation espagnole* », hurlait le général Marina depuis le mont Gourougou, et la presse répliquait : « *Lâche agression. Des Espagnols sont morts* », en racontant les efforts de l'Espagne pour porter le progrès jusque dans ces contrées ingrates. Le président Maura affirmait que ce n'était qu'une agitation criminelle, contrecarrée par une simple opération policière, comme il qualifiait la contre-offensive de l'armée espagnole. Le 10 juillet, il signa toutefois le décret de mobilisation de trois brigades de chasseurs, et quarante mille hommes furent appelés à se préparer pour partir au front, entre autres les classes postérieures à 1903, ce qui signifiait la mobilisation d'hommes pour la plupart mariés et pères de famille. La troisième brigade mobilisée provenait de Catalogne et, contrairement aux autres, elle reçut l'ordre de partir immédiatement au front. Le quotidien *El Poble Català*, qui publiait les articles virulents du journaliste Antoni Rovira i Virgili contre le colonialisme et l'asservissement du pouvoir aux intérêts des grandes familles, s'apprêtait à lever l'étendard de la révolte contre la guerre...

« La rumeur selon laquelle les prolétariats catalan et espagnol se préparent à passer à l'action pour contester la guerre enfle de jour en jour. S'agira-t-il d'une révolte de rue, violente et scandaleuse ? Ah, non ! La force des ouvriers ne réside pas dans une agitation agressive, mais dans la résistance. Au lieu de lever les bras en l'air, les prolétaires s'en servent et combattent. Et quel pouvoir, quelle volonté peut vaincre, contre cette attitude ? » L'article se concluait par ces mots : « En ces heures décisives, nous affirmons notre soutien total et sans faille aux ouvriers. »

La position d'*El Poble Català* en faveur de la grève était on ne peut plus claire à l'heure où les lerrouxistes appelaient au soulèvement dans les colonnes de *La Publicidad*. À mesure que l'idée de la grève ouvrière prenait corps, l'atmosphère devenait de plus en plus tendue. « Même cette poule mouillée de Pablo Iglesias a parlé de faire la grève générale au cas où ils continueraient à envoyer des travailleurs à la guerre », entendait-on dans les réunions syndicales. Pendant ce temps, les dirigeants de Solidarité ouvrière se chargeaient de préparer les débrayages et de rendre la grève possible.

Très occupé et excité par ces événements, Enric mit toute son énergie dans ces préparatifs, porté par un enthousiasme qu'il n'avait pas connu depuis son retour. L'échec de la grève de 1902 ne pouvait pas se répéter, et à présent qu'ils disposaient du puissant outil du syndicat unifié, ils n'échoueraient pas. « Lundi, la générale ! » se lançaientils en guise de salut, et cette heureuse perspective qu'ils répétaient comme une prière formait une sorte de courant d'énergie révolutionnaire qui parvenait jusqu'aux zones du cerveau où se forment toutes les espérances.

Ce matin-là, Enric était particulièrement débordé. Il devait assister à une réunion de la société des typographes et ensuite à une autre avec celle des confiseurs, où il était attendu par Salvador Seguí, un jeune syndicaliste dont les remarquables qualités d'orateur le fascinaient. « Ce sera un grand leader », se disait-il souvent. Mais tous ses camarades ne partageaient pas son admiration – « Il n'en fait qu'à sa tête », répondait la voix de la méfiance. Après la réunion avec Seguí, quelques-uns d'entre eux devaient déjeuner avec des membres de la puissante corporation des employés de commerce.

Quand un des colocataires d'Enric lui cria avec sa brièveté habituelle : « Riquet, quelqu'un pour toi », il pensa que c'était un ami chargé d'une commission quelconque et il sortit de sa chambre torse nu, mais son « Salut, camarade » s'étrangla dans sa gorge. Il lui fallut quelques instants pour reconnaître la grosse femme couverte de bijoux et boudinée dans une robe ridicule qui lui souriait timidement. « Que faites-vous là, maman ? Comment avez-vous su où j'étais ? » demanda-t-il, déconcerté. Elle lui répondit d'une voix larmoyante : « Tu pensais que nous ne savions pas que tu étais revenu, que nous ne savions pas où tu étais ? Ton père et moi n'avons jamais cessé de nous inquiéter à ton sujet. » En ce matin de juillet 1909, en pleine préparation d'une grève générale contre le recrutement de soldats envoyés se faire tuer en Afrique pour défendre les mines de fer des puissants et animé par l'idéal de la lutte contre l'injustice, Enric apprit de la bouche de sa mère qu'il était appelé sous les drapeaux. « Ne t'inquiète pas. Ton père, qui t'aime plus que tu ne le mérites, mon fils, ah, mon Dieu !... Même s'il ne te voit pas depuis plus de trois ans... ton père, le pauvre homme, a payé les six mille réaux en remplacement, tu ne partiras pas à la guerre. » Et elle ajouta : « Ton père t'a sauvé la vie, Enric.

— Non ! » Son cri s'entendit jusque dans la rue de Bailèn où des dames flânaient devant la devanture d'un magasin de vêtements, il rebondit sur le toit du tram qui circulait, indifférent, et de rue en rue, et il éclata au siège du syndicat, où les compagnons d'Enric élaboraient des stratégies de lutte. Encore plus loin, au-delà des montagnes, il retentit dans la ferme de Perpignan où Enric s'était réfugié pendant son exil, puis, après un passage sur une place de Bruxelles, dans un café, il alla se noyer dans une tasse de chocolat chaud, au bord de la Seine. « Non ! » Ce n'était plus un cri puissant mais un gémissement, une plainte qui peinait à sortir de sa gorge, un sanglot à peine audible. « Non ! » et sa mère partit, accablée et en pleurs, sans avoir pu serrer son fils dans ses bras.

Assis dans sa salle à manger, Enric avait les yeux rivés sur l'affiche de l'Escola Moderna accrochée au mur. *Bulletin de l'Escuela Moderna. Enseignement scientifique et rationnel.* Il demeura ainsi pendant quelques minutes, figé, ahuri. « Il n'a pas agi ainsi parce qu'il m'aime, mais pour affirmer son pouvoir et ma position de jouet, à ses yeux, de marionnette », se répétait-il en boucle comme un petit enfant ânonnant sa leçon. Et soudain il parut se réveiller d'un mauvais rêve et la bile remonta dans sa gorge et lui brûla la trachée, et il cracha enfin toute la rage accumulée pendant des années. « Salaud ! hurla-t-il. Vous ne cesserez donc jamais de m'humilier ? » Et il renversa violemment les quelques meubles de la pièce.

Au milieu de ce déchaînement de fureur, une idée sinistre commença à germer dans son esprit.

« *À vos ordres, gouverneur* »

ILS SORTAIENT DE LA RÉUNION et les garanties apportées par le capitaine général les avaient un peu tranquillisés, même s'ils ne pouvaient guère espérer de longues accalmies par les temps qui couraient. La discussion avait été tendue, non pas du fait du groupe de notables qui avaient demandé la tenue de cette réunion, mais à cause des violents échanges qui avaient éclaté entre le gouverneur Ossorio et le capitaine général, Luis de Santiago Manescau, qui était furieux. Les événements se précipitaient dangereusement et on était en état d'alerte depuis les faits survenus dans le port de Barcelone, où une foule de femmes et d'enfants avaient tenté d'empêcher les conscrits du bataillon de chasseurs de Reus d'embarquer à bord du vapeur *Cataluña* pour partir à la guerre.

Dans les salons cossus, on fulminait – « Ils ont jeté au sol les dames patronnesses venues distribuer des scapulaires ! », « Ils ont affronté l'armée ! », « Il y a eu des tirs et des arrestations ». Et au milieu de cette cacophonie s'élevait l'air de la peur : « Ils ont déclaré la grève générale ! » Le tumulte de la rue crépitait comme un feu de la Saint-Jean et la flamme se nourrissait des discours explosifs qui incitaient à la révolte contre la monarchie, contre l'armée et contre l'Église, contre tout ce qui représentait un ordre établi abject qui envoyait les gens à la mort pour défendre les intérêts des puissants. Tandis que les républicains s'insurgeaient avec véhémence contre une guerre cruelle et injuste, les anarchistes préparaient la révolte ouvrière, rêvant du succès d'une grève générale destinée à précipiter la révolution. Quant à Lerroux, qui se tenait tapi dans les plus obscurs replis de la lutte, il avait ôté son haut-de-forme et sa veste, remonté ses manches de chemise et noué un mouchoir rouge autour de son cou pour crier à la foule de tout incendier. « *Tuez, détruisez, dévastez tout, saccagez tout ! Que ni les autels ni les sépultures ne vous arrêtent !* » Le rugissement de la violence résonnait dans les salons de la bourgeoisie, et les harangues de Lerroux, affirmant qu'il élèverait les nonnes à la condition de mères, semaient la terreur au fond des couvents. Les catalanistes voyaient en lui un espagnoliste enragé, les républicains, un dangereux démagogue, et les anarchistes, un mystificateur et un traître. Au syndicat on racontait : « Il va se gaver comme une oie dans les grands restaurants de Barcelone, et après il s'égosille dans les cafés de Poblenou et défend les ouvriers en sortant de sa poche un sandwich à la sardine pour faire semblant de pas avoir encore déjeuné. » Les uns le traitaient de « tricheur, fourbe, joueur, révolutionnaire en frac et diamants », et d'autres de « traître au peuple ». Mais dans les Maisons du peuple de Lerroux, ses « jeunes barbares » lisaient avec délectation son livre écrit un an plus tôt, *De la lutte*, dans lequel il annonçait que le feu rédempteur de la destruction créerait un ordre nouveau :

> « Jeunes barbares d'aujourd'hui : mettez à sac la civilisation décadente et misérable de ce malheureux pays ; détruisez ses temples, anéantissez ses dieux, levez le voile des novices et élevez-les à la condition de mères pour viriliser l'espèce. Déchirez les registres de propriété et faites-en des bûchers afin de purifier l'infâme organisation sociale. Pénétrez dans les cœurs humbles et levez des légions de prolétaires, de sorte que le monde tremble devant ses nouveaux juges. Ne vous arrêtez ni devant les autels ni devant les tombes. »

Un jour, un de ses amis anarchistes lui dit que chez Lerroux le pire n'était pas sa traîtrise et son idéologie frivole, tortueuse et opportuniste, mais le fait qu'il était un mercenaire. Enric considéra qu'il s'agissait là de la meilleure définition possible de cet incendiaire dont l'unique objectif était de faire régner le chaos.

Les faits survenus dans le port de Barcelone le 18 juillet avaient semé la peur parmi les évêques, les aristocrates et les bourgeois, mais les nouvelles qui arrivèrent une semaine plus tard suscitèrent chez tous la terreur ou la colère. Les journaux faisaient état de trois cents morts, des Catalans pour la plupart, et rapportaient que l'armée avait fait preuve de maladresse dans l'organisation de l'opération militaire, envoyant en première ligne des troupes de réservistes arrivés la veille à Melilla, non préparées, non entraînées et privées de soutien, des troupes qui se firent massacrer en un clin d'œil. Et tandis qu'on pleurait de douleur dans les maisons des familles de soldats tués, les différents quartiers de Barcelone occupaient leurs positions et se préparaient à l'attaque. La peur s'était depuis longtemps établie dans l'hôtel de la rue de Provença.

L'idée avait surgi à la sortie d'un concert en matinée au Palau de la Música, un jour de ce mois de juillet tumultueux. Albert ne fréquentait plus depuis plusieurs mois les cercles catalanistes, dont il se sentait de plus en plus éloigné et qui l'irritaient. Avel·lí, en revanche, s'était profondément impliqué dans la création de Solidarité catalane, une organisation qui tentait de réunir à la fois les héritiers de la Ligue régionaliste et des républicains, des fédéralistes et les carlistes, car, comme il le répétait à son père, il était nécessaire d'être « tous ensemble, de Carner à Cambó, avec le soutien de Salmerón même, pour créer le catalanisme unifié dont nous avons tant besoin ». Albert avait l'impression que tous ces gens d'ordre, nés pour défendre les intérêts des entreprises catalanes face à Madrid – « une manière de défendre toute la Catalogne » –, adoptaient progressivement des positions déviantes, de plus en plus radicales, et que le régionalisme qui les animait était devenu un véritable mouvement nationaliste à caractère plus politique qu'économique. « Qu'attendais-tu d'autre ? répliquait Avel·lí quand il l'entendait grommeler. Nous sommes les héritiers de la *Renaixença,* de la lutte pour la conservation de la juridiction catalane et des Bases de Manresa, père ! Que veux-tu que nous soyons, sinon des combattants au service de la Catalogne ! » Et lors de ces échanges enflammés, le seul nom susceptible d'apaiser Albert était celui de Cambó : « Il garde la tête sur les épaules et il fait du bon travail à Madrid, vous avez bien de la chance qu'il soit votre dirigeant », accordait-il. « Jusqu'à un certain point, père, jusqu'à un certain point », répondait Avel·lí, de plus en plus méfiant envers Cambó à mesure que celui-ci prenait de l'importance dans la politique espagnole. Il se trouve que ses prises de position étaient à l'origine de la crise interne que traversait Solidarité catalane, malgré les succès électoraux des derniers temps. Une fois de plus, la mécanique de la division entre les différents secteurs du catalanisme se mettait en marche de façon implacable, comme elle l'avait toujours fait depuis la renaissance du sentiment patriotique.

Albert considérait que ce n'était plus son problème. Depuis les événements du *Cu-cut !* et la répression politique qui s'en était suivie, il avait décidé de prendre ses distances avec le catalanisme, qui n'obtenait pas des résultats probants, d'après lui, et ne faisait qu'exciter le nationalisme espagnol. Puis, quand Cambó et le dirigeant républicain Salmerón furent victimes d'un grave attentat au moment où ils se rendaient à un meeting de Solidarité catalane à Sants, il rompit les derniers liens qui l'unissaient encore à la Ligue régionaliste. Deux ans avaient passé depuis cet attentat, que tous attribuaient aux lerrouxistes, et Albert en avait tiré deux conclusions qui avaient déterminé sa prise de position. La première était que Cambó, le seul dirigeant politique à qui il faisait confiance, pouvait mourir d'un jour à l'autre. Et il avait bien failli y passer. Malgré les déclarations de l'évêque Torras i Bages affirmant que s'il survivait, cet attentat serait son plus grand honneur, Albert ne voyait aucun honneur dans ces faits tragiques mais de la fragilité et du danger.

Il n'oublierait jamais l'image du grand homme politique quand il était allé le visiter à la clinique du Dr Fargas où il avait été transporté après avoir reçu les premiers secours dans une pharmacie. Le teint cadavérique, la respiration haletante et une balle logée dans le poumon, il se voyait déjà mort. Le Dr Fargas et les autres médecins qui le soignaient étaient aussi très pessimistes. Il survécut pourtant et sa position s'en trouva renforcée. Solidarité catalane redoubla d'influence, mais Albert ne renoua pas avec ses vieilles amitiés. L'attentat l'avait raffermi dans son opinion que le catalanisme était un territoire à risque et qu'il se mettait lui-même en danger s'il continuait de fréquenter ce milieu politique en première ligne des conflits.

Qu'était-il sinon un entrepreneur, un bourgeois, un créateur de richesses et de bien-être ! Et un homme comme lui ne pouvait pas être contre le pouvoir en place. Il devait au contraire se tenir au plus près de ceux qui décidaient et à l'endroit où se prenaient des décisions qui le concernaient d'une manière ou d'une autre. À partir de là, et au vu de la réalité sans appel de la Catalogne, le raisonnement était simple : le pouvoir était à la cour de Madrid, au parlement espagnol, dans les casernes militaires, le cabinet des évêques et tous les lieux où le catalanisme, toujours perçu comme un ennemi, était proscrit. Quelle était sa place à lui, Albert, s'il voulait préserver ses biens et ceux de sa famille ? « Auprès des hommes qui font respecter l'ordre, bien sûr ! »

La peur s'enracina dans son esprit, ses doutes devinrent des certitudes, son inquiétude fit place à la fermeté et il abandonna peu à peu les cercles de la Ligue régionaliste tout en consolidant ses nouvelles amitiés au club de polo, où il fit, entre autres, la connaissance des Güell.

Tout cela s'était déroulé deux ans plus tôt, quand l'orage qu'on entendait déjà gronder à l'horizon était encore loin. Mais à présent que la guerre d'Afrique emportait des pères de famille, que les syndicalistes menaçaient de paralyser le pays, et que les lerrouxistes appelaient à tout saccager, il n'y avait plus un instant à perdre. Il n'était plus seulement question de changer de fréquentations et d'éviter les secteurs catalanistes, il fallait préserver l'ordre social par tous les moyens possibles. La priorité n'était plus individuelle mais collective, et dans le milieu où Albert évoluait, la plus urgente était de protéger les biens de l'Église et les propriétés privées, objectif de prédilection des proclamations lerrouxistes. La plus urgente et peut-être l'unique priorité. C'est ainsi que le murmure qui grandissait parmi les riches explosa à la sortie d'un concert au Palau de la Música, lorsque l'aumônier de la famille Descaus osa dire qu'il fallait aller voir le gouverneur. « Nous devons nous assurer que les biens de l'Église ne courront aucun danger. Et les nôtres non plus ! » répondit le banquier Tibau d'une voix tonnante qui fit se retourner tous les hauts-de-forme. Certains des présents rappelèrent que Solidarité catalane avait exigé une réunion urgente du parlement catalan pour traiter des causes de la guerre, et aussi des conditions lamentables de la conscription, mais les autres les réduisirent bien vite au silence. « Solidarité veut faire de la politique, nous devons nous occuper de sauver les meubles », dit un industriel du textile, et tous acquiescèrent.

Quelques jours plus tard, lors de leur réunion avec le gouverneur Ossorio et le capitaine général, ils posèrent les bases de la machine de guerre destinée à réprimer la révolte et à garantir l'ordre. « Faites ce que vous avez à faire, dirent les notables, et quoi que vous fassiez, vous aurez notre soutien. » Le gouverneur avait beau ne pas approuver la proclamation immédiate de la loi martiale et avoir défendu son point de vue dans un échange très vif avec le capitaine général, ce dernier se montra inflexible :

« *Le ministre De la Cierva m'a confié des instructions. Nous ne permettrons pas que les agitateurs saccagent la ville. J'ai déjà préparé le décret de proclamation de la loi martiale. Bien sûr, je déploierai la garde civile, et j'ai l'intention de déployer des renforts militaires issus d'autres provinces, équipés d'artillerie lourde, si nécessaire. En outre, je placerai sous mon commandement la police nationale, les gardiens de la paix et la police municipale. Nous garantirons l'ordre avec toutes les forces qui seront nécessaires.* »

Albert sortit de cette réunion avec la conviction qu'il était dans le bon camp, celui qui sortirait toujours vainqueur. Il n'était pas parvenu à ce niveau de fortune et de puissance pour accepter de redevenir un perdant. En outre, sa haine des mouvements anarchistes qui menaçaient sa position si difficilement atteinte n'avait fait que croître au fil des ans.

Les idées de Ferrer i Guàrdia avaient détruit son fils, qu'il ne voyait plus depuis des années. Les bombes des anarchistes avaient été l'élément déclenchant de l'engrenage de la répression, les lerrouxistes entretenaient le chaos et ses amis catalanistes se perdaient en revendications stériles – « Ce sont des minables, ils sont la risée du parlement espagnol », pensait-il avec mépris. Il ne voyait qu'une seule issue, lutter comme ce qu'il était, un homme d'affaires puissant qui levait le poing pour défendre ses biens, sans idéal et sans patrie, seul face à la conspiration de déracinés et d'incompétents qui mettaient sa fortune et son patrimoine en danger. Lorsque l'heure était venue de s'organiser et d'aller voir le capitaine général, les grands entrepreneurs catalans répondaient présent, unis et déterminés. On pouvait compter sur eux.

En outre, lors de ses conversations amicales avec Xió au club de polo, pendant que Bibí et Xineta se promenaient, vêtues d'étoffes délicates et de bijoux rehaussant leur jeunesse triomphante – ils se rengorgeaient d'exhiber de si jolis trophées –, Albert allait plus loin et suggérait qu'il était peut-être nécessaire d'embaucher des hommes de main, « parce que tôt ou tard nous devrons cesser de faire la sourde oreille, mon ami, et passer à l'action. Il nous faut supprimer les meneurs de ces radicaux. Ce sera eux ou nous ». Si l'occasion se présentait, sa main ne tremblerait pas. Après tout, il l'avait déjà fait par le passé, dans son ancienne vie d'exécuteur des basses œuvres au service de M. Liubó, mission dans laquelle il n'était jamais allé jusqu'à tuer, ayant toutefois assassiné son patron. La différence avec la réalité présente, c'est qu'il était désormais patron, et que s'il fallait en venir aux mains, d'autres se les saliraient pour lui. Il avait la certitude que le moment était proche où il devrait se défendre, de quelque manière que ce fût, y compris en assassinant. Xió était tout à fait d'accord avec son ami, et quand ils commencèrent à s'en ouvrir devant d'autres entrepreneurs qui fréquentaient le club, ils constatèrent avec satisfaction que cette idée n'indignait personne. Bien au contraire, plus d'un notable à haut-de-forme fumant le cigare le soir et assistant à la messe le dimanche lui fit remarquer qu'il ne faudrait pas tarder à mettre la main à l'ouvrage.

Un soir qu'il n'arrivait pas à s'endormir, Albert se releva et alla s'installer sur le canapé du salon pour commencer à réfléchir à la façon de tout organiser. « Il faudrait louer les services de quelques policiers dénués de scrupules et résolus. » Il ne doutait pas de la possibilité de trouver des agents de la police empressés à supprimer des anarchistes. « L'important serait de viser les meneurs, de décapiter le serpent... » Il se prit à imaginer tous ces hommes sous la forme de serpents et de têtes coupées et il constata qu'ils ne lui inspiraient ni empathie ni pitié. « Je suis immoral », murmura-t-il, songeant que l'immoralité n'était qu'une autre forme de morale, et que personne n'avait le droit de le juger. Comme chaque fois que l'aiguillon de la conscience essayait de le piquer, il mobilisa ses souvenirs de Cuba et son combat pour la survie afin de la faire taire. Où étaient-ils, les moralisateurs, quand nous crevions comme des rats pendant la traversée qui nous traînait vers le champ de bataille, quand nous nous faisions piétiner par des chevaux ou mordre les jambes par des sangsues dans les marécages cubains ? Cette évocation constituait un remède efficace et il se sentait aussitôt apaisé. La seule morale exigible, dans cette jungle humaine remplie de prédateurs, était celle qui garantissait la défense du bien propre. « La morale de l'autodéfense », se disait-il avec complaisance.

Autodéfense, mais aussi défense des piliers du système social qui avait fait de lui un vainqueur. Un de ces piliers était l'Église. Trop endurci pour croire aux dieux et aux curés, Albert n'avait jamais été très religieux, il jugeait néanmoins l'Église efficace pour endiguer les idées révolutionnaires qui ne pouvaient conduire qu'au chaos. Aussi était-il épouvanté à l'idée qu'elle pouvait être dépossédée du monopole de l'enseignement qui était le sien depuis des siècles. Ce qui faisait de Ferrer i Guàrdia l'ennemi public numéro un, qu'il faudrait bien un jour empêcher de continuer à avancer.

Il aurait pourtant dû être plus à même que quiconque de comprendre la douleur des familles contraintes de faire leurs adieux à un père, à un fils partant en guerre, mais le fait est qu'il n'éprouvait plus depuis longtemps la moindre compassion pour son prochain. Cuba l'avait guéri de tout élan altruiste – « Autrement je n'aurais jamais été un vainqueur » –, et puisque personne n'avait pleuré sur son sort quand il était dans la misère, sur le point de mourir ou obligé de tuer de pauvres diables comme lui, pourquoi diable aurait-il dû pleurer sur le malheur de quelques inconnus ? Il n'existait que deux options dans la vie, chasser ou être chassé. Aussi Albert Corner i Espiga préparait-il une partie de chasse avec des congénères pendant ce mois de juillet 1909.

Malgré tout, il n'était pas prêt à considérer Enric comme une de ces petites bêtes sauvages qu'il prévoyait de chasser. Comment son fils en était-il arrivé là ? Comment avait-il pu rejeter ce monde brillant, interdit aux hommes de leur condition et que son père avait pourtant réussi à conquérir ? Que voulait-il être, un malheureux, un crève-la-faim, un gueux qui replongerait sa famille dans la misère qu'il avait fuie ? Ce n'était pas une vie ! Et quand ces pensées le hantaient, durant le petit déjeuner avec Elisenda, l'après-midi au club de polo, avec Xió, quand Bibí lui prodiguait ses caresses lascives, Albert se considérait comme un vainqueur ayant échoué dans la seule mission apparemment facile, être père. Xió tentait de le rassurer : « Tu as d'autres enfants, Albert, et tu peux compter sur eux. Tu n'es pas responsable de ce qu'il est devenu, arrête de te tracasser à cause de lui », et il pensait qu'Enric était simplement la brebis galeuse que toute bonne famille devait souffrir. Et il avait raison, Albert pouvait compter sur Avel·lí, qui assumait déjà en grande partie la direction de l'entreprise, sur Mariona, qui venait d'avoir vingt-quatre ans et avait épousé deux ans plus tôt un chocolatier célèbre, et sur sa cadette, la petite Montserrat, dont la pâleur et l'apparence fragile ne ternissaient en rien la beauté de ses dix-sept ans couronnée d'un tempérament docile et affectueux. « Nous la marierons bien, Elisenda, nous la marierons très bien », se réjouissait Albert, gonflé d'orgueil paternel. Ils étaient tous de bons fils et filles, de jeunes bourgeois qui prendraient soin du patrimoine familial et sauraient le faire fructifier. Tous sauf Enric, qui luttait exactement pour le contraire, pour démolir le château qu'il lui en avait tant coûté de bâtir. Il y avait aussi Merceneta.

Merceneta était la quatrième des cinq enfants du ménage, et celle dont la naissance avait été la plus longue, trente-six heures, au point de faire craindre pour la vie de la mère et de l'enfant. Elisenda avait poussé, transpiré, crié et pleuré toute une nuit, toute une journée et encore toute une nuit, avant d'enfanter. C'était le 8 avril 1888 à dix heures du matin, au moment précis où l'Exposition universelle de Barcelone ouvrait ses portes au public. La petite fille de presque cinq kilos avait poussé un cri tellement strident qu'on aurait dit qu'il lui perforait les poumons.

« Heureusement qu'elle est née aujourd'hui, et pas quinze jours plus tôt », pensa Albert, reconnaissant envers sa fille de ne pas l'avoir privé de l'inauguration officielle de l'Exposition, présidée par le roi Alphonse XIII, le président Sagasta et le maire Rius i Taulet. Il était un peu loin du cortège royal, parmi la foule d'hommes d'affaires, de journalistes, d'écrivains et de personnalités de toutes sortes invitées par le maire, mais il aperçut toutefois l'enfant-roi de deux ans dans les bras de la reine régente Marie-Christine, à côté de la princesse Maria de las Mercedes. Sur une autre estrade, fiers et droits comme des piquets, parés de leurs plus beaux atours, les huit notables qui avaient mené à bien ce grand projet et placé du même coup Barcelone au centre du monde. « Regarde, Elisenda, s'exclama Albert tout excité, le banquier Manuel Girona et le grand juriste Duran i Bas, et aussi le marquis de Comillas, et là-bas, plus loin, Romaní, un grand nom de l'entreprise papetière qu'il a révolutionnée grâce à des techniques modernes venues d'Italie, j'ai fait sa connaissance il y a quelques semaines. Et l'abbé Verdaguer, regarde, Elisenda, le grand Jacent Verdaguer ! Le vois-tu ? » Comme chaque fois qu'il était question du poète, Albert se rappelait le jour où il l'avait salué chez le marquis de Comillas, dont il était le chapelain et l'aumônier. « Je lirai *L'Atlantide* un jour », assurait-il sur le ton faussement sérieux qui faisait toujours rire sa femme, elle qui n'avait jamais vu un livre dans les mains de son mari. Avec le temps, Verdaguer allait devenir pour Albert la figure du Catalan qui savait lutter pour sa patrie avec un grand sens de la modération, sans tenir tête à l'Espagne dont il se faisait une alliée. Cette dernière idée envenimait systématiquement ses discussions avec Avel·lí :

« L'abbé Verdaguer est allé présenter lui-même les cahiers de doléances catalans à Alphonse XII. Le roi ne l'aurait pas reçu s'il n'avait pas été un homme comme il faut. Voilà comment il faut faire les choses, disait-il à son fils, qui répliquait toujours de la même manière :

— Et alors, qu'avons-nous obtenu, dites-le-moi, père, qu'ont obtenu les Catalans ? Je vais vous le dire, moi : rien, absolument rien ! Nous n'obtiendrons jamais rien, parce qu'ils ne nous acceptent que quand nous nous laissons docilement gouverner.

— Rien, dis-tu ? À ton avis, comment avons-nous pu organiser l'Exposition universelle ? Crois-tu qu'ils nous auraient autorisés à la faire, si Rius i Taulet et les grands entrepreneurs catalans n'avaient pas conclu un accord avec le gouvernement de Madrid et avec toute la cour ?

— Vous ne parlez que de l'Exposition universelle, père ! Ne songez-vous donc qu'à nos intérêts de privilégiés ?

Enfin ! Nous ne sommes qu'une toute petite partie de la société ! Pourquoi ne me parlez-vous pas des conditions des ouvriers qui ont travaillé sur les chantiers de l'Exposition, de leurs interminables journées de labeur, de leurs salaires de misère ? En agissant ainsi, nous ne faisons que provoquer la colère et le mépris du peuple ! Ne voyez-vous pas que le syndicat de l'Union générale des travailleurs a été créé pendant l'Exposition, parce que les conditions des ouvriers étaient lamentables et qu'il fallait bien que quelqu'un prenne leur défense ? Et la hausse des prix, que dites-vous de la hausse des prix ?

— Il est exact que les prix ont augmenté, mais tu en oublies la raison : c'est qu'il y a davantage d'argent, plus de travail, et que Barcelone a désormais sa place dans le monde. Tout cela ne compte-t-il pas à tes yeux ? Et s'il y a des ouvriers, c'est qu'il y a du travail pour eux ! Ils étaient fatigués, je te le concède, mais ils travaillaient, Avel·lí, et c'est l'élément essentiel, travailler et ne pas mourir de faim. Comment oses-tu critiquer l'Exposition, une telle source de richesses ?

— Des richesses pour certains et de l'exploitation pour d'autres ! Et puis n'oubliez pas que ce projet a été un acte de soumission envers l'Espagne. Ce n'est pas moi qui l'affirme, j'étais un gamin quand il a commencé. Mais vous, vous lisiez ce qu'on en disait dans les journaux, et vous connaissez parfaitement les critiques des penseurs les plus en vue de l'époque. Me direz-vous que vous n'avez jamais lu les articles de Valentí Almirall ? Il n'y allait pas par quatre chemins et résumait clairement le projet de l'Exposition universelle, "la manifestation d'un accord signé entre la bourgeoisie catalane et la monarchie centraliste", ajoutant que ce genre d'accord nuisait toujours aux intérêts des Catalans.

— Almirall ? Tu parles d'Almirall ? Cet abruti, ce jocrisse ! Comment oses-tu dire que cet accord nous nuit, comment peux-tu dire cela, quand le seul moyen d'obtenir quelque chose pour la Catalogne, c'est de montrer à Madrid que nous sommes dignes de confiance et de nous arranger avec eux ? Sans l'Espagne nous n'irons nulle part, Avel · lí, nulle part. Quelle était l'alternative, selon toi, dis-moi ? Renoncer à l'Exposition, ne pas négocier avec la cour ? Nous n'aurions pas organisé l'Exposition, une autre ville en aurait bénéficié, nous ôtant le pain de la bouche ! Nous, les Catalans, nous n'obtiendrons jamais rien tant que nous n'assumerons pas notre faiblesse et que nous ne nous allierons pas avec eux. Vos idées ne nous mènent nulle part, elles ne font que nous isoler et nous faire subir la répression.

— Nous en avons assez, père, de quémander des faveurs à l'Espagne ! Nous sommes un peuple ancien et respectable, or ils veulent nous mettre définitivement à genoux, faire de nous des serfs de leur empire. Et que nous donnent-ils quand nous sommes sages ? Des miettes, père, des miettes ! Et notre cœur saigne. Le temps est venu de relever la tête et de les regarder droit dans les yeux ! »

Arrivés à ce point de l'altercation, et après une intervention jugée homérique par le fils et emphatique par le père, ils s'enferraient tous les deux dans une spirale de reproches lamentables qui finissait toujours en queue de poisson. Ils ne s'entendaient que sur une seule chose, l'importance primordiale de *mossèn* Verdaguer, l'abbé dont ils avaient accompagné la dépouille jusqu'au cimetière de Montjuïc, où l'attendait une sépulture creusée dans la roche, face à la mer. « Un enterrement comme on n'en a jamais vu et comme on n'en verra jamais de pareil », observaient-ils à l'unisson, encore vivement impressionnés par la marée humaine qui avait déferlé dans les rues et sur les places de Barcelone, des milliers de personnes souhaitant rendre un dernier hommage à leur poète. « Pourtant, combien nos amis l'ont fait souffrir ! » déplorait Avel · lí. Il faisait allusion à la suspense *a divinis* prononcée à son encontre par l'évêque Morgades pour insubordination et le rejet ultérieur des notables qui l'avaient protégé jusque-là. « Je n'ai jamais rien lu de tel que ses articles intitulés *En defensa pròpia* en réponse à ces attaques. C'était de la légitime défense, et comment ! Pauvre Verdaguer, quelle fin terrible. » Sur ces reproches d'Avel·lí, Albert gardait toujours le silence.

Tous ces événements et ces personnages, l'abbé Verdaguer, son enterrement, l'Exposition universelle, l'enfant-roi de deux ans, la bourgeoisie alliée à la monarchie restaurée, le maire Rius i Taulet, tout cela appartenait au terrain mouvant du passé, et ce sol boueux, modelé au gré de la mémoire de chacun, n'était guère sûr. « Les souvenirs mentent toujours », lui disait Bibí les rares fois où elle prenait un air mystérieux ; Albert se rendait alors compte qu'il la connaissait à peine. Elle avait raison, le passé pouvait être un grand prestidigitateur, un escamoteur qui trompait les sens et les plongeait dans la nostalgie. Or, lui n'avait pas le temps de vivre dans le passé, surtout à présent que l'orage grondait.

Merceneta n'était pas une menace, mais elle le mettait mal à l'aise car elle le déconcertait. C'était la moins jolie de ses trois filles, la moins aimable aussi. Elle ne possédait ni la douceur de Montserrat, ni la franchise et la détermination de Mariona, et elle avait toujours un livre ou un magazine féminin sous le bras. « Que gagnes-tu à lire autant, tu ne vois pas que tu finiras par ne pas te marier ? » grommelait-il en la voyant assise sur le Chesterfield du petit salon, plongée dans un roman ou dans un article de la revue *Feminal*, dont elle entassait les exemplaires sur le secrétaire de sa chambre, au grand désespoir des domestiques qui voulaient débarrasser toute cette paperasse. Un jour, il lui prit son livre des mains et en lut le titre à haute voix, *La Fabricante*, puis il éclata de rire. « Une femme fabricante ? Quelle sottise ! Jusqu'où ira-t-on ! Laissez donc aux hommes le soin de fabriquer et de construire, et occupez-vous un peu de la famille. Vous voulez mettre le monde sens dessus dessous, ou quoi ? » Merceneta lui répondit tranquillement : « Non, père, ce n'est pas cela », puis elle lui expliqua avec la patience d'une maîtresse d'école que, dans son roman, Dolors Monserdà parlait d'une honnête femme qui aidait son mari à créer une entreprise. Il n'avait aucune inquiétude à se faire, tout ce qu'elle lisait était l'œuvre de femmes pieuses et de bonnes mœurs. « C'est le premier roman en catalan écrit par une femme », ajouta-t-elle avec une fierté mal dissimulée. Son père mit un terme à la discussion : « Des bêtises, Merceneta, ce sont des bêtises ! »

La chose qui ennuyait Albert par-dessus tout était qu'à vingt et un ans sa fille n'avait pas encore de véritable prétendant, et le pire était qu'elle ne semblait pas en vouloir. On aurait dit que sa destinée inéluctable de jeune fille de famille aisée ne l'attirait et ne l'intéressait pas. « Pourquoi devrais-je me marier, père ? Pour servir un homme ? » lui répondait-elle parfois. Sa mère levait les bras au ciel, interloquée, se demandant d'où sa fille pouvait tirer de pareilles idées. « Si tu ne veux pas te marier, ni entrer au couvent, que vas-tu faire de ta vie ? Tu vivras dans l'ombre de cette Mme Monserdà et tu resteras vieille fille, c'est cela que tu veux ? » lui demandait-elle, angoissée. Elle n'obtenait généralement en réponse qu'un éclat de rire de Merceneta, que l'inquiétude de ses parents à son propos amusait. Ils n'aspiraient qu'à une chose, la perpétuation du modèle traditionnel que l'écrivaine féministe Carme Karr avait si précisément décrit dans ses articles, mettant en avant la dualité du modèle épouse ou bonne sœur :

> « Nous devrions songer un peu plus sérieusement à l'éducation de nos jeunes filles, au lieu de les élever à partir du principe résumé par l'adage typique et ridicule que "la place d'une fille est auprès d'un époux ou dans un couvent". »

« Dans un couvent sûrement pas, et auprès d'un époux, on verra », songeait Merceneta avec une assurance toute récente. Lorsqu'elle voyait ses parents trop inquiets, elle leur rappelait que les femmes qu'elle fréquentait étaient distinguées et cultivées, catholiques par-dessus tout, et surtout qu'elle n'agissait pas dans le domaine politique mais culturel. « Mais enfin, mère, vous devriez être contente que je fréquente les amies de Dolors Monserdà, c'est une grande dame ! Il n'y a pas meilleure compagnie », et elle tentait alors de lui expliquer tout ce que faisaient ces bourgeoises pour récupérer la culture catalane tout en aidant les jeunes filles des quartiers ouvriers. Elle l'invitait même – « Vous devriez venir avec moi un jour », mais sa mère se défilait en rouspétant.

Ce n'étaient pas les fréquentations de Merceneta qui dérangeaient Elisenda, bien au contraire. Toutes, Dolors Monserdà, veuve du bijoutier Macià et belle-mère de l'architecte Puig i Cadafalch, ou Carme Karr, épouse de Josep Maria de Lasarte, jouissaient d'une très bonne situation et n'agissaient jamais de manière inconvenante. Non, ce qu'elle jugeait inadmissible de la part de bourgeoises respectables, c'était cette manie d'apprendre à lire et à écrire aux ouvrières, et ces idées sur le rôle des femmes dans la culture et dans la société. Qu'allaient donc faire ces grandes dames dans les quartiers populaires ? s'interrogeait-elle, anxieuse, consternée d'apprendre que sa fille les y accompagnait. Elle avait pourtant fini par accéder aux prières de Merceneta qui l'encourageait à découvrir cet univers féminin insolite, et qui cherchait par la même occasion à faire d'elle sa complice, et un après-midi elle avait participé à un goûter chez Mme Monserdà. Mais ce qu'elle y avait entendu l'avait alarmée encore davantage, malgré les bonnes intentions de l'hôtesse qui proposait de lutter contre la radicalisation des ouvrières par le biais de la culture. « Comme elles ne savent ni lire ni écrire, et qu'elles n'ont pas la moindre instruction, les pauvres tombent facilement sous la coupe des radicaux, et c'est ce que nous devons empêcher, pas au moyen de la répression, mais grâce à l'éducation, mes amies, grâce à l'éducation. » Elle avait ensuite évoqué les valeurs morales, soutenant qu'il fallait les aider à devenir des femmes honnêtes et droites : « Ce sont les mères de jeunes gens susceptibles d'aller grossir les rangs des anarchistes, et pour qu'ils ne le fassent pas, nous devons leur donner tous les outils nécessaires. C'est la culture, mes amies, c'est la culture qui les sauvera. » Une dame à la fois intriguée et préoccupée l'avait interrogée : « Mais à quoi cela leur servira-t-il d'apprendre à lire ? » Mme Monserdà avait adopté un ton volontairement conciliant pour essayer de démonter une nouvelle fois les idées fausses incrustées dans l'esprit de ces bourgeoises qui avaient à leur service nourrice, majordome et domestiques n'ayant jamais mis un pied à l'école, et qui étaient persuadées qu'ils n'en avaient nul besoin.

Elisenda était rentrée chez elle en proie à des sentiments contradictoires. Elle savait bien qu'on était entré dans le XXe siècle et que le monde se transformait à une vitesse vertigineuse, et elle était aussi parfaitement consciente de la souffrance des femmes qui travaillaient à l'usine. Il n'y avait pas si longtemps, elle avait été une jeune artisane mariée à un conscrit sans le sou, et elle avait beau vivre dans une maison d'architecte moderniste de la rue de Provença, avoir des domestiques à son service, dans la commode de sa chambre, des perles et des bijoux qu'elle n'aurait jamais osé rêver de posséder et être l'épouse d'un homme capable d'entretenir une maîtresse française, malgré tout cela, la pauvreté de son milieu d'origine lui lacérait toujours les entrailles, telle une griffe affilée et crochue.

En entendant cette grande dame évoquer les ouvrières des quartiers pauvres qui ne savaient ni lire ni écrire devant d'autres femmes riches et raffinées, cette griffe lui avait écorché violemment l'âme. Lorsque Mme Monserdà avait expliqué que « ces pauvres filles ne sont pas responsables de leur ignorance et de leur manque d'éducation, et nous avons la noble mission de les éduquer pour qu'elles ne tombent pas plus bas », Elisenda avait entendu une alarme tinter dans son esprit. « Elle parle de moi, elle est en train de parler de moi, c'est de moi qu'elle parle, de la fille que j'ai été », et à ce moment-là, malgré sa luxueuse toilette, malgré son collier de perles, malgré le chignon impeccable fait par sa femme de chambre le matin et son parfum de prix, malgré tous ces travestissements, Elisenda Puig s'était sentie nue comme jamais. Elle savait à peine lire et écrire, mais elle n'en avait jamais rougi de honte jusqu'à ce jour où elle avait goûté dans le salon privé de Mme Monserdà.

De retour chez elle, elle s'était dit que ces dames oisives pleines de bonnes intentions rendraient les ouvrières bien malheureuses en les instruisant. « Elles sauront lire, mais elles seront toujours aussi pauvres, la belle affaire ! » Elle en avait conclu que cette idée était effarante, que les femmes se trouvaient très bien là où elles étaient, qu'il appartenait aux hommes de s'occuper des livres, des théories, des entreprises et des guerres, que les femmes devaient essayer de préserver les choses importantes, les choses solides que le vent n'emportait pas, comme la famille, le foyer et le patrimoine. Et quand elle songeait à tout ce qu'elle avait entendu et à ce qu'elle avait ressenti, elle déplorait la participation de sa fille à ce projet éducatif. « Éducatif et moraliste, mère, c'est un projet destiné à transmettre des valeurs morales », avait insisté Merceneta sur le chemin du retour, mais sa mère était convaincue que c'était un des plus sûrs déclencheurs de la révolution.

« Quand elles sauront lire, vous n'aimerez pas ce qu'elles liront, et tu verras, elles ressembleront toutes à cette anarchiste qui prône des idées terrifiantes sur les femmes », répliquait-elle avec fureur. Merceneta lui répondait qu'elle n'était pas comme Teresa Claramunt, la dirigeante anarcho-syndicaliste qui fréquentait des spiritistes et exigeait pour les femmes une éducation dépourvue de sens religieux, qui incitait les ouvrières à rejoindre le syndicat et à prendre la tête de la révolution. « Nous ne sommes pas comme les révolutionnaires de la Société autonome féminine, maman, nous sommes des femmes au service de Dieu ! » Lorsque Elisenda avait raconté à Albert ce qu'elle avait entendu l'après-midi, ils avaient tous deux redoublé d'inquiétude au sujet de leur fille. Ils la voyaient déjà entraînée dans le même précipice que son frère Enric. « Jusqu'où ira-t-on avec toutes ces idées nouvelles ? Ce siècle devient fou ! » maugréait Albert. Elisenda avait tourné la tête vers son époux et elle avait eu l'impression que la tristesse l'envahissait, si palpable qu'elle aurait pu la toucher du bout de ses doigts.

Albert essaya par tous les moyens de ramener sa fille sur le droit chemin, il la gronda, il chercha à l'effrayer, il usa même de petites menaces, mais Merceneta lui répondait toujours sur le même ton respectueux, et avec une douceur qui le désarmait pendant quelque temps. « Tu n'as aucun souci à te faire, papa, je suis une femme comme il faut, et je ne ferai jamais rien dont vous pourriez avoir honte. – Alors marie-toi ! Épouse un bon parti », la suppliait-il, mais il n'obtenait qu'un sourire conciliant et une étreinte. Et quand il se laissait ainsi attendrir, il se sentait un homme vaincu.

Merceneta évolua tout naturellement, comme s'il s'agissait de la dernière étape de son passage de l'adolescence à l'âge adulte. Elle avait toujours manifesté un penchant très modéré pour la vie sociale, à laquelle elle préférait la lecture, qu'elle considérait comme une sorte de refuge où elle pouvait échapper à l'ennui d'une existence sans surprise.

Elle commença par les articles de l'hebdomadaire *Or i Grana* que publiait la Ligue patriotique des dames, sous l'égide de Solidarité catalane. La revue paraissait le samedi et Avel·lí ne manquait jamais de l'acheter, ce qu'il fit jusqu'au dernier numéro. « Pour ma petite sœur qui aime lire », lui dit-il le jour où il lui offrit le premier numéro, à la fin de l'année 1906. Elle venait de fêter ses dix-huit ans. C'est ainsi qu'elle fit la connaissance de Dolors Monserdà, de Carme Karr et des femmes qui plus tard compteraient tellement dans sa vie. Cet hebdomadaire conçu uniquement par des femmes éveilla sa curiosité par ses illustrations accompagnant les articles et sa typographie claire et soignée. Elle se plongea dans sa lecture avec beaucoup d'intérêt. Le premier numéro publiait le manifeste de la Commission des dames de la Solidarité catalane, et un texte daté d'avril 1906 et intitulé « Notre devise », qui lui fit forte impression :

« La famille est le fondement de la Patrie ; la femme est le fondement de la famille… Heureusement pour notre terre, la Femme catalane a participé à son éveil : la cause de la Catalogne, une cause d'amour, est désormais sauvée. Que chaque foyer, grâce à l'amour des femmes, soit le refuge de la cause catalane : de cette façon nous accomplirons notre mission. Femmes catalanes : en construisant la Patrie, nous construisons la Famille, en construisant le Foyer, nous construisons l'Amour. »

Pendant toute la semaine elle lut et relut les articles au long des seize pages de la revue, et elle recopia dans son carnet une des premières phrases de l'article qui ouvrait *Or i Grana* : « Nous venons construire la Patrie et nous venons construire l'Amour. » Le samedi suivant, quand Avel·lí lui apporta le deuxième numéro, elle le lui arracha pratiquement des mains et elle courut s'enfermer dans sa chambre, avide de commencer à lire sans perdre un instant. À sa mère, qui ne comprenait pas de quoi elle parlait, elle expliqua, tout excitée : « *Or i Grana* pour les couleurs du drapeau catalan. »

Or i Grana éveilla l'intérêt de Merceneta pour les actions féminines et attisa son sens patriotique, mais ce fut la revue *Feminal* qui lui ouvrit les portes d'un monde tout à fait nouveau. *Or i Grana* cessa de paraître après quatre mois, mais ses rédactrices s'attelèrent bientôt à l'écriture d'une revue publiée en supplément de *L'Illustration catalane,* qui paraissait tous les quatrièmes samedis du mois. Elle s'intitulait *Feminal* et était dirigée par Carme Karr. Merceneta y retrouva Dolors Monserdà et Carme Karr, et elle fit la connaissance de la comtesse de Castellà, d'Agnès Armengol et de Víctor Català, dont elle dévora le roman *Solitude.* Elle apprit le poème de Josepa Massanés « *La roja barretina catalana* », « *Le bonnet rouge catalan* », qu'elle trouvait émouvant et actuel, bien qu'il eût été écrit des années plus tôt…

Ils reviennent, ils reviennent, coiffés de leurs bonnets rouges,
de la couleur du sang qui bout dans leurs veines...

Outre les écrivaines, elle découvrit des peintres comme Lluïsa Vidal, des pédagogues, des théologiennes, des joueuses de tennis, des cavalières et même des participantes à des concours de ballon libre. Cet échantillonnage de femmes conquérantes et courageuses bouleversa son existence, à tel point que tout ce qui demeurait obscur jusque-là prit subitement du sens. Les femmes n'étaient pas seulement les auteures de ce mensuel qui leur était destiné, mais elles y tenaient singulièrement la vedette, elles y avaient de l'importance pour elles-mêmes, il n'y avait derrière elles aucun mari, père ou notable pour s'en porter garant. Les articles étaient écrits dans un catalan limpide, transparent, disait Merceneta, qui avait l'impression en même temps d'apprendre une nouvelle langue. Grâce à *Feminal*, elle entendit parler du rôle des femmes dans la société, du catalanisme régénérateur de l'identité et de la tradition du pays, du pacifisme comme seul moyen de changer la hiérarchie masculine, et elle lut pour la première fois un mot qui lui parut exotique, *féminisme*, un terme que Carme Karr et Dolors Monserdà employaient pour placer les femmes au cœur de toutes les idées de changement. « Féminisme », répétait-elle quand elle se retrouvait seule, et aussi parfois quand elle discutait avec des amies de son âge, déjà toutes mariées, à qui elle allait rendre visite.

Merceneta lut avec éblouissement un long reportage sur les luttes des suffragettes en Angleterre. Elle ignorait jusque-là la lutte de femmes réclamant le droit de vote. Elle dévora ce numéro de la revue avec une avidité presque maladive. Une femme nommée Emmeline Pankhurst expliquait : « Je suis ce qu'on pourrait appeler une *hooligan* », et même si Merceneta ne connaissait pas le sens de ce mot anglais, elle imagina qu'il exprimait une idée forte et radicale. Une photographie montrait une foule de femmes rassemblées à Hyde Park, à Londres, qui brandissaient des pancartes en faveur du vote des femmes, et parmi elles Mme Pankhurst et sa fille Christabel. Le journal rapportait que selon la dirigeante britannique, les femmes n'hésiteraient pas à recourir à l'action directe et à la violence afin de garantir leurs droits si cela était nécessaire, des propos que Merceneta jugea dangereux. Elle se sentit soulagée d'appartenir à des cercles féminins plus raisonnables et disciplinés. Cependant, l'idée du vote des femmes se grava dans son esprit, comme une fausse note curieusement harmonieuse.

La revue lui permit d'accéder à l'univers jusque-là inconnu d'elle des artistes femmes, et il ne tarda pas à la fasciner. *Feminal* publiait régulièrement des illustrations et des dessins de Lluïsa Vidal, la fille du propriétaire de la boutique du Passatge del Crèdit d'où provenaient une grande quantité d'objets ornant l'hôtel de la rue de Provença. C'était la plus importante boutique de décoration de Barcelone. M. Vidal disposait de son propre atelier et se montrait très exigeant dans le choix de ses artisans. Ses meubles, fabriqués avec des matériaux de première qualité et un savoir-faire indiscutable, lui avaient valu une grande renommée. Albert le connaissait parce qu'il avait remodelé les salons du Liceu, et il en parlait toujours avec admiration, aimant à raconter qu'il avait été choisi pour meubler les chambres à coucher d'Alphonse XII et fabriquer le berceau d'Alphonse XIII. « Il a aussi réalisé les trônes de la régente et de l'enfant-roi pour l'Exposition de 1888, ajoutait-il fièrement, histoire de rappeler qu'il était alors au nombre des invités. Savez-vous de qui il est le plus proche ami ? Du Dr Andreu, figurez-vous, et il a promis de me le présenter. » La conversation dérivait alors inévitablement sur les pastilles contre la toux inventées par le Dr Andreu. Albert éprouvait également beaucoup d'admiration pour le père de M. Vidal, Lluís Vidal, qui avait été un ébéniste réputé dans le monde entier.

Toutes ces choses remarquables, l'éclat de ces notables, des inventeurs de pastilles contre la toux et des loges du Liceu, ne figuraient qu'à titre secondaire dans la revue que lisait Merceneta. Le premier rôle revenait à Lluïsa Vidal, qui à l'âge de vingt-quatre ans seulement avait fait sa première exposition aux Quatre Gats. « Aucune femme n'y a jamais exposé », racontait-elle avec enthousiasme à sa mère. Quand elle fit sa connaissance, Lluïsa avait trente-deux ans et elle formait avec Monserdà et Karr le trio qui dirigeait ce mouvement catholique culturel et catalaniste ayant décidé de placer la femme au centre de l'intérêt général. Elle venait d'ouvrir un atelier rue de Provença, où elle enseignait le dessin et la peinture, atelier que Merceneta fréquentait très assidûment en voisine, restant souvent pendant les cours et assistant Lluïsa. Quelques mois plus tôt, la pédagogue Francesca Bonnemaison, membre du groupe de *Feminal*, avait inauguré un centre d'enseignement pour les ouvrières célibataires et les jeunes filles sans ressources, où Lluïsa enseignait l'art. Depuis qu'elle avait fait sa connaissance, Merceneta ne manquait pas une seule de ses expositions, et un jour elle emmena même sa mère et sa sœur Mariona à la Sala Parés. Avec le temps, elle devint l'une de ses plus grandes admiratrices. Elle était à ses yeux une des femmes les plus courageuses qu'elle avait jamais connues, surtout depuis le portrait insolite qu'elle avait fait de Dolors Monserdà, où on voyait l'écrivaine vêtue comme une grande dame et flanquée de deux guerrières nues portant des lances. Lluïsa Vidal devint très vite l'amie intime de Merceneta.

Catalanisme, pacifisme, féminisme. Merceneta avait subitement cessé d'être une jeune fille avançant sans but dans la vie pour devenir une femme qui évoluait sur un terrain solide, où elle cheminait d'un pas décidé. Ce monde féminin qui réclamait sa place dans la société, la tête haute et la voix ferme, mais sans la brusquerie des radicaux, l'attirait fortement. À travers la lecture de *Feminal* et le contact de ces femmes modernes, elle s'engagea donc dans la voie défendue de la révolte féminine. Elle ne se sentait pas révolutionnaire comme son frère, elle ne voulait pas être une source d'inquiétude pour sa famille, mais elle venait de trouver un sens profond à son existence oisive, un sens qui allait à l'encontre de la destinée qu'on avait tracée pour elle depuis sa naissance ; elle découvrit qu'elle pouvait être maîtresse de ses décisions, et cette révélation lui apparut à la fois lumineuse et transformatrice. « Nous, les femmes de xxe siècle, nous changerons l'avenir », proclamait Carme Karr, et Merceneta savait qu'en participant à ce bouleversement historique elle cessait d'être une jeune bourgeoise à la recherche d'un bourgeois de mari afin de mener une existence confortable et insignifiante. Elle était une femme du xxe siècle qui déciderait de sa vie et aiderait les autres femmes de toutes conditions à prendre en main leur destin. La conscience d'être vecteur d'un idéal porteur de telles transformations la remplissait d'un immense bonheur.

Albert ne comprenait rien à tout cela, et comme toujours lorsque le comportement d'autrui lui échappait, il se tenait sur la défensive ; il n'avait jamais cessé d'être un animal blessé, prêt à tuer pour survivre. Il avait confiance en sa fille et il connaissait la plupart des femmes qu'elle fréquentait, mais son instinct de rescapé l'avertissait que quelque chose n'allait pas. Tant d'efforts et de combats pour construire un empire puissant et confortable, et voilà que sa princesse refusait d'épouser un prince, de régner au palais, d'être même princesse. Quel sens avait alors tout ce qu'il avait créé ? Lorsqu'il était rattrapé par de telles idées, il sombrait dans une tristesse profonde.

La réalité ne lui permettait toutefois pas de s'abandonner à ses états d'âme, dans la mesure où les événements se précipitaient à une allure inquiétante, sur le point de tout ravager sur leur passage. Un matin, il reçut la lettre qu'il attendait sans l'admettre. « La malédiction familiale » ! Il tenait l'enveloppe dans ses deux mains sans l'ouvrir, et il se laissa tomber sur le canapé du salon. Puis, avec la lenteur de quelqu'un qui connaît déjà la sentence, il prit connaissance de la notification militaire adressée à son fils Enric. « Appelé sous les drapeaux ! » s'écria-t-il. L'écho de sa voix emplit le salon de réception de l'hôtel particulier et rebondit contre les murs, comme un cri tournoyant sans fin dans la pièce. Il s'affaissa sur le confortable canapé en cuir et, le regard perdu sur les vitraux modernistes du bow-window, il commença à rire tout seul, comme un dément. Cela commença par un sourire timide, presque honteux, apparu sur ses lèvres bien avant de prendre conscience qu'il avait envie de rire. Il éclata enfin d'un rire bruyant, interminable, si fort que ses côtes le firent souffrir.

« Oncle Albert, *garde-à-vous* ! » criait-il en riant aux éclats, « Albert Corner, *garde-à-vous* ! » « Enric Corner, *garde-à-vous* ! », et il mimait le pas de parade. Un peu calmé, quoique toujours hilare, il se rassit et songea que cette situation prenait les allures d'un poème délétère, se prenant à penser que Dieu avait sans doute un grand sens de l'humour.

« Et si je ne faisais rien ? Si je le laissais partir à la guerre ? » Cette pensée lui fut agréable. Après tout, Enric ne serait jamais un homme digne de ce nom, c'était une petite chose d'humeur fantasque, impulsive, qui finirait tôt ou tard en prison ou tué par une bombe. « Une guerre ne lui ferait peut-être pas de mal. » Il savoura cette perspective. Néanmoins, même si ce paradoxe l'amusait – le fils qui avait renié son père et le rejetait se trouvait désormais à sa merci –, son sourire se figea au souvenir douloureux de ses vieux souvenirs de guerre.

Il avait souvent rêvé d'infliger des châtiments corporels à Enric, et certaines nuits, quand il enrageait parce qu'il venait d'apprendre que son fils avait de nouveau fait des siennes, il s'imaginait même le fouetter – « Tiens, prends ça ! Ça t'apprendra à devenir un homme ! » –, et il en bavait de plaisir. Mais la guerre, non, c'était trop. La guerre n'était pas une punition, c'était un puits sans fond où on ne pouvait trouver que du sang, des vipères, la mort. Alors, dans la solitude de ce moment suspendu, la lettre de mobilisation à la main, l'idée que son fils traverse l'horreur qu'il avait lui-même connue le terrifia à un point tel qu'il eut l'impression de devoir lui-même faire la guerre de nouveau. Et puis il savait que, contrairement à lui, Enric n'y survivrait pas. « C'est peut-être un dégénéré, mais c'est mon fils ! » Si Albert avait tant lutté pour atteindre une position sociale élevée, ce n'était pas pour qu'un membre de sa famille fût à nouveau précipité dans cet enfer.

« Je paierai le remplacement militaire », décida-t-il finalement, et il imagina la tête que ferait Enric en apprenant que la maudite fortune de son père lui avait sauvé la vie : il repartit d'un éclat de rire sonore. « Pour lui, ce sera la pire des punitions. Il lui faudra ravaler sa fierté ! » Cette perspective le réjouit. Quand Elisenda, qui était sortie acheter de la dentelle aux fuseaux avec son amie Lluïsina, rentra à la maison, elle trouva son mari en train de chantonner. « J'ai reçu une excellente nouvelle aujourd'hui, ma chère ! »

Un bûcher

CHAQUE FOIS QU'IL RENDAIT VISITE À SES PARENTS, Avel·lí s'arrêtait un moment pour observer l'immense chantier qui s'élevait à l'angle de la rue de Provença et du Passeig de Gràcia. Sa mère lui avait raconté que Mme Segimon était très en colère contre M. Gaudí, et que son époux, M. Milà, se disputait sans arrêt avec l'architecte. « Mais il n'écoute pas, mes amies, rien n'y fait », déplorait Mme Segimon, désespérée. Tout Barcelone se répandait en critiques et commérages au sujet de cet amas pierreux que l'architecte dressait dans un des lieux les plus prestigieux de la ville. D'aucuns affirmaient qu'il avait perdu la raison. « Une montagne de pierre avec des trous », disait quelqu'un. « Et ces ferrailles tordues que Jujol est en train de poser, qu'en dites-vous ? Elles ont peut-être été forgées par les frères Badia, elles n'en sont pas moins laides ! » ajoutait un autre, les murmures indignés enflant en une symphonie stridente. « Nous ne lui confierons plus aucune maison à construire, plus jamais ! Dieu nous en garde ! » marmonnaient les riches entre leurs lèvres peintes. « Autant jeter l'argent par la fenêtre ! » approuva un homme à la moustache en croc. Tous les hauts-de-forme de la ville criaient au scandale. Les revues satiriques comparaient le bâtiment à un gâteau de Pâques garni d'œufs, à un délire wagnérien, ou encore à un immeuble dévasté par un tremblement de terre, tandis que dans les cénacles, pour les connaisseurs, la messe était dite : « Avec cette folie, Gaudí perdra tout son prestige. »

Comme de nombreux Barcelonais, Avel · lí trouvait que la construction ressemblait davantage à une *pedrera*, une carrière comme il y en avait dans le massif du Garraf, qu'à l'hôtel particulier d'une grande famille, et quand ils en parlaient chez ses parents, la comparaison avec les autres grands bâtiments du Passeig de Gràcia s'imposait rapidement. « Maudit soit l'instant où Pere Milà a fait la connaissance de Gaudí ! C'était à l'époque où Domènech i Montaner construisait la maison de Batlló. » Avel · lí expliquait que Milà avait rencontré l'architecte par hasard un jour qu'il visitait le chantier de l'entrepreneur Batlló, l'associé du père de Roser Segimon, et qu'il avait déclaré pompeusement que la prochaine maison que Gaudí bâtirait serait la sienne. Albert ne cachait pas son mépris : « Milà est peut-être un très grand homme d'affaires, très attaché à la Ligue régionaliste, député aux Cortès, amateur de courses de voitures et tout le tremblement, il n'en reste pas moins qu'il a toujours été un snob », et Elisenda soupirait – « Et la pauvre Roser, comme elle souffre ! » –, et chaque fois l'un d'eux assurait que ce tas de pierres n'avait rien à voir avec la Casa Batlló, considérée par la famille comme le palais de rois scandinaves. « Et encore, nous ne savons pas de quoi aura l'air cette *pedrera* une fois terminée. Le snobisme de Milà et les délires de Gaudí feront certainement perdre de la valeur à nos maisons, personne ne voudra venir habiter à côté d'une carrière, vous pensez bien ! » Les filles étaient pourtant toutes émerveillées par tant de faste – « Il n'empêche, ce sera une grande maison » –, et elles récapitulaient ce qu'elles en savaient. La demeure commandée par les Milà à Gaudí occupait plus de mille mètres carrés, et elle comportait un sous-sol avec une remise pour les calèches et les voitures, des boutiques à l'entresol, un très vaste logement pour la famille à l'étage noble et quatre étages d'appartements à louer, « on en prévoit plus d'une vingtaine », sans compter les immenses combles supportant des terrasses de différents niveaux.

« Vous savez ce qu'il veut faire, maintenant, ce Gaudí, et que Roser ne pense pas lui permettre ? demanda Elisenda.

— Dieu seul le sait ! N'importe quoi, sûrement ! » répondirent posément les présents, avec plus de dédain que de curiosité.

Elisenda rapporta une des nombreuses histoires qui circulaient sur cette construction controversée et qui étaient destinées à clouer Gaudí au pilori. D'après ce qu'en disait Mme Segimon, que l'idée affligeait, l'architecte souhaitait couronner l'édifice d'une statue monumentale de la Vierge à la rose, « En hommage à mon prénom, Dieu du ciel ! Comme si j'étais la Vierge ! Et il l'a déjà commandée à Carles Mani, le malheureux, mais je ne le permettrai pas, ah ça non ! » Les bourgeoises se scandalisaient – « Quelle idée saugrenue ! » –, s'accordant sur le fait que M. Gaudí ferait mieux de s'occuper de son église expiatoire de la Sagrada Família : « Il l'a commencée il y a bientôt trente ans, et il a peine élevé un mur ! » s'exclamaient-elles, outrées et les lèvres pincées, et elles ajoutaient avec transport : « Et il ne cesse de nous demander de l'argent, que veut-il à la fin ? Cet homme est un panier percé, c'est tout ! » Les plus indulgentes affirmaient que Gaudí était un grand architecte, mais uniquement « pour les choses célestes, les terrestres il ne les comprend pas », et les autres approuvaient d'une seule voix : « Qu'il laisse les autres architectes de renom s'occuper des maisons des familles respectables. – C'est ce que dit Maragall. Gaudí est un mystique et un poète, mais sera-t-il un bon architecte pour nos maisons, ah, mes amies ? » Le caquetage bruyant de ces dames finissait dans un gloussement général.

Avel·lí voyait dans la montagne de pierre conçue par Gaudí le rêve confus d'un architecte délirant, mais en revanche il s'extasiait, comme la plupart des tenants de la Barcelone aisée, devant le bâtiment de l'Orfeó Català inauguré depuis un peu moins d'un an. « Ce n'est pas un auditorium, s'émerveillait-on, c'est un magnifique palais, un château » ; « la maison du chant », selon l'expression de

Maragall, qu'on trouvait très appropriée. La salle conçue par Domènech i Montaner avait été bâtie au cœur du quartier de Sant Pere, à l'endroit où s'était dressé pendant des siècles le cloître du couvent de Sant Francesc. Dès le jour de son ouverture, le 9 février 1908, elle était devenue la fierté de la Barcelone dont rêvaient Avel·lí et tous ceux qui avaient rallié Solidarité catalane. « Le Palau de la Música est le modèle de ce que sera un jour la Catalogne, Dolcina, quand nous aurons récupéré notre propre gouvernement », dit-il à sa femme la première fois qu'ils s'y rendirent pour assister à un concert, un mois après son inauguration. Enric Granados présentait son poème symphonique *Dante*, et quand Avel·lí, pénétré par la puissance de cette grande composition musicale, leva les yeux vers le magnifique vitrail d'Antoni Rigalt qui ornait le plafond, il sentit les larmes lui monter aux yeux. Emporté par un torrent d'émotions à la fois cuisantes et enivrantes, il côtoya le bonheur pendant tout le concert.

C'est aussi au Palau de la Música qu'Avel·lí avait vécu l'un des moments les plus intenses de son existence, non pas à l'écoute du poème symphonique de Granados, ni durant les concerts de chant choral qui emplissaient la salle de mélodies délicates et harmonieuses, ni non plus à l'occasion d'aucun autre événement musical. Ce fut le 28 juin 1908. Même si plus d'un an s'était écoulé, il avait encore la voix qui tremblait quand il évoquait ce jour mémorable où Solidarité catalane avait célébré sa grande assemblée au siège de l'Orfeó. Pour la première fois depuis qu'il s'était engagé dans la lutte catalaniste, Avel·lí avait eu l'impression qu'ils pouvaient représenter une force et que le rêve d'un gouvernement catalan allait bientôt se réaliser. Dans la salle bondée, les dirigeants des différentes familles de Solidarité catalane se suivirent avec des discours emplis du mot « victoire », les drapeaux rouge et or catalans, les *senyeres*, ondoyaient comme si la magie du bâtiment moderniste les gonflait d'air, et au parterre des centaines de voix entonnèrent *El cant de la senyera*. « C'est le miracle de l'unité ! » observaient les militants à l'unisson, convaincus que le manifeste lu au théâtre Tívoli en 1907 par lequel les forces catalanistes avaient scellé leur union et présenté leur candidature était à l'origine de leur grande victoire contre les lerrouxistes. « Quarante et un sièges sur les quarante-quatre que nous pouvions obtenir ! Nous les avons écrasés ! » criait un partisan exalté, et l'euphorie se répercutait en écho.

Cet enthousiasme collectif s'empara d'Avel·lí, qui s'impliqua encore davantage dans le combat de son pays pour la liberté, poussé par un patriotisme qui le rattachait à son arrière-grand-mère Mariona, à son arrière-arrière-grand-mère Merceneta et à chacun de ses ancêtres dont les actes de résistance et les combats successifs avaient permis à son peuple de survivre. En sortant de cette assemblée au Palau de la Música, il avait contourné les énormes travaux dus au percement de la Via Laietana – ce serait une grande avenue, disait-on – et il avait eu la sensation que Barcelone vibrait de toutes parts, avec ses chantiers, ses édifices majestueux, ses concerts prestigieux, ses dirigeants engagés et ses idéaux nobles et invincibles. Il contemplait les passants d'un air rêveur et son exaltation était telle qu'il lui prenait l'envie de les serrer dans ses bras, comme un enfant ou un simple d'esprit. Submergé par l'émotion, il s'était dirigé vers sa maison, Dolcina à son bras, avec la conviction que des gens comme lui impulseraient un tournant dans l'histoire douloureuse de la Catalogne.

« Quel dommage que papa ne soit pas venu ! » avait-il dit à sa femme dans un instant de faiblesse, mais il avait rejeté bien vite cette pensée qui assombrissait son état d'esprit incandescent. Il savait parfaitement qu'Albert avait coupé tous les ponts avec les cercles catalanistes, et que les quelques liens qui le rattachaient encore à la Ligue régionaliste passaient seulement par Cambó et les secteurs les plus conservateurs, « les régionalistes pactiseurs », comme les appelaient les compagnons d'Avel·lí. Il préférait ne pas y penser en ce moment, il ne voulait pas se sentir tiraillé entre son admiration pour son père et son engagement dans Solidarité catalane. « Nous ne fléchirons pas, malgré ceux qui abandonnent la lutte », dit-il d'un ton sentencieux qui fit rire sa femme. Ils poursuivirent leur chemin en riant tous les deux.

Un an s'était écoulé depuis cette illustre soirée, et à présent que la ville se révoltait contre la mobilisation des soldats envoyés à la guerre en Afrique, tout lui semblait beaucoup moins clair. Son père était plongé dans un état de nervosité permanente, persuadé que Barcelone était à deux doigts d'une révolution – « De la violence, toujours plus de violence, voilà ce qui va nous tomber dessus, et plus vite qu'on ne le pense », disait-il à qui voulait l'entendre, alors qu'Avel·lí éprouvait surtout de l'inquiétude au sujet de la lente mais persistante fracture qui se produisait au sein de Solidarité catalane. « Sans unité nous ne parviendrons à rien, nous ne sommes jamais parvenus à rien, nous trébuchons toujours sur la même pierre », répétait-on d'un côté et de l'autre, mais personne ne semblait savoir comment éviter la catastrophe. Souvent, au cours de ses soirées à l'Ateneu barcelonès, où il retrouvait certains de ses amis pour débattre de la situation, les événements des dernières années lui apparaissait clairement comme les symptômes d'une maladie chronique. Les catalanistes avaient été unis puis à nouveau désunis, et en fonction de ce mouvement pendulaire ils gagnaient puis ils perdaient les élections, tandis que la répression de l'État s'abattait invariablement sur eux en toutes circonstances. Ils étaient décidément « *le fruit dégénéré d'un concubinage monstrueux* », comme le proclamait Lerroux dans ses meetings où il qualifiait de « *tignasses au sexe indéterminé* » ceux qui chantaient l'hymne catalan, *Els segadors*. Pendant ses campagnes électorales, l'empereur du Paral·lel, intensifiant ses visées démagogiques, incitait directement à la violence.

« *Demain, je serai le gouverneur de Barcelone. Allez voter, le bulletin de vote dans une main et le pistolet dans l'autre. Si vous apercevez une de ces bicyclettes caractéristiques des régionalistes, n'en faites pas grand cas, un bâton dans les roues et le tour est joué.* »

… et d'un bout à l'autre de l'Espagne, la moindre tentative pour obtenir une amélioration dans l'intérêt des Catalans était aussitôt taxée de *séparatiste*. « Pourtant, nous n'avons jamais été aussi nombreux, aussi puissants et aussi unis, et personne ne pourra nous arrêter si nous persévérons, du moment que nous évitons de nous disputer et de nous poignarder dans le dos », lança quelqu'un au milieu de la conversation. Il fut immédiatement contredit : « Mais Cambó fait des siennes à Madrid, et il est tellement copain avec Maura qu'il ne voit pas qu'ils se fichent de nous ! » Pour la énième fois, une dispute éclata entre ceux qui étaient d'avis qu'il fallait profiter du nouveau gouvernement de Maura pour négocier un projet destiné à déclencher le processus de décentralisation, et les autres qui avaient la conviction que ce n'était qu'une ruse habile de l'État pour les distraire et les user par des négociations interminables qui n'aboutiraient jamais à rien. Les militants de la Ligue régionaliste défendaient le possibilisme, les forces de gauche prônaient la résistance, et entre eux le fossé au sein de la coalition ne cessait de se creuser. Quand la Ligue régionaliste s'opposa au projet présenté par le conseiller municipal de la mairie de Barcelone, Francesc Layret, qui visait à établir la neutralité religieuse dans les écoles et à y introduire le catalan, elle porta le coup de grâce à l'unité du parti.

« Nous ne demandions qu'une inscription au budget afin de construire quatre écoles laïques pour les enfants des ouvriers ! Comment avez-vous pu voter contre ? » se récrièrent les catalanistes républicains, furieux et indignés, et ils remirent sur le tapis la campagne enragée du cardinal Casañas qui avait excommunié tous les lecteurs d'*El Poble Català* et avait interdit le journal aux catholiques – « Plus de six cents personnes ont résilié leur abonnement à cause de ce rongeur de cierges, et nous avons perdu des dizaines d'annonceurs. » Ceux de la Ligue régionaliste, tout aussi furieux et inquiets, leur rétorquèrent : « Comment avez-vous pu nous mettre l'Église à dos, bande d'irresponsables ! » alors que les murs de Jéricho tremblaient une nouvelle fois au son strident des trompettes de la discorde. « L'unité sera à nouveau brisée », répétait Avel·lí, découragé. La sensation que ses principaux ennemis se trouvaient parmi les catalanistes le désespérait davantage que les coups de ses véritables adversaires.

« Heureusement qu'il y a Madrid », ajouta quelqu'un, plus convaincu que sarcastique, car chaque fois que les catalanistes étaient en désaccord, le gouvernement espagnol prenait des mesures répressives qui les réunissaient à nouveau. « C'est bien ce qui s'est passé après les événements du *Cu-cut !* », et on évoquait la promulgation, avec le soutien d'Alphonse XIII, de la loi d'exception donnant plein pouvoir aux militaires de juger toute opinion ou action politique « *portant atteinte à l'unité sacrée de la patrie* ». « Tu vois, Avel·lí, sans Madrid et sa loi d'exception, nous n'aurions pas créé Solidarité catalane, nous ne serions pas unis et nous n'aurions pas gagné les élections. Laisse donc faire l'Espagne : plus nous nous querellerons, plus Madrid et la Couronne s'en prendront à nous, et plus vite nous nous réconcilierons. On peut compter sur eux. – Amen », répondaient en chœur les présents.

Si les convictions politiques profondes d'Avel·lí n'avaient cessé de se renforcer à mesure que la situation se crispait, son attachement à la Catalogne n'était pas né spontanément et sur un coup de tête. Il ne le devait pas non plus à son père, étant entendu que la seule idéologie qu'avaient jamais eue ses parents se limitait à la conservation de leurs privilèges acquis. Avel·lí savait bien que si son père avait rallié la Ligue régionaliste quelques années plus tôt, ce n'était pas par conviction catalaniste, mais parce qu'il avait jugé profitable, à ce moment-là de l'histoire et dans cet environnement, de rejoindre ces gens. « Papa est né avec l'instinct de survie, ce qui explique qu'il possède un sens de l'opportunité très développé », dit-il un jour à Dolcina, à laquelle il raconta toute l'histoire de sa famille, y compris l'épisode de la guerre de Cuba. « Un conscrit ! » s'exclama-t-elle en découvrant la vérité. Avel·lí comprit qu'elle n'était ni indignée ni surprise, juste amusée. Sa femme avait un goût poussé pour les situations insolites.

Avel·lí avait été préparé à la grande responsabilité qu'il aurait à assumer à l'âge adulte en tant qu'aîné de la famille, à savoir conserver et faire fructifier le patrimoine. « Tu es notre héritier, ne l'oublie jamais. Tu dois te montrer responsable et sérieux, et travailler dur. Ne sois jamais un héritier prodigue, mon fils, car il nous en a coûté de gagner ce que nous possédons. » En lui répétant cette litanie durant toute son enfance et son adolescence, sa mère l'éleva de manière à en faire un bon bourgeois. Il eut deux nourrices de Manresa, il fit ses études chez les Frères des écoles pies, il reçut des leçons particulières de français, de tennis et d'équitation, et à seulement vingt-deux ans il eut son propre fauteuil au Liceu. « Et tu auras bientôt une voiture, Avel·lí, comme celle de ton ami Sanahuja », lui murmurait sa mère à la fin de son adolescence.

Il avait été un bon fils, éduqué comme il le fallait pour devenir un jour un homme respectable, un bourgeois. Ce qui signifiait, pour ses parents, de faire un beau mariage, de se montrer impitoyable en affaires et conservateur dans ses idées, d'être un catholique pratiquant. Il y était quasiment parvenu : il avait fait un bon mariage, il menait ses affaires avec un instinct de prédateur, et il était croyant. Mais, au grand dam de son père, ses idées étaient de plus en plus hasardeuses. « Je suis un bourgeois doublé d'un révolutionnaire », disait-il à ses parents quand l'envie lui prenait de scandaliser les siens.

Il avait hérité son sentiment religieux de sa mère, qui disait quotidiennement le bénédicité avant les repas et accomplissait consciencieusement tous les rituels du calendrier catholique. Elle avait une grande dévotion pour Notre Dame de Montserrat, la Vierge noire, et elle ne manquait jamais de rappeler fièrement qu'elle avait assisté à la cérémonie de consécration de la *Moreneta* comme sainte patronne de la Catalogne, « Tu y étais aussi, Avel·lí, tu avais deux ans et ton père t'a porté sur ses épaules pour que tu puisses bien voir. » Elisenda s'efforçait non seulement de transmettre sa foi à ses enfants mais elle souhaita aussi leur donner une éducation religieuse solide et confia cette mission au père Damià. C'était un jésuite intelligent et cultivé qui leur lisait chaque mercredi des textes bibliques dont il faisait des leçons de vie. Il réservait toujours un moment à la prière, ce qui ne l'empêchait pas de faire de la religion une matière amusante et tangible, éloignée de toute abstraction incompréhensible. Albert disait parfois en plaisantant que ce curé était un peu athée – « Comme moi », ajoutait-il d'un air satisfait. En réalité, ce fut grâce au père Damià qu'Avel·lí devint un catholique convaincu, dont la ferveur se manifestait naturellement lors de la communion ou quand il disait ses patenôtres, pendant la messe dominicale, ou lorsque, une fois marié, il priait avec Dolcina. « J'ai parfois l'impression de goûter la lumière de Dieu. Je ne la vois pas, mais je la sens chatouiller mon palais. » Les moments où il se sentait éclairé par cette transcendance divine faisaient de lui un homme heureux.

Son catholicisme pratiquant ne le rendait toutefois pas servile par rapport à la hiérarchie ecclésiastique, et plus il s'impliquait dans la cause catalaniste, plus il sentait croître un lui un sentiment de rejet vis-à-vis d'un clergé qu'il jugeait immobiliste, « et qui ne peut qu'exacerber la situation ». « Ferrer i Guàrdia est un incendiaire, un sacrilège qui veut bannir Dieu des écoles, avec son obsession scientiste, mais la haine des évêques pour la science et la modernité n'est pas non plus une bonne chose ! » Cet avis était partagé par un grand nombre de ses compagnons de Solidarité catalane. « N'oubliez pas qu'à l'exception de Torras i Bages et d'un ou deux autres, tous les évêques, à l'heure de vérité, prendront position aux côtés de Madrid et du roi, plutôt que de se ranger du côté de la Catalogne », lança quelqu'un. Un autre déclencha l'hilarité générale en ajoutant : « Ne parlez pas de Torras i Bages, ou on finira par demander leur aide aux Français, comme au temps de Pau Claris ! » Ainsi que la plupart de ses amis, Avel·lí avait fini par adopter une position intermédiaire entre l'Escola Moderna, qu'il jugeait révolutionnaire, et l'Église catholique, rétrograde à ses yeux, deux idéologies qu'il considérait comme radicales. « Nous devons être des traditionalistes tournés vers l'avenir, pas vers le passé, disait-il à Dolcina, certain d'être un homme de son temps, un *noucentista*, un homme du siècle nouveau, comme disait Xènius. »

Si son sens pratique des affaires lui venait de son père et sa foi catholique, consolidée par les bons offices du père Damià, de sa mère, Avel·lí devait son patriotisme à son grand-père Ignasi et surtout à sa grand-mère Mercè. Elle lui avait raconté pendant des heures les vieilles histoires du pays, dont certaines qu'elle tenait de sa propre expérience pour les avoir vécues avec sa mère Mariona ou sa grand-mère Merceneta. « Notre famille est comme cette terre, elle tombe mais elle se relève toujours », disait-elle. De telles phrases éveillaient chez le jeune garçon des émotions qu'il expliquait difficilement. C'était comme un battement de cœur qui le rattachait à quelque chose de plus grand que lui, dont il faisait partie sans pouvoir le comprendre.

C'est ainsi qu'il apprit les vieilles histoires de son petit pays, à l'heure du goûter aux saveurs de chocolat chaud et de pain d'épice, et certaines le passionnaient tellement qu'il s'imaginait en train de combattre dans les montagnes aux côtés des guérilleros carlistes et de crier avec le général Savalls : « Vive les lois et les coutumes catalanes ! » Son grand-père Ignasi possédait un talent naturel pour les récits historiques et il savait agrémenter sa narration d'une foule de détails. C'est grâce à lui qu'Avel·lí entendit parler pour la première fois du général Tristany, « premier président des Catalans depuis 1714 », de son serment d'allégeance à la loi catalane à Olot en 1874 et du rétablissement de la généralité de Catalogne, mais aussi de la façon dont les carlistes avaient fini par perdre la guerre. « Foi, abnégation et patriotisme ! » criait le général Tristany par la bouche du grand-père, et le garçon riait à gorge déployée en voyant le vieillard se lever et brandir un ustensile de cuisine comme s'il s'agissait d'un tromblon, le bonnet rouge catalan enfoncé jusqu'aux oreilles. Il revenait ensuite à la grand-mère Mercè de nuancer le propos : les carlistes étaient des gens braves et bons, mais trop religieux. Le garçon n'osait pas lui demander comment on pouvait être trop religieux. Chaque fois qu'elle parlait des carlistes, Mercè leur opposait le combat des républicains : « Aurais-tu oublié que pendant que les carlistes réclamaient la loi catalane, nous, nous proclamions la république fédérale à Barcelone ? » Elle revenait sur les événements de 1873 et sur l'éphémère président de la République catalane, Baldomer Lostau, au sein de la première République espagnole, évoquant aussi la désertion du général Gaminde, responsable du bombardement de Gràcia en 1870, et même de la tentative de dissolution de l'armée et de récupération de la milice populaire – « Tout ce que nous avons aussi essayé, sans roi et sans soutane ! » s'exclamait-elle sur un ton épique menaçant de sombrer dans la tragédie.

Les actions héroïques des vieux carlistes ou, avant cela, la défense des murailles de Barcelone durant la guerre de 1714, ou encore et surtout l'engagement de l'arrière-grand-mère Mariona pendant le bombardement de Gràcia, tous ces hauts faits avaient peuplé son enfance, mais à mesure qu'il grandissait, Avel·lí s'intéressait davantage aux événements politiques qu'à l'épopée historique. Il parvint progressivement à reconstituer l'histoire de la lutte pour les droits des Catalans grâce aux discussions avec son grand-père Ignasi et à ses lectures pour lesquelles il suivait les conseils des intellectuels de Solidarité catalane. « Il faut commencer par *Les Nationalités* de Pi i Margall, mes amis, et continuer avec *Lo Catalanisme* d'Almirall. Tout est là. » Il n'avait que six ans quand un groupe de notables mené par Joaquim Rubió i Ors avait présenté à Alphonse XII un cahier de doléances pour tenter de sauver le droit civil catalan tout en dénonçant les différents préjudices subis par la Catalogne. Il y avait eu ensuite la première fête de la Catalogne, la *Diada*, en 1886, la campagne contre le code civil imposé par Madrid, les Bases de Manresa en 1892, la Fermeture des caisses, et une longue suite d'actions et de combats qui culminaient, selon Avel·lí, dans les épisodes qu'il était en train de vivre, à savoir l'unification du catalanisme dans le mouvement de Solidarité catalane et la victoire électorale qui devait permettre à la Catalogne de redevenir une nation respectée. Cette conviction agissait comme un moteur puissant qui le poussait à aller de l'avant et décuplait sa motivation.

Un jour, au cours d'une des nombreuses réunions organisées à l'Ateneu barcelonès, réunions toujours accompagnées de discussions passionnées sans aucune autre finalité que la joute d'idées, le pharmacien Honorat Sigmont – installé rue Sant Honorat, « Ça, vraiment, c'est cohérent ! » le raillaient ses compagnons – apporta le texte intégral du cahier de doléances de 1885. Il se planta au milieu de l'assemblée et cria d'une voix forte : « Compagnons ! » puis il attendit dans une attitude solennelle qui imposa un silence miraculeux. Une fois assuré d'avoir l'attention de chacun, il poursuivit, sur le ton affecté de celui qui tient momentanément la vedette :

« Voici le texte intégral, inspiré par Valentí Almirall et lu au roi Alphonse XII par l'illustre Francesc de Sales Maspons i Labrós, doyen de l'ordre des notaires de Barcelone, grand folkloriste et promoteur du Centre excursionniste de Catalogne. Je crois qu'il est important que nous en connaissions le contenu et, si vous en êtes d'accord, je vous en ferai la lecture. »

Sans attendre la réponse des assistants, silencieux et attentifs, il commença à lire :

« *Monsieur : Jamais sans doute une commission ne s'est présentée devant Votre Majesté avec autant d'émotion que celle que j'ai en ce moment l'honneur de présider, de façon bien peu méritée. Elle se compose, Monsieur, des fils les plus illustres de la Catalogne, qui, dans les lettres comme dans les sciences politiques et morales, dans l'industrie comme dans le simple travail ouvrier, occupent une place de premier rang en Catalogne, et qui avancent vers le trône de Votre Majesté pour la supplier de daigner accorder son attention aux malheurs causés à notre pays par la politique centraliste et unificatrice des partis.* »

Les têtes remuaient de haut en bas, les pointes des moustaches se dressaient, tiraillées par des doigts nerveux, les jambes se croisaient d'un côté, puis de l'autre, et la fumée indolente des petits cigares remplissait la pièce. Avel · lí sentaient les idées qui venaient chatouiller la zone des émotions dans son cerveau. Honorat poursuivit sa lecture du même ton cérémonieux :

« *Nous n'avons pas, Monsieur, la prétention d'affaiblir, et encore moins d'attaquer la glorieuse unité de la patrie espagnole ; bien au contraire, nous souhaitons la fortifier et la consolider : or nous estimons que pour y parvenir, la bonne méthode ne consiste pas à étouffer et à détruire la vie régionale pour lui substituer une vision centralisatrice. Nous croyons au contraire que le plus adapté et aussi le plus juste est de permettre aux différentes provinces d'Espagne de se développer et de vivre naturellement et librement, afin que de toutes les régions de la Péninsule surgissent la gloire et la grandeur de la nation espagnole.*

» *Ce que nous souhaitons, Monsieur, c'est que soit instauré en Espagne un système régional conforme à ses conditions actuelles et comparable à certains des systèmes actuellement en vigueur dans les très glorieux empires d'Autriche-Hongrie et d'Allemagne, ainsi que dans le Royaume uni de Grande-Bretagne, un modèle déjà adopté en Espagne du temps de notre grandeur.* »

Il prit une profonde inspiration, s'éclaircit la voix et poursuivit :

« *Monsieur, on nous a arraché notre système administratif, que des nations cultivées d'Europe jugent bon et reprennent à l'heure actuelle ; il a d'abord été remplacé par le système castillan, et aujourd'hui par une copie imparfaite et défectueuse du système français.*

» *Nous ne sommes autorisés à faire usage de notre langue qu'à l'intérieur de nos foyers et dans des conversations familiales : d'abord bannie des écoles, notre langue l'a été ensuite dans les services de l'administration publique et dans les tribunaux, où il arrive fréquemment que les juges, aussi illustres soient-ils, ne comprennent pas les témoins et les inculpés, qui ne comprennent pas non plus les juges.*

» *Comme si cela ne suffisait pas, notre droit civil, base insigne de la solide organisation morale de la famille catalane et de notre patrimoine, qui croît au fil des générations, notre droit depuis longtemps menacé est aujourd'hui aux prises avec des tentatives de destruction, ou du moins d'altérations graves…*

» *À force de travail et de privations chaque fois qu'il le fallait, nos entrepreneurs ont créé une industrie espagnole qui, en quarante ans, s'est développée pour atteindre un très haut niveau. Depuis quelques années, cette industrie a été attaquée dans ses fondements, et particulièrement ces derniers temps au moyen du traité avec la France et du projet de modus vivendi avec l'Angleterre.* »

S'arrêtant un instant sur ce point, le pharmacien Honorat Sigmont de la rue Sant Honorat – « Ça, c'est cohérent ! » – leva les yeux sur le groupe qui s'était formé autour de lui, convaincu de l'importance du moment. Puis il termina sa lecture :

« *Monsieur, seule la puissante initiative de Votre Majesté, son immense sagesse et l'amour qu'elle professe pour notre pays peuvent remédier à nos maux. Nous prions donc Votre Majesté d'intervenir, convaincus que ne lui feront défaut ni la bénédiction du ciel, ni l'immense, la grandissime reconnaissance des fils de la Catalogne.* »

« Pour une fois qu'un Bourbon nous écoutait, il est mort juste après », lança une voix depuis le fond de la pièce, et les rires se mêlèrent aux applaudissements recueillis par l'illustre lecteur de ce document mémorable. Dans les discussions qui suivirent, l'opinion dominante était que les Catalans multipliaient les tentatives depuis trop longtemps, que l'Espagne ne les écoutait jamais, que la Castille dominait tout, et que l'heure était venue de l'affronter avec détermination pour ne pas retomber dans l'impasse des revendications qui ne menaient nulle part. « Nous sommes en 1909, mes amis, en 1909 ! Grands dieux ! Depuis combien de temps frappons-nous à la porte de Madrid pour qu'ils nous prennent en considération ? Et qu'avons-nous obtenu ? Rien, je vous le dis, absolument rien, si ce n'est des lois qui nous lient les mains encore davantage », dit un homme d'âge moyen qu'Avel·lí ne connaissait pas. Un autre répliqua que les Catalans étaient comme des baudets attachés à la noria de l'Espagne : soit ils se libéraient de ce joug, soit ils continueraient à tourner en rond éternellement. Tout le monde lui donna raison. Un autre s'exclama : « Et dire que l'Espagne veut aller conquérir les Maures ! Bon sang ! Ils devraient d'abord se coloniser eux-mêmes ! » La discussion roula alors sur le récent article de Joaquim Lluhí i Rissech dans *El Poble Català*, qui mettait le doigt sur le problème :

« Cette guerre va totalement à l'encontre de toutes les plus évidentes et urgentes opportunités patriotiques. L'Espagne ne peut pas exporter les installations ni la vigueur de sa civilisation dans la mesure où cette civilisation est largement déficiente ou erronée dans les principaux domaines, de l'organisation politique à la solidarité sociale en passant par l'administration de la justice, l'instruction publique, les aptitudes du gouvernement ou les instruments de la politique monétaire. L'Espagne n'est absolument pas en condition de coloniser qui que ce soit. »

Les idées d'Avel·lí sur la Catalogne et les émotions qu'elles suscitaient allaient toutes dans le même sens, et cette union du cœur et de l'esprit devint un pôle central de son existence.

En dehors des réunions politiques, qui occupaient une grande partie de ses rares moments de loisir, Avel·lí était absorbé par ses activités d'homme d'affaires. Elles allaient de l'aide apportée à son père dans la gestion des sociétés, en particulier l'entreprise mère qu'il dirigeait presque tout seul, à son activité financière importante, qui lui rapportait de gros intérêts. « J'accroîtrai la fortune de père et je serai encore beaucoup plus riche », disait-il à Dolcina avec une fierté mal dissimulée. Elle, dotée d'un esprit terre à terre, lui répondait qu'il devait travailler et arrêter de se bercer d'illusions. Dolcina était une femme revêche et peu à l'aise dans les relations sociales, qui se taisait ordinairement quand elle se trouvait en présence de plus de deux personnes. « Cette fille doit cacher beaucoup de secrets », murmurait Elisenda, inquiète ; elle ne l'entendait jamais prononcer un mot au cours des repas familiaux. Mais elle était issue d'une grande famille, ce qui faisait d'elle un sujet de fierté dans la famille Corner. En outre, autant elle était de nature taciturne, autant elle devenait bavarde dès qu'elle était en tête à tête avec Avel · lí, le surprenant alors par sa vive intelligence et sa grande capacité de raisonnement. Elle possédait aussi un côté jovial insoupçonnable de l'extérieur, et un sens de l'humour qui tendait inévitablement vers le sarcasme. « J'ai épousé une femme acide », lui disait Avel · lí, amusé.

Tout s'était passé rapidement et sans surprise. Leurs familles se connaissaient depuis des années, ils s'étaient croisés dans des réunions mondaines et ils avaient finalement fait connaissance sur un court du Barcelona Lawn-Tennis Club, où ils prenaient tous deux des leçons. Personne ne comprenait vraiment comment cette relation était née, surtout à cause du caractère dynamique d'Avel · lí et de l'attitude renfermée de Dolcina, mais le fait est qu'ils se plurent aussitôt. Quand ils se fiancèrent, plus personne ne douta de l'avenir de leur relation. « C'est une femme merveilleuse, maman, un petit diamant, mais il faut le tailler pour le débarrasser de sa gangue », tentait-il de convaincre sa mère, l'air captivé.

Le diamant finit par apparaître et lorsque Avel · lí se maria, il était profondément amoureux, et également persuadé que cette femme silencieuse, cultivée, et surtout raisonnable serait une bonne compagne pour la vie. Le soir des noces, quand elle lui demanda en le regardant droit dans les yeux, sans aucune pudeur, de détacher son corset et qu'elle ôta ensuite lentement sa petite culotte bordée de fine dentelle, la fusion fut explosive. « Tu me surprendras toujours », lui avoua Avel·lí après avoir joui ; elle se montrait experte au moment de prendre son sexe dans sa bouche et de le sucer de sa langue gourmande. Elle réalisait cette tâche lentement et consciencieusement, puis elle attendait qu'Avel·lí s'endorme pour aller se laver les dents et se rincer la bouche à l'eau de mélisse. Elle s'agenouillait ensuite devant la statuette de Notre-Dame de la Mercè posée sur un guéridon à côté de la coiffeuse. Là, dans la douceur de la nuit, elle priait en silence.

Comment était-il possible, se demandait Avel·lí, plus amusé qu'étonné, que cette femme distinguée de la haute bourgeoisie, mariée à son premier et unique fiancé et ayant apporté toutes les garanties de sa virginité, puisse se montrer aussi à l'aise avec les choses du sexe ? C'était une question à laquelle il ne cherchait pas du tout de réponse, trop heureux d'avoir à ses côtés, dans la journée une femme distinguée et réservée, et le soir venu, dans son lit, une femme légère et dévergondée. Comme il l'avait deviné à l'instant où il l'avait rencontrée, Dolcina était une femme exceptionnelle.

Sa famille, en revanche, si elle ne lui réservait aucune surprise, lui causait bien du souci. Il avait assumé le rôle de fils aîné avec un zèle qui l'accablait maintenant de responsabilités, et tout ce qui agitait l'hôtel particulier de la rue de Provença se répercutait dans son propre salon, comme s'il lui fallait vivre la vie de chacun d'entre eux. « Tu es l'aîné de la famille Corner, Avel·lí, mais pas l'aîné de l'humanité », tentait de le raisonner Dolcina, mais rien n'y faisait, il parlait sans arrêt de son père – « Il est de plus en plus aigri et angoissé, et maintenant il ne quitte plus les gens du club de polo, il finira dans les cercles les plus réactionnaires de Barcelone, tu verras » –, il s'exclamait, au sujet d'Enric : « Nous l'avons perdu, Dolcina, nous l'avons perdu », quand il n'évoquait pas l'avenir d'une de ses sœurs, tant il voulait tout contrôler, avec le souci que les choses aillent pour le mieux.

Or rien n'allait pour le mieux, et la déchirure qui s'était produite au sein de sa famille – « C'est la faute d'Enric, Dolcina, tout est la faute d'Enric » – le tourmentait continuellement, comme une douleur persistante dont il n'arrivait pas à se libérer. C'était Enric, justement, qui le préoccupait, à un point tel que cela l'empêchait de respirer normalement. Depuis quelque temps, il avait vent de certains bruits, des commérages mesquins, des ragots colportés devant un café, le cigare à la main, qu'il mettait sur le compte de bavardages malintentionnés. Il refusait de les écouter, conscient que les rumeurs de la ville naissaient dans la noirceur de l'imagination. Non seulement les on-dit ne s'arrêtaient pas mais il y avait peu la frontière entre le racontar et l'évidence s'était subitement effacée. Un soir, à l'Ateneu barcelonès, son meilleur ami, Jofre Punsà, le prit à part au moment où la conversation se dirigeait dangereusement vers le sujet en question, et il lui jeta la vérité à la figure sans crier gare, sans aucune pitié, crûment.

« C'est une tantouze, Avel · lí », et le marteau le surplomba, menaçant ; « un inverti », et le clou commença à s'enfoncer dans sa chair ; « une misérable lopette qui a des rapports avec d'autres hommes », chaque fois davantage ; « ouvre les yeux, il est grand temps », le clou se planta dans son âme. Jofre parlait de son frère, pourtant ses mots résonnaient dans sa tête comme s'ils n'appartenaient pas à sa langue et ils formaient un charabia incompréhensible. Quand il parvint enfin à réagir, sa douleur fut insupportable, et il comprit aussi qu'il le savait depuis longtemps, depuis aussi longtemps qu'il le niait. « Je lui ai pardonné beaucoup de choses, mais cette infamie répugnante, cet outrage misérable à notre famille, c'est impossible », et il sortit, fou de rage. Il s'éloigna de la rue de la Canuda sans dire au revoir à ses amis qui musardaient dans le petit salon de l'Ateneu.

Sur le chemin du retour, sa colère produisait des étincelles de mauvaises pensées. « Que dois-je faire ? Que devons-nous faire ? » Il imaginait son frère passé à tabac, roué de coups, prenant une raclée qui lui servirait de leçon – « Peut-être aurions-nous dû le corriger il y a longtemps » –, il se voyait planté devant lui, lui crachant en face ses quatre vérités. Aucune de ces pensées furieuses ne l'apaisait. En arrivant chez lui, il était à la fois exténué et plongé dans la plus grande des confusions. Le porche d'entrée à peine franchi, il gravit les escaliers quatre à quatre comme si le diable le talonnait, puis il fondit en larmes en voyant sa femme. Il avait toujours essayé de comprendre son frère, de se mettre à sa place et de croire qu'il poursuivait de nobles idéaux et que s'il avait fait souffrir sa famille c'était parce qu'il était perdu, qu'il avait peur. « Il s'est trompé de chemin, papa, mais il se bat contre l'injustice », avait-il maintes fois expliqué à son père lors des disputes qui éclataient au sujet d'Enric. Mais cela, il ne pouvait pas le justifier, ni le comprendre, ni le supporter, cela n'avait rien à voir avec la justice, avec la volonté de changer le monde, avec un idéal élevé, ce n'était rien d'autre que de la dépravation. Son frère était un perverti, un libertin qui faisait jaser toute la ville, le pantalon sur les chevilles et le sexe exhibé, une crapule. Cette image le dégoûta au point qu'il imagina Enric se faisant trouer la peau au premier coin de rue, abattu par des soldats ou tué par une bombe anarchiste, et il prit conscience avec horreur que cette pensée le calmait. « Plutôt mort qu'inverti ! » s'écria-t-il, fou de rage, avant de s'effondrer, brisé, dans les bras de Dolcina, qui le caressait comme un petit enfant. « Je ne veux plus jamais le revoir », bredouillait-il lamentablement. Dolcina lui demanda s'il voulait prier et il leva tendrement les yeux vers elle, presque hagard, puis il sécha ses larmes. C'était une bonne idée, et ils récitèrent ensemble un Pater noster. Dieu, dont les desseins sont insondables, leur avait peut-être envoyé cette terrible épreuve.

Les desseins de la rue n'ont rien de céleste, eux, ils sont on ne peut plus terre à terre : on frappait bruyamment à la porte d'Avel·lí. C'étaient quelques-uns de ses compagnons de Solidarité catalane venus le chercher : « Avel·lí, il y a une réunion au siège, les événements s'accélèrent. » Le jeune homme, vite remis de son deuil, se laissa entraîner par ses amis. « La grève générale est en marche, et on s'attend à une très grosse paralysie », expliquait un jeune député quand ils arrivèrent au local, et le récit fut aussi précis que le permettait l'imprécision des nouvelles. On parlait du comité de grève formé par les socialistes et les anarchistes, « les républicains radicaux les ont aussi rejoints », des centaines de délégués qui s'étaient rendus au siège du comité, du socialiste Antoni Fabra, un des chefs visibles, et de l'anarchiste Francisco Miranda, ainsi que d'autres acteurs moins connus. « Solidarité ouvrière n'a pas voulu se rallier à la grève du PSOE et de l'UGT prévue pour le 2 août, donc demain sera le grand jour », et, dans le brouhaha de la salle, on évoquait les centaines de piquets de grève organisés, l'armée prête à intervenir, les menaces d'application de la loi martiale et, surtout, les déclarations incendiaires des lerrouxistes qui encourageaient à tout brûler. « Nous verrons bien si les syndicalistes seront capables de contenir la fureur des gens désespérés à cause de la guerre », se demandait-on de toutes parts.

Avel·lí réfléchit tout en écoutant les nouvelles inquiétantes de la journée, puis il s'exclama à haute voix, pratiquement sans s'en rendre compte, « Nous sommes le 25 juillet 1909 ! » Jofre le railla : « Mais oui, mon ami, nous sommes le 25 juillet, tu en fais des découvertes ! » et Avel·lí, libéré du chagrin qui l'accablait quelques heures auparavant, le regarda droit dans les yeux et lui répondit : « Ce jour marquera au fer rouge l'histoire de Barcelone, mais aussi ma petite histoire personnelle. Aujourd'hui mon frère a brûlé sur un bûcher, et il n'est plus désormais qu'un tas de cendres. »

Les soldats partent à la guerre…

« ALLEZ, DÉPÊCHE-TOI, JUANITA, il faut que tu sois rentrée avant neuf heures, aujourd'hui. » Elisenda pressait la servante qui devait aller acheter les provisions pour la journée. Elle savait que la jeune fille aurait le temps de faire les premières commissions avant que les piquets de grève n'obligent les commerçants à fermer boutique. Même si d'ordinaire les grévistes ne s'en prenaient pas aux domestiques, Elisenda ne pouvait éviter d'être inquiète les jours de grève quand quelqu'un sortait de la maison. Avant de refermer la porte derrière Juanita, elle lui fit encore quelques recommandations : « Surtout, ne parle à personne et ne t'attarde pas en chemin, et si tu vois quelque chose de bizarre, rentre tout de suite. » Ensuite, elle alla dans la salle à manger, elle sonna pour qu'on lui apporte un verre de lait chaud et elle s'assit sur le canapé, étrangement fatiguée vu l'heure. Elle était convaincue que la fin du monde était proche. « Où tout cela nous mènera-t-il ? » soupira-t-elle, et elle attendit qu'Albert et ses filles viennent prendre le petit déjeuner.

Elisenda ne comprenait rien à la situation, elle n'avait d'ailleurs aucune envie de comprendre, parce que quand elle entendait Avel · lí et Albert parler, ou qu'elle se demandait dans quelles combines devait encore tremper Enric, elle éprouvait une telle peur qu'elle préférait s'imaginer le monde comme un refuge, comme sa maison, un territoire sûr, tranquille et ordonné, rempli de jolis bibelots, de nappes en lin, de Chesterfield élégants et de bow-windows modernistes, une petite patrie silencieuse où l'on pouvait vivre sans frayeur. Albert lui avait dit de ne pas s'inquiéter, ces manifestations seraient comme toutes les autres : « Voyons, Elisenda, tu le sais, ils se mettent en grève le lundi parce qu'ils ont reçu la paie de la semaine, le mardi le capitaine général proclame la loi martiale, viennent ensuite deux jours de turbulences à Poblenou, vendredi la situation se calme, samedi nous pouvons sortir de chez nous et dimanche les trams recommencent à circuler, nous allons à la messe et nous nous promenons sur le Passeig de Gràcia. » S'il était exact que la fougue révolutionnaire n'empêchait pas les grèves de suivre un déroulement précis, presque rituel – « Ils ne commencent pas avant dix heures du matin, tu vois, ensuite ils vont déjeuner, les manifestations ne reprennent qu'à seize heures, et le soir tout le monde rentre se coucher », lui expliquait Albert, et Elisenda riait comme une bossue –, cette fois, le mouvement ne ressemblait pas aux précédents et il était chargé de mauvais présages. Le peuple était très en colère contre la guerre d'Afrique, et même Elisenda, qui n'avait rien à craindre pour ses fils, s'était émue en voyant, quelques jours plus tôt, une longue colonne de recrues flanqués de leurs femmes et de leurs enfants venus leur faire leurs adieux, sachant qu'ils ne les reverraient probablement jamais. « Vierge sainte de Montserrat, protège ces malheureux enfants de Dieu qui partent à la guerre », murmura-t-elle en se signant, et elle éprouva dans sa chair la douleur d'une époque révolue où elle aurait pu être la mère ou la femme d'un de ces soldats. Elle comprenait ces femmes qui pleuraient à chaudes larmes en accompagnant leurs maris, elle comprenait leur rage, leur souffrance, leur désespoir. Elle imaginait aussi leur angoisse, car une fois l'homme parti à la guerre, qui ramènerait la paie à la maison ? Comment nourriraient-elles leurs enfants ? Ces questions lui pesaient sur la conscience.

Mme Riudots, une de ses connaissances qui fréquentait les cercles les plus aristocratiques de Barcelone, lui avait rapporté que la marquise de Castell-Florite avait organisé une réunion chez elle, le vendredi précédent, dans le but de venir en aide aux familles des soldats. « Ma chère, vous n'imaginez pas le nombre de personnes importantes présentes chez la marquise, Dieu du ciel ! Il n'existe pas demeure plus luxueuse et dame plus raffinée dans tout Barcelone. Il ne manquait que le capitaine général. Il s'est excusé, le pauvre, avec tout ce qui se passe en ce moment, vous comprenez, mais pour le reste, tout Barcelone était là, Elisenda, parce qu'il en va de même pour tous, on ne manque pour rien au monde une invitation de Mme la marquise. » Elle avait énuméré les invités avec une fierté mal dissimulée : « Il y avait le comte et la comtesse de Fígols, M. Maristany, le président de la chambre de commerce, et M. Muntadas, de l'organisation patronale, et aussi le comte de Sert et M. Sanllehy qui, comme vous le savez, préside le cercle du Liceu. Il était accompagné du député Albó. Et le marquis de Casa Brusi, chère amie, un homme charmant, vraiment, sans oublier l'abbé de Sant Josep, l'aumônier de la marquise. »

Elle avait expliqué que l'objet de cette réunion était de récolter de l'argent pour les familles des soldats. Un comité présidé par la marquise en personne et par le gouverneur civil avait été créé, et un bureau ouvert à l'Asilo Cuna de la rue de Montcada : « Les familles des soldats pourront s'y présenter et s'inscrire, parce que le comité est fermement décidé à trouver l'argent nécessaire pour compenser les pertes de salaire. » Baissant la voix, comme si elle commettait une faute vénielle, elle avait ajouté : « Les deux réaux qu'ils reçoivent du ministère de la Guerre ne suffisent même pas pour acheter du pain, vous pensez bien, chère amie. »

« Deux réaux ! » Elisenda s'était dit que cette somme ridicule ressemblait plus à une insulte qu'à une aide – « Le projet de la marquise de Castell-Florite est beaucoup plus efficace, c'est vraiment une femme bonne et généreuse » –, et elle avait pensé qu'il y avait parmi les grandes familles beaucoup de gens bien qui se souciaient des plus démunis, comme M. Pere Alier, dont ils avaient fait la connaissance dans des réunions mondaines et qui avait publié quelques jours plus tôt dans *La Vanguardia* une lettre qui l'avait profondément touchée. Merceneta lui avait dit : « Mère, je vais vous lire une lettre de M. Alier, elle vous plaira », et à mesure que sa fille lisait, avec l'accent un peu appuyé qu'elle avait en castillan, Elisenda s'était sentie de plus en plus émue, jusqu'aux larmes :

« Je m'engage dès aujourd'hui à donner aux familles de quatre réservistes mariés, et ce pendant toute la durée de la guerre du Maroc et de leur service actif, la somme de douze pesetas hebdomadaires par famille. »

« Des gens bien, oui, très bien ! » se répétait-elle. M. Alier, la marquise ou elle-même avaient beau vivre à l'abri des maux engendrés par cette période de guerre et de violence, cela ne les empêchait pas de comprendre le désespoir et la colère du peuple. Elle se disait que si une solution n'était pas trouvée d'ici là, il se passerait des choses terribles les prochains jours – « Que feront ces pauvres gens, ils sont tellement désespérés ! » Albert essayait bien de lui dire de ne pas s'inquiéter, que ce serait comme les fois précédentes, elle n'était pas si bête, elle avait capté des bribes de conversations entre son mari et Avel·lí, et elle sentait le climat de peur qui régnait partout. Elle savait en outre qu'Albert était allé voir le capitaine général avec d'autres entrepreneurs, « nous devons prendre des décisions, Elisenda ! » Il tentait de cacher son inquiétude mais ses remarques étaient de plus en plus sombres et amères. Au bout du compte, les insurgés étaient tellement désespérés qu'ils se fichaient de mourir à Melilla ou à Barcelone. Ils n'avaient rien à perdre, et quand on a tout perdu, on est capable de tout. Oui, tout pouvait arriver.

Elisenda régnait sur son intérieur et elle ne souhaitait rien d'autre qu'une vie tranquille, des enfants bien mariés, un mari respectueux et une Barcelone raisonnable où elle puisse aller au Liceu pour étrenner ses nouvelles robes, prendre de temps en temps le petit déjeuner avec ses filles rue de Petritxol, participer aux goûters des grandes dames de la société qui lui manifestaient estime et affection. Ce monde-là était harmonieux et faisait le bonheur d'Elisenda. Mais à l'extérieur des murailles de son palais, les monstres rugissaient. Et en cette journée caniculaire, après un mois de juillet où la chaleur ne leur avait accordé aucun répit, ils semblaient encore plus proches et menaçants. « Pourquoi doit-il y avoir des guerres qui arrachent les hommes à leurs familles ? Pourquoi tant de souffrance ? » Lorsqu'elle s'interrogeait de la sorte, elle se le reprochait aussitôt, s'estimant trop insignifiante pour de si grandes interrogations, et puis elle n'était qu'une femme, et les femmes ne comprenaient rien aux affaires des hommes. Pourtant, elle ne pouvait s'empêcher de se lamenter : « Comme le petit peuple souffre ! »

Absorbée par ces pensées, elle n'entendit pas la bonne qui entrait dans la salle à manger pour mettre la table du petit déjeuner. « Hermínia, veuillez appeler Monsieur et mes filles ! » lui lança-t-elle machinalement, mais quand celle-ci lui répondit : « Monsieur est sorti de bonne heure ce matin, Madame, et il nous a priés de ne pas vous déranger », elle sentit son sang se glacer. Elle se précipita dans le cabinet de son mari, comme poursuivie par le diable et, poussée par une prémonition, elle ouvrit le tiroir du bureau et passa nerveusement la main sur le bois. « Rien ! Il n'est pas là ! » Elle fouilla encore, pour s'en convaincre. Son mari avait emporté son Luger Parabellum, une arme achetée quelques années plus tôt, « au cas où il pourrait nous servir un jour », et qu'il laissait toujours dans son cabinet. « Il a pris le pistolet, sainte mère de Dieu, il l'a emporté avec lui ! Que va-t-il se passer aujourd'hui, que va-t-il nous arriver ? » Épouvantée, elle se signa avec ferveur.

Loin de la rue de Provença et des questions inquiètes de sa mère, Enric se préparait pour le grand jour. Il était resté dormir au siège du syndicat – « Il ne faudrait pas se faire arrêter avant d'avoir commencé. » Ses camarades affirmaient à tout bout de champ : « Ce sera un succès », et il reprenait ces mots, convaincu qu'ils parviendraient enfin à réaliser la grève générale. Il exultait, il était si excité et impatient qu'il tournait en rond dans la pièce et s'agitait de manière stérile. Il se ressaisit lorsqu'un de ses compagnons, occupé à préparer une pancarte, lui lança, amusé, en le tirant énergiquement par le bras : « Arrête ! Tu me donnes le tournis. Aide-moi, plutôt. » Le comité de grève avait réparti les militants du syndicat dans différents secteurs de la ville, et Enric avait pour mission d'accompagner les ouvriers d'Hispano Suiza dans le quartier des anciens chantiers navals, aux Drassanes, pour tenter d'arrêter les usines du quartier. Partout où ils passaient, Enric et ses compagnons rencontraient des groupes de femmes arborant presque toutes sur leur poitrine des rubans blancs, qui appelaient à la grève : « Débrayez, pour nos frères de Melilla ! » En arrivant sur le boulevard du Paral·lel, ils rejoignirent un piquet de grève qui essayait de faire basculer un tramway. Une femme à la voix puissante criait : « Arrêtons les tramways de ce porc de marquis de Foronda ! » et d'autres répondaient : « Mort au marquis de Foronda ! »

Enric reconnut l'instigatrice de ce remue-ménage, qui improvisa bientôt un meeting enflammé, debout sur le tramway enfin renversé. Des flots de paroles précipitées sortaient de sa bouche, sans répit, ni points ni virgules, mais pourtant ordonnées et précises dans ce chaos ; tout en ignorant la syntaxe, elles donnaient de la force à la langue de la révolution.

« Fermez les usines, camarades, fermez-les pour nos frères de Melilla, brûlez les chaises des cafés qui ouvrent leurs portes, obligez les commerçants à rentrer chez eux, que personne ne travaille aujourd'hui, que personne ne s'oppose à la volonté du peuple, ne laissez pas passer la Garde civile, défendez le peuple avec votre corps, vive la cause du peuple, vivent les ouvriers, mort aux caciques, femmes catalanes, que les soldats reviennent, ne laissez pas vos maris à la guerre, arrachez-les des griffes des curés et des bourgeois, vive la grève générale, vive l'anarchie ! »

Stupéfait et fasciné à la fois, Enric s'exclama : « C'est la Quarante-Centimes ! », et il se tourna vers Lliberi, qui répliqua, intrigué : « C'est pas vrai ! C'est elle, la Quarante-Centimes ? » Enric hocha la tête et ils contemplèrent bouche bée cette femme aux formes généreuses et à la langue bien pendue, Maria Llopis Bergés, dont le surnom venait du prix auquel elle vendait son corps aux hommes. Quoique analphabète et gratifiée du titre de Grande Putain du Paral·lel, Maria s'était fait un nom dans le milieu anarchiste, non seulement grâce à sa verve, mais aussi parce qu'elle était pour beaucoup la preuve vivante que l'anarchisme aidait à créer un individu nouveau, capable de surmonter le handicap d'une origine malheureuse. « Une putain convertie en meneuse de grève, elle est bien bonne celle-là, Enric ! Quelle merveille, tout de même, la révolution ! » Ils se rengorgèrent à l'idée d'appartenir à ce grand rêve.

Ils poursuivirent leur chemin vers les Drassanes et ils assistèrent à l'arrivée d'une patrouille de la Garde civile reçue à coups de pierres. Ils essayèrent de revenir sur leurs pas pour prêter main-forte à leurs compagnons mais ils abandonnèrent finalement le piquet de grève à son sort, parce qu'ils devaient à tout prix gagner les usines.

« Je crois qu'ils ont arrêté Herreros », leur expliqua un des ouvriers du groupe. Pour Enric, son ami Tomàs Herreros était du genre à se tirer d'affaire en toutes circonstances, et il répondit : « Il tiendra le coup ! » Puis, quand toutes les fabriques dans lesquelles ils s'étaient rendus cessèrent leur activité l'une après l'autre et qu'ils apprirent que les usines de Poblenou, Sant Andreu de Palomar et Gràcia avaient fermé leurs portes, et même celles de Sant Martí de Provençals, l'assurance du succès de la grève générale commença à se dessiner dans leur esprit.

Cette certitude s'imposait également au siège du gouverneur civil, où Ángel Ossorio Gallardo, après avoir chargé la Garde civile d'arrêter tous les gens des piquets de grève, venait d'ordonner la saisie des journaux et se préparait à mobiliser les troupes de la police nationale. « *Qu'ils ne prennent pas leurs armes blanches habituelles. Qu'ils viennent armés de leurs mausers* », dicta-t-il à son secrétaire consciencieux et discipliné, qui notait chacun de ses ordres dans un carnet. À midi, après avoir pris connaissance des rapports de police faisant état de tramways renversés, de vitrines brisées, d'affrontements entre grévistes et gardes civils, d'une paralysie générale dans toute la ville, et plus généralement de la gravité de la situation – l'informateur précisait : « *on déplore entre en outre deux morts, monsieur le Gouverneur, et onze blessés graves* » –, Ossorio se rendit à la Capitainerie, où il devait retrouver le capitaine général et le président de l'Audience. Des nouvelles arrivaient de toute la Catalogne, en particulier de Sabadell, où l'on assistait à une véritable rébellion : apparemment, il y avait eu des échanges de tirs avec la Garde civile, et deux fonctionnaires municipaux avaient été abattus. « *Il y a aussi des insurgés à Badalona, Terrassa, Sitges, Granollers, Mataró et Manresa, monsieur, c'est une révolte générale* », poursuivit l'informateur. Cette dernière nouvelle agit comme un signal d'alarme. Il fallait prendre des mesures urgentes.

Dès les premières lueurs du jour, Albert s'était retranché avec un groupe d'entrepreneurs et de notables de la ville dans la vaste demeure des Sanahuja à Sarrià, tout près de la rue Major. « Mieux vaudrait que nous soyons tous ensemble, au cas où nous devrions prendre certaines décisions », avait déclaré Sanahuja quelques jours auparavant au Cercle équestre, une idée approuvée par la plupart des présents ainsi que par ceux qui en furent informés par la suite.

Albert était devenu membre du Cercle équestre trois ans plus tôt, quand le siège du club se trouvait encore sur la Rambla de Santa Mònica, avant de s'installer dans un bâtiment de la place de Catalunya. Comme toutes les décisions qu'il avait prises au fil de sa vie, celle de rallier cette association d'amateurs de sports hippiques n'était nullement motivée par ses goûts mais par ses intérêts ; depuis son expérience avec les chevaux pendant la guerre de Cuba, il n'avait pas beaucoup de sympathie pour ces animaux. Comme il s'était rendu compte que son statut de membre du club de polo avait consolidé son réseau de relations, il avait tout naturellement décidé de l'élargir grâce au Cercle équestre. Il ne lui avait pas été facile d'y entrer, à cause des règles d'admission très strictes, mais il avait réussi à surmonter les réticences et les difficultés grâce à certaines de ses connaissances. C'était là, dans le petit salon du club, que M. Sanahuja avait proposé son hôtel comme lieu de regroupement, de réunion de crise si nécessaire, pendant toute la durée de la grève. « Venez de bonne heure, avant la mise en place des piquets de grève. » Albert avait suivi ce conseil à la lettre, tant et si bien qu'il fut le premier à se présenter chez leur hôte.

Il n'avait pratiquement pas fermé l'œil de la nuit. Après s'être retourné dans son lit pendant des heures, tenaillé par une inquiétude qu'il n'arrivait pas à maîtriser, il s'était levé à tâtons et avait heurté au passage un petit escabeau. « Maudit tabouret ! » avait-il marmonné en frappant l'objet. « Qu'y a-t-il, Albert ? » Il avait rassuré Elisenda et il était sorti de la chambre en silence. Dans une nuit d'un noir d'encre la maison était plongée dans la plus complète obscurité, or ces ténèbres, au lieu de l'incommoder, le réconfortaient, elles lui tenaient compagnie. Assis sur le canapé installé près du bow-window et gagné par le calme silencieux qui l'entourait, il avait reçu la visite des démons de la nuit. Qu'arriverait-il à Barcelone, à sa famille, à ses connaissances, à sa classe sociale, si toute cette folie révolutionnaire parvenait à s'imposer contre l'ordre et la civilité ? Pire encore, qu'est-ce que son fils ferait d'eux ? Que ferait-il de sa propre famille, s'ils tombaient entre ses mains ? « Permettrais-tu qu'on nous prenne tout et qu'on nous fasse du mal, maudit Enric, le permettrais-tu ? » Cette question le transperça comme un poignard aiguisé jusqu'au lieu indéterminé où nichaient ses peurs et sa colère. Albert n'arrivait pas à comprendre ce qui était arrivé à ce fils qu'il avait toujours gâté et auquel il avait tout donné. Enric aurait pu tout avoir, et il n'avait rien qu'une vie furtive et malheureuse, et un cœur noirci – « Oui, voilà ce qu'il a, un cœur noir, il ne sait pas d'où il vient et il ne reconnaît pas les siens, c'est un ingrat, il n'est que ténèbres » –, des ténèbres nées du mépris et de la haine qu'il éprouvait pour son propre sang. « J'ai un fils dégénéré, un Caïn capable de faire sombrer sa lignée, maudit soit le jour où Elisenda l'a mis au monde ! » Il avait ressenti une douleur si vive qu'elle l'avait plié en deux ; il avait eu l'impression qu'une vipère venait de planter ses crochets dans sa chair. À un moment donné, il avait été tenté de se laisser amadouer par des pensées plus douces : son fils aspirait à un monde meilleur, il était vrai que les pauvres souffraient beaucoup, et lui-même savait ce que signifiait être un moins-que-rien, un grain de sable du petit peuple, une miette que n'importe qui pouvait faire disparaître, un nom perdu dans une loterie, et qui pouvait à tout moment être expédié à la guerre. Qu'aurait-il fait s'il avait toujours été ce conscrit qui n'avait rien d'autre à offrir que sa vie ? Ne se serait-il pas révolté ? Pendant un instant, égaré dans l'obscurité de la nuit, dans l'attente de ce jour menaçant, il avait failli être désarmé par les arguments de son fils, comme s'il existait encore pour eux, dans un coin secret du langage, une infime possibilité de s'entendre. Il ne s'était agi que d'un instant fugace, comme chaque fois qu'il se laissait fléchir par la faiblesse. « Je l'aime encore », s'était-il dit, brisé. Mais non, rien ne pouvait expliquer que son fils, la chair de sa chair, veuille démolir l'empire qu'il avait bâti au prix de tant d'efforts, et sur les ruines de sa propre vie – « Même les animaux défendent leur terrier… » Il avait craché son venin à haute voix, comme s'il parlait à son fils.

« Tous ces misérables n'ont qu'à faire comme moi ! S'ils ne sortent pas de leur trou, c'est qu'ils ne sont que des fourmis sans âme jetées sur terre pour faire fonctionner la fourmilière. Un homme arrive là où il décide d'arriver, il faut seulement un peu de courage et de la force de caractère, il doit être un guerrier et pas un esclave, c'est ce que j'ai été, un guerrier, et pour cette raison j'ai vaincu, parce que la vie est féroce et ne pardonne pas la défaite... »

Réassuré dans ses certitudes et ses convictions renouvelées, Albert se persuada une nouvelle fois qu'il appartenait à la lignée des sentinelles, des gardiens de l'ordre social sans lequel seul régnait le chaos. Demeurerait-il les bras croisés pendant qu'une populace écervelée détruisait tout ce qu'ils avaient créé ? Non, bien sûr que non. Il affronterait cette racaille révolutionnaire si elle approchait trop près de leur maison, du temple où l'ordre des choses était préservé. Décidément, ce matin qui s'annonçait si chaud ne laissait rien présager de bon. Et Albert devait se préparer à agir comme le bourgeois qu'il était devenu.

Assis dans le grand salon de la maison des Sanahuja, entouré d'hommes qui, comme lui, n'avaient pas froid aux yeux, il sourit au souvenir de cette longue nuit. Les démons de la nuit », se dit-il, désormais délivré de tout doute. Il était riche, il jouissait d'un réel prestige social, et pourtant il lui fallait subir la honte d'avoir un fils révolutionnaire qui s'était lâchement retourné contre sa propre famille. À l'heure où lui, son père, essayait de sauver la société, il devait être dans la rue en train de provoquer les ouvriers, de faire fermer les usines et de lutter contre les entrepreneurs qui créaient de la richesse et assuraient l'avenir. Rien d'étonnant dans ce cas qu'il sente, de loin en loin, la faiblesse l'envahir et les démons l'assaillir. À présent que le jour s'était levé, les événements s'accéléraient et les notables réunis chez Sanahuja étaient dans l'attente de nouvelles de la Capitainerie générale. « Si les choses se compliquent, ils proclameront la loi martiale, et tout rentrera dans l'ordre », dit quelqu'un depuis le fond du salon. L'assistance acquiesça, rassurée. Mme Sanahuja fit servir des boissons chaudes, et Albert, le regard perdu dans la vapeur délicate qui s'échappait de sa tasse de café, se sentit en sécurité et satisfait. Il se trouvait à la bonne place, qui était la sienne, parmi les personnes qui défendraient ses intérêts et ceux de la société, qui protégeraient l'ordre immuable fondé sur un dieu, une maison et une famille, un ordre sans lequel le monde n'était plus qu'un immense gouffre.

Avel·lí, installé dans un des salons nobles de l'Ateneu barcelonès en compagnie de ses amis de Solidarité catalane, ressentait lui aussi cette impression de se trouver à l'endroit qui lui correspondait le mieux. Il était sorti de chez lui à l'aube, presque au même moment où son père se rendait au domicile des Sanahuja, avant que sa mère n'ait envoyé Juanita faire des courses, et bien avant que les piquets de grève de son frère n'aient commencé à accomplir leur mission despotique. « Aujourd'hui, il ne s'agit pas de flâner, Dolcina », dit-il à sa femme en s'habillant rapidement, et quand elle lui répondit sur un ton à la fois ironique et préoccupé : « Si, justement, c'est le jour où flâner », il essaya de la rassurer en lui fournissant les explications qu'elle méritait. Sa femme n'était pas comme sa mère, il ne pouvait pas l'apaiser avec des paroles évasives et bien intentionnées dont le seul but était de masquer la vérité. À la différence d'Elisenda, Dolcina possédait une intuition qui l'avertissait des mensonges avant qu'ils ne fussent prononcés, et sa vive intelligence acceptait très mal qu'on cherche à la tromper. Avel·lí, qui avait appris à la connaître, usa donc d'un raisonnement logique plutôt que d'une dissimulation paternaliste pour la tranquilliser.

« Nous devons être tous ensemble, Dolcina, tous ceux de Solidarité catalane. La grève nous concerne aussi, et nous sommes les premiers à être contre cette maudite guerre coloniale en Afrique, tu as bien vu que nous avons parcouru les quatre coins de la Catalogne pour expliquer que Madrid nous volait nos fils, qu'elle nous les enlevait pour les expédier dans leurs guerres infâmes. Et nous avons essayé de prendre toutes sortes de mesures au congrès, tu le sais, mais l'Espagne ne nous écoute jamais, on dirait une vilaine belle-mère, méchante et fourbe, une harpie qui dévore ses enfants. Aujourd'hui je ne peux pas rester terré, je dois rejoindre les miens.

— Que vais-je devenir s'il t'arrive quelque chose, Avel·lí ? Ne suis-je pas plus importante que tes amis de Solidarité catalane ? Tu es mon mari, l'homme que j'ai choisi pour fonder une famille, être le père de mes enfants et m'accompagner toute ma vie durant. Veux-tu donc tout risquer pour des idées ? J'aime la Catalogne de tout mon cœur, et je comprends vos raisons, bien sûr que je les comprends, mais si je suis veuve à cause d'elle, je maudirai la Catalogne ! »

Cela faisait déjà un moment qu'Avel·lí était arrivé à l'Ateneu, et la plupart des personnes présentes étaient des jeunes comme lui, qu'il appelait avec une certaine fierté « la nouvelle génération ». Les conversations ne tardèrent pas à s'animer, le brouhaha se transforma en chahut, et alors que les nouvelles n'arrivaient qu'au compte-gouttes, chacun dressait le bilan de la journée, comme si elle était déjà terminée. Il faisait une chaleur suffocante dans la pièce et Avel·lí constata : « Eh bien, nous aurons chaud, aujourd'hui ! », avant de se diriger vers le jardin, à la recherche d'un peu d'air. La discussion qu'il avait eue au petit matin avec sa femme lui revint en mémoire. « Ce ton mélodramatique ne lui ressemble pas », se dit-il, et il en fut contrarié. S'il était exact, comme il l'avait toujours pensé, que les femmes avaient un sixième sens qui leur permettait de détecter les dangers, celui de Dolcina était particulièrement affûté, et Avel·lí savait qu'elle n'exagérait jamais ses craintes. « Bah, il ne faut pas s'inquiéter, ce ne sera qu'une grève, une tentative de grève générale comme en 1902, rien de plus. » Cette pensée l'apaisa, même si au fond de lui il se sentait plus mal à l'aise qu'il ne voulait l'admettre.

Assis dans le jardin, curieusement seul au milieu d'une nuée d'oiseaux qui avaient improvisé une chorale, Avel·lí se laissa distraire par la splendeur du bâtiment qui l'accueillait, le palais Savassona. Il tenta d'imaginer cette demeure seigneuriale au temps où les barons Savassona l'avaient fait construire, bien avant les grandes transformations qu'elle avait subies par la suite. M. Julivert le décrivait à tout nouveau membre de l'Ateneu barcelonès : « C'est un palais urbain de style gothique, avec un agencement typique de l'académisme néoclassique : entrée pour les voitures, escalier noble, grands salons. Sans oublier la bibliothèque ! Il a été construit à la fin du XVIIIe siècle, en 1796 très exactement. » Puis il invitait à contempler les fresques du Vigatà, surnom du peintre Francesc Pla i Duran – « Bien plus belles que celles qu'il a faites au Palais épiscopal, croyez-moi. » Ensuite, si l'interlocuteur avait le temps et la patience nécessaires, il parlait des barons, en particulier de celui qui avait transformé la demeure familiale en palais urbain, Josep Francesc de Ferrer de Llupià i Brossa, « baron de Savassona, seigneur d'Esparreguera, d'Olost et de Cererols », prononçait-il pompeusement avant de se lancer dans un dithyrambe sans omettre le plus infime mérite du baron, avec une telle précipitation qu'il en oubliait presque de respirer…

« … il fut membre de l'académie San Fernando de Madrid et inspecteur des travaux de construction de la *Llotja de mar*, la halle aux poissons de Barcelone, et il fut chargé de réorganiser la milice de Vic – toute sa famille était de Vic même s'ils évoluaient tous à Barcelone –, et il voulait aussi créer une école de chimie, et une autre d'architecture, et on raconte que les Français, pendant la guerre d'indépendance contre Napoléon, s'emparèrent de tous ses biens, mais qu'il les récupéra entièrement, c'étaient des gens très nobles, et il dirigea aussi des écoles de marine et il fut député de l'Assemblée suprême de Catalogne, et il organisa des régiments militaires à Valence pendant la guerre contre Napoléon, et il fut l'instigateur du Camí de trànsit, le boulevard circulaire de Valence qui permettait d'encaisser les taxes sur les marchandises avant leur entrée dans la ville, à l'endroit où les chemins d'accès croisaient cette voie de passage, et, mon Dieu !, il signa aussi la proclamation de l'Assemblée qui accordait le commandement à la régence, et après il perdit une nouvelle fois ses biens, qui furent confisqués, mais c'était un homme extraordinaire et il les récupéra. »

Personne ne savait exactement comment M. Julivert en était arrivé à connaître la vie du baron de Savassona, « seigneur d'Esparreguera, d'Olost et de Cererols », mais il la narrait avec une telle ferveur qu'on n'osait pas l'interrompre, même s'il s'éternisait et mettait les nerfs de son auditeur à rude épreuve. Mis à part cela, c'était un vénérable vieillard – « Il était déjà sûrement né quand le baron remodela le palais » –, et les plaisanteries à son sujet étaient plutôt innocentes que méchantes, car il était une véritable institution à l'Ateneu, aussi respecté que les livres de la bibliothèque et les fresques du Vigatà. Personne n'avait donc jamais osé lui dire que tous ces renseignements sur le baron n'étaient que très moyennement intéressants – « D'autant moins si on est républicain », ajoutaient les plus sarcastiques.

Dans le grand salon, à défaut de nouvelles informations, la conversation avait dérivé sur les Bases de Manresa, que tous considéraient comme l'embryon de la Constitution catalane. « La bible des catalanistes ! » disait Mustier, un jeune rouquin d'origine française qui ne ratait jamais une occasion de blaguer. Quand Avel·lí regagna la pièce, un certain Antoni Freixa i Boter avait pris la parole. Ce notaire de la rue de Sant Pere Més Baix inspirait à tous un grand respect, non seulement parce qu'il était le doyen de l'assistance, mais aussi et surtout parce qu'il avait été à l'origine de presque tous les mouvements catalanistes qui avaient mené au succès de Solidarité catalane. Il comptait parmi ses amis intimes l'évêque Torras i Bages : « Je suis né tout près de sa maison familiale, le mas de Gomà, et le fait que nous soyons tous deux nés à Les Cabanyes nous a unis pour la vie, car nous sommes très peu, en Catalogne, à jouir de ce privilège », disait-il en faisant un clin d'œil d'enfant espiègle. Il avait participé à la fondation de l'Union catalaniste, quand des sociétés et des associations catalanes s'étaient regroupées pour lutter contre l'article 15 du Code civil espagnol, qui menaçait le droit civil catalan – « Même notre vieux droit, ils veulent nous le prendre ! » –, et la colère ébranlait son caractère habituellement modéré.

Après la création de l'Union catalaniste, Antoni Freixa avait pris part, comme la plupart de ses membres, à l'assemblée de Manresa de 1892 – « Quand nous avons établi les bases de la Constitution régionale catalane », rappelait-il avec une fierté aimable avant d'en entreprendre le récit d'un air plus grave, conscient de l'intérêt qu'il éveillait chez les plus jeunes. C'était un homme posé et courtois, qui n'abusait jamais de l'hyperbole, sauf lorsqu'il parlait des Bases de Manresa « et de ces années mémorables, qui sont les germes de la grande Catalogne que nous construisons aujourd'hui ». Et il ajoutait, ému : « Que pouvait-il sortir sinon une grande chose d'une entreprise dirigée par Domènech i Montaner, Prat de la Riba, Joaquim Vayreda et Torras i Bages ? » puis il se lançait dans un éloge excessif de l'évêque Torras : « Aucun Catalan n'aime autant la Catalogne que Monseigneur ! » Il y avait toujours un jeune homme pour protester : « Il pourrait être un peu plus moderne et libéral tout de même, nous sommes au XXe siècle ! » La figure de l'évêque de Vic ne récoltait pas autant d'admiration auprès de la jeune génération… Freixa pouvait aussi parler du peintre Vayreda, dont le souvenir l'émouvait toujours : « J'en ai passé, du temps, à refaire le monde avec lui et son frère Marià, au centre artistique d'Olot ! », et arrivé à ce stade, il laissait sa narration en suspens, comme s'il essayait de contenir tous ses souvenirs de ces années dans un paysage des hêtraies d'Olot adoucies par le délicat pinceau de son ami.

Ce matin-là, Antoni Freixa n'évoquait pas les paysages de la Garrotxa ou l'évêché d'Osona, et il laissait de côté la dimension nostalgique des vieilles épopées catalanistes pour se concentrer sur la composante politique de cette journée. Au moment où Avel·lí entra dans la pièce, il venait de citer l'article des Bases de Manresa qui rejetait explicitement l'obligation des Catalans de s'engager comme soldats. « Freixa a pris sa voix de basse, cela doit être sérieux », dit-il à son ami Jofre en souriant. Ce dernier lui répondit qu'il racontait des choses très intéressantes. Avel·lí lissa sa moustache et s'adossa contre le mur pour écouter…

« … comme vous le savez sans doute, nous, les Catalans, nous avons toujours lutté contre le recrutement, vous connaissez tous les révoltes contre les levées de soldats, car certains d'entre vous ont des parents qui se sont battus à Sants ou à Gràcia contre ce fléau. Mais vous ignorez peut-être que nous avons réussi à les empêcher, à la fin du XVIIIe siècle, lors de la Révolte des garçons, quand pas un seul Catalan n'a obéi aux ordres de Charles III et que nous avons obtenu que nos jeunes ne soient pas recrutés… »

Après une énumération exhaustive des soulèvements, insurrections et autres émeutes inscrits au tableau d'honneur des révoltes catalanes contre les levées, Antoni Freixa expliqua la méthode employée par les Catalans pour éviter d'envoyer des soldats aux guerres des Espagnols, depuis que les Bourbons régnaient sur leur pays : « Chaque mairie comptait le nombre de recrues réclamées par le ministère de la Guerre et faisait payer un impôt à chaque villageois afin de récolter l'argent de tous les conscrits. De cette façon, on payait le montant du remplacement militaire et aucun des nôtres ne partait à la guerre. » Toutefois, des discours contre le « *manque de solidarité catalane* » n'avaient pas tardé à se faire entendre, bientôt suivis de lois interdisant l'impôt collectif, obligeant les familles à payer individuellement pour leur propre enfant, et, alors que la Catalogne se révoltait, le pouvoir central consacrait la terrible injustice de l'impôt pécuniaire pour les riches et de l'impôt du sang pour les pauvres. « Et on nous accuse de manque de solidarité, nous qui tentions d'épargner cette calamité aux familles ! »

Antoni Freixa parla encore un bon moment des recrutements, des révoltes et de la colère du peuple quand le ministère de la Guerre imposait sa redoutable loi. « C'est pour cette raison que les Bases de Manresa sont si modernes, parce que nous cherchons à faire des lois meilleures, qui ne pénalisent pas le petit peuple, et qui ne fassent pas tant de mal aux familles. » Il expliqua qu'il existait un autre article des Bases qui déniait l'obligation des Catalans de s'enrôler et revenait en échange à la vieille idée d'une compensation économique collective – « Ou alors nous payerons des groupes de volontaires, de toute façon nous devons toujours payer pour qu'on nous laisse tranquilles, nous, les Catalans. » Un marchand de chapeaux tellement gros qu'on l'appelait la Brindille interrompit le récit du vieillard d'un « *Visca!* » si sonore que personne ne sut s'il s'agissait d'un éloge trop enthousiaste ou d'une façon expéditive de clore le monologue. Quoi qu'il en soit, il s'empressa d'ajouter, avant que Freixa ne reprît la parole :

« Voilà pourquoi nous sommes tous d'accord contre la cour et le gouvernement, marchands de chapeaux et boulangers, vendeurs de fil et de rubans et horlogers, tous, commerçants, fabricants, entrepreneurs, ouvriers, tous, parce que Madrid veut notre peau à tous… »

L'idée que l'indignation s'étendait à toute la Catalogne, qu'elle se manifestait dans toutes les classes sociales parce que toutes souffraient à leur manière des procédés arbitraires de ce régime corrompu provoqua une avalanche de discussions dans le salon de l'Ateneu, qui se remplissait d'heure en heure. Les informations signalant des émeutes, des tramways renversés, des échanges de coups de feu, et même des morts, commençaient à arriver en même temps que le constat du succès possible et indéniable de la grève. « Peut-être vivrons-nous cette fois une grève générale, la première. Il n'est pas difficile d'imaginer la réaction de l'Espagne : nous allons en voir de toutes les couleurs ! » Dans les salons de l'Ateneu barcelonès, la préoccupation et la confusion grandissaient dans un brouhaha croissant.

Plus loin, dans le quartier de l'Eixample, au cœur de la Barcelone frémissante en pleine expansion, ponctuée de nouvelles audaces architecturales qui faisaient onduler la pierre et l'animaient, Merceneta bavardait avec son amie Lluïsa Vidal. Quand elle l'avait vue ajuster le nœud dans ses cheveux devant le miroir du vestibule, sa mère l'avait grondée, « Tu es complètement folle de sortir aujourd'hui ! », mais elle avait répliqué que c'était un jour comme un autre – « Ne vous inquiétez pas, mère, personne ne m'embêtera. Et puis, je vais à deux pas d'ici... » Elle était sortie de la maison d'un pas décidé mais sans claquer la porte. Cependant, le silence insolite de la rue l'avait poussée à presser le pas, comme si cette tranquillité était le préambule de l'enfer. « Que se passera-t-il aujourd'hui ? » se demanda-t-elle en gravissant l'escalier du bâtiment où Lluïsa Vidal avait son atelier.

Lluïsa lui avait promis de lui montrer ses croquis du portrait aux trois crayons de Mlle Muntades reproduit sur une pleine page de la revue *Feminal*. L'original était exposé dans la galerie de M. Parés. « Il est tatillon, il n'y a pas à dire, mais il aime mes tableaux », expliquait Lluïsa avec une complaisance contenue. Lors du vernissage de l'exposition, deux mois plus tôt, Merceneta lui avait dit combien elle trouvait ce portrait lumineux, « même s'il est à la sanguine et en noir et blanc ! » : Elles avaient ri ensemble. Lluïsa était dans une période heureuse de sa vie. Son exposition à la Sala Parés obtenait un réel succès et son amitié avec le peintre Isidre Nonell, qu'elle connaissait depuis longtemps et qu'elle admirait profondément, s'était renforcée. Il lui avait dit un jour : « Chère Lluïsa, de tous les illustres maîtres d'Els Quatre Gats, vous êtes l'homme qui peint le mieux. » Elle avait répliqué : « Cher monsieur Isidre, je suis une femme et je ne fréquente guère Els Quatre Gats !
– Justement, madame Lluïsa, pour cette raison vous êtes l'homme qui peint le mieux. »

« Aucun tableau ne me touche autant que *La Paloma* de M. Nonell. Il s'en dégage une telle tendresse et à la fois une telle tristesse ! Personne ne peint le malheur comme lui, Merceneta. » Lorsque Lluïsa s'exprimait ainsi, avec une pointe d'émotion dans les yeux, Merceneta avait l'impression qu'elle était un peu amoureuse de M. Nonell.

Ce matin là, le sujet de conversation des deux femmes était le peintre Carles Casagemas, mais pas à propos des rares tableaux qu'il avait peints dans sa courte vie. « Certains, comme *Maison close*, sont très émouvants, je t'assure. Quel merveilleux peintre nous avons perdu ! » déplorait Lluïsa. Elles venaient de voir dans une revue française une reproduction des *Demoiselles d'Avignon*, un tableau récent de son grand ami de jeunesse, Picasso, que Lluïsa avait connu quand il vivait à Barcelone. « C'est très étrange, ce que fait M. Picasso avec les nus ! On dirait des cubes, plutôt que des visages et des corps de femme. Mais lorsqu'il peint Casagemas sur son lit de mort, tous ces bleus, grand Dieu, quelle beauté ! »

Merceneta avait entendu parler de la famille Casagemas, en particulier de Lluïsa, la sœur de Carles, « la seule femme catalane à avoir composé un opéra », à qui la revue *Feminal* avait consacré plusieurs articles. Elle avait failli entrer dans l'histoire, avec la création de son opéra, programmée au Liceu pour la saison 1893-1894, mais les bombes de l'anarchiste Salvador avaient « brisé son rêve » ; l'œuvre n'avait jamais été créée sur la scène d'un théâtre lyrique, même si elle avait pu en présenter quelques fragments devant la reine Marie-Christine, au Palais royal de Madrid. Le compositeur Amadeu Vives en ayant entendu le deuxième acte lors d'un concert au conservatoire du Liceu, il avait vanté « sa force dramatique et, surtout, sa passion ». Merceneta s'interrogea : « Comment s'intitule cet opéra, déjà ? » et Lluïsa répondit : « Quelque chose avec une maîtresse et une esclave… Ah, oui, *Esclava i reina*, c'est cela. »

Ce qui les interloquait le plus dans cette histoire mêlant peinture, musique et haute société, c'était le rôle que les femmes devraient jouer dans le nouveau siècle. Lluïsa Casagemas avait aussi composé un deuxième opéra – « À seize ans ! » –, ainsi que des pièces pour voix et piano, et pour orchestre. « Vois-tu, mon amie, elle a écrit tout cela avant d'avoir vingt et un ans. Et c'est bien triste, parce que après son mariage avec M. Sorarrain Milans del Bosch, celui qui parraine les courses d'automobiles, elle n'a plus rien fait. Elle se contente d'assister aux réunions de charité et à certaines fêtes, mais elle n'a plus jamais fait de la musique. » Alors l'esprit de *Feminal* explosait de douleur et d'impuissance en constatant une fois de plus que la destinée imposée aux femmes signait leur défaite. « Nous réussirons à devenir des femmes plutôt que des épouses », se promettaient-elles l'une à l'autre, avec une pointe de résignation qui laissait déjà entrevoir le regret.

Des *Demoiselles d'Avignon* de Picasso à son ami Casagemas, du regretté peintre à sa sœur, de la compositrice adolescente géniale à la femme improductive... De Lluïsa Casagemas, elles en étaient revenues à son frère, dont la mort prématurée était encore sur les toutes les lèvres les plus vipérines de la haute société barcelonaise. « Se suicider à cause d'une fille de mauvaise vie, il faut le faire ! A-t-on jamais vu pareille chose ! C'est affreux ? Il était si jeune ! » L'histoire de ce garçon de bonne famille – « Son père est le consul des États-Unis » – avait bouleversé Merceneta. Il était tombé éperdument amoureux de son modèle parisien, Germaine, et lorsqu'elle l'avait rejeté, il avait essayé de la tuer avant de se tirer une balle dans la tête. Merceneta avait beau lire des revues de femmes conquérantes et rêver d'un autre monde, elle était toujours touchée par les histoires d'amour tragiques. « Il paraît que Picasso était là, dans ce bar parisien où tout s'est passé, on dit même qu'il a été éclaboussé par le sang de Casagemas, mais vois-tu, Merceneta, les voies de l'art sont très étranges, car Picasso a ensuite peint un tableau tellement magnifique de son ami mort que c'est de la pure poésie. »

Elles passèrent ainsi la matinée à se raconter des histoires de compositrice adolescente et de peintre mort par amour, où cohabitaient avec la même intensité le sentiment d'impuissance et la conviction que la femme devait tenir un rôle essentiel dans la société. « Nous y parviendrons, nous arriverons à composer des opéras réservés jusqu'ici aux hommes, et nous les présenterons et ils auront du succès, et nous laisserons jaillir notre talent et nous ne cesserons pas de créer au prétexte que nous devons nous marier et que nos maris ne nous laissent pas être nous-mêmes. Nous y arriverons, Lluïsa, n'est-ce pas ? – Je ne sais pas, mon amie, je ne sais pas, mais nous essayerons toujours et sans relâche en tout cas. Souviens-toi des mots de Carme Karr, l'avenir nous appartient. »

Pendant qu'elles tenaient l'avenir entre leurs mains dans ce paisible atelier de la rue de Provença, le présent était cette force insolente qui remplissait la rue.

Les tramways ne circulaient plus et la carcasse de certains d'entre eux gisait au sommet des barricades improvisées. Les bureaux d'octroi brûlaient aux entrées de la ville ; dans tout Barcelone, les magasins et les entrepôts étaient fermés, les usines avaient cessé leur activité, et le bruit courait que dans de nombreuses autres villes catalanes la grève était aussi générale ; des nouvelles arrivaient de Terrassa, dont le pont ferroviaire avait été incendié, et de Badalona, où la circulation des trains avait été interrompue par les grévistes qui bloquaient les voies ; à certains endroits, les pistolets des uns et des autres avaient commencé à cracher leur poison, et on se mettait à compter les victimes ; un cortège de femmes et d'enfants, défilant depuis les Ramblas jusqu'à la Capitainerie, avait essuyé les balles des policiers nationaux mobilisés, et on racontait que le commissariat avait été pris d'assaut ; dans le quartier du Clot, un groupe commandé par Carme Alauch, que tout le monde appelait la *Dame rouge des lerrouxistes*, avait également attaqué le commissariat pour libérer des compagnons, et le bilan des morts s'alourdissait ; à Sant Andreu de Palomar, la fuite du riche avocat carliste Jaume de Moner, chef de la milice, avait permis aux grévistes de mettre la main sur une grande quantité d'armes. La municipalité de Gràcia, qui n'avait perdu son indépendance que dix ans plus tôt, se joignait à la grande grève de Barcelone et interceptait tous les trains sur les voies.

Tandis que la colère du peuple exprimait une révolte grandissante, le gouverneur Ossorio démissionnait parce qu'il avait reçu l'ordre de céder le contrôle total de la situation et la répression appropriée au capitaine général de la Catalogne. Furieux et déçu, il laissa éclata sa protestation bruyante entre les murs de la Capitainerie.

« *C'est à cause de cela que nous souffrons les manifestations de solidarité, les autonomismes et les séparatismes, parce que nous avons une justice vénale et une armée grossière et violente, et moi, quelle autorité me concède-t-on ? Celle d'un cacique, pendant que Lerroux est le maître de la rue. Ne voyez-vous donc pas que les Catalans, quand ils n'ont pas à se plaindre de l'administration et qu'ils peuvent se fier à la moralité de la fonction publique, oublient toute activité politique ? Mais que dans le cas contraire, ils prennent la rue d'assaut ! Pourtant nous sommes indécrottables, nous refaisons toujours les mêmes erreurs, et de cette façon, nous ne les ferons jamais plier…* »

Il quitta le bureau du capitaine général pour sa résidence secondaire du Tibidabo, remplacé par Santiago Manescau, lieutenant général des armées nationales et capitaine général de la 4e région. Jouissant désormais des pleins pouvoirs et débarrassé de toute conscience critique gênante, le militaire donna l'ordre de placarder sur les murs de Barcelone un décret proclamant la loi martiale…

« Étant donné l'attitude des groupes qui bloquent la voie publique et empêchent le retour à la normalité de ces lieux, nous ordonnons et commandons :

Article 1. Nous intimons l'ordre à toute personne occupant les rues de cette ville de se disperser et de rentrer chez elle, faute de quoi les forces de l'ordre ouvriront le feu sans sommation, quel que soit le cri qu'elle profère, y compris si c'est VIVE L'ARMÉE ou autres acclamation analogue.

Article 2. Il est également interdit de se tenir sur les balcons ou les toits en terrasse et de proférer des cris, comme cité dans l'article précédent, et la voie publique doit demeurer parfaitement dégagée ; dans le cas contraire, les forces de l'ordre ouvriront le feu sur les attroupements.

Article 3. Seront jugés responsables des agressions contre les forces de l'ordre ou d'un quelconque cri proféré les locataires des maisons d'où ils proviendraient.

Article 4. Ce décret entrera en vigueur aujourd'hui à 9 heures du matin.

Barcelone, le 28 juillet 1909. »

Après la proclamation de la loi martiale, Manescau mobilisa tous les contingents et tout le matériel qu'il avait à sa disposition, soit mille cinq cents soldats, plus de six cents chevaux, douze pièces d'artillerie, sept cents gardes civils, mille policiers nationaux et des centaines d'agents de la police locale, qui constituaient l'unité de choc destinée à faire cesser une grève qui ne devait durer que vingt-quatre heures, mais qui menaçait désormais de déboucher sur une révolte générale. Tandis qu'il réunissait le gros des troupes dans les casernes en attendant le moment opportun pour les déployer, le nombre de personnes qui arrachaient des pavés, paralysaient les usines, élevaient des barricades et vitupéraient Dieu et la guerre augmentait à mesure qu'elles prenaient conscience de leur propre force.

Le soir, les premières flammes crépitèrent, accompagnant de leur danse les clameurs de la foule. « À bas l'Église, à bas le pouvoir ! » entendait-on dans les rues de Poblenou, où le bâtiment des maristes du Patronat Obrer de Sant Josep flambait. En quelques minutes, le crépuscule s'était teinté d'étincelles rougeoyantes, qui voletaient un instant puis s'éteignaient subitement, tels de délicats flocons de feu.

Tandis que les exclamations exprimant le refus de la guerre composaient l'hymne tonitruant de ce chaud et lourd lundi de juillet, dans le port de Barcelone, le capitaine général remportait sa première victoire. Il avait réussi à faire appareiller deux navires à destination du Maroc, l'un chargé de soldats et l'autre d'armement.

Au ravin du loup, on va y mourir

IL ENTENDIT LE CRI DES MOUETTES. On aurait dit des dizaines de gorges explosant dans un hurlement choral, or, ce fracas qui lui avait toujours écorché les oreilles l'apaisa curieusement, comme l'aurait fait une mélodie harmonieuse. Soudainement, il n'était plus une dépouille lamentable abandonnée sur un lit d'hôpital, dans une ville étrangère et lointaine, mais l'enfant maigrichon et turbulent qui courait sur la grande plage en tous sens pendant que les mouettes chahutaient près des felouques des pêcheurs, et que les femmes approchaient avec leurs couffes, impatientes de les remplir de poisson.

Il avait la tête embrumée à cause des médicaments et sa jambe le faisait atrocement souffrir, comme si elle se consumait de l'intérieur, mais c'était une brûlure imaginaire puisqu'on lui avait coupé le membre au-dessus du genou quelques heures auparavant. Deux jours plus tôt, quand il avait été transporté, grièvement blessé, au Teatro Alcántara de Melilla transformé en hôpital improvisé, l'infirmière l'avait prévenu : « *C'est une vilaine blessure, soldat, il faudra que Tebib Arrumi vous examine.* » L'homme jovial et bien en chair, très respecté de tous, s'était présenté à lui peu après. Il lui expliqua rapidement : « *Soldat, je suis le Dr Ruiz Albéniz, et j'ai une mauvaise nouvelle à vous annoncer. Il n'y a rien à faire pour votre jambe, il faut l'amputer* », et il ordonna à l'infirmière d'organiser son transfert immédiat à Málaga.

« *Ici on ne coupe pas* », lui dit-il en guise d'adieu, avant de disparaître au milieu de la foule d'infirmières, de médecins et de blessés qui emplissait ce bâtiment où quelques semaines auparavant on donnait des spectacles de variétés. Cette nouvelle l'épouvanta à tel point qu'il eut l'impression de ne pas comprendre, de ne pas être concerné par les mots échangés avec ce médecin excentrique. On racontait qu'il était le « neveu du grand compositeur Albéniz et aussi journaliste, mais surtout le meilleur médecin de Melilla et de toute l'Afrique ». Il était connu de tous sous le surnom de *Tebib Arrumi,* donné par des Rifains qui lui vouaient une grande estime : « *Cela veut dire "médecin chrétien" dans la langue des Maures.* » Eloi crut que c'était une fable, une histoire inventée, comme ces aventures de corsaires que sa grand-mère racontait au coin du feu, les nuits sans lune et noires comme la gueule du loup, quand le hurlement de la tramontane lui glaçait le sang.

Il fut embarqué séance tenante sur le *Ciudad de Mahón,* déjà plein à craquer de blessés. Des dizaines d'hommes gémissaient, pleuraient et hurlaient, et cette complainte l'accompagna durant tout le trajet, le dernier avant de perdre un de ses membres. « Demain, ou peut-être aujourd'hui, je n'aurai plus ma jambe », et il replongeait dans la gueule du loup, hanté par la tramontane hurlante, car tant qu'il parcourait les dédales de sa mémoire, tout ce qui lui arrivait cessait d'être réel.

C'était pourtant bien réel, et il avait désormais un moignon qui ne semblait pas lui appartenir, parce qu'il sentait toujours sa jambe, il aurait pu la toucher, elle était là, là où il n'y avait tout à coup que du vide. « Je ne courrai plus jamais le long de la grande plage, je n'irai plus chercher le lait au mas de la Birba, ni pêcher des oursins et des coquillages, ni courtiser Engracieta, qui me laissait lui dire des jolis mots… » À la pensée de la jeune fille, de ses grands yeux sombres, de son caractère joyeux et de son joli petit corps, si menu et si délicat, il se sentit submergé par le désespoir et il éclata en sanglots si bruyamment qu'il réveilla les soldats qui somnolaient à côté de lui. C'était comme s'il venait de se rendre à l'évidence. D'après l'infirmière de Màlaga, il avait eu de la chance d'être soigné dans un véritable hôpital, parce qu'il était chrétien, et que les chrétiens avaient de vrais médecins, pas des guérisseurs comme les Maures : « *Ils soignent comme ils peuvent, soldat, je le sais, quand j'étais à Melilla, j'ai vu des blessures soignées par les indigènes, et vous n'imaginez pas ce que c'est, ils mettent de la fange pour arrêter l'hémorragie, et ils lavent la blessure avec du lait caillé, et après, vous savez ce qu'ils font ? Ils la recouvrent de beurre rance et de miel, et ils attendent que la blessure se referme. Vous n'imaginez pas combien en meurent !* »

« Qu'est-ce que ça peut bien être, la *fange* ? » se demanda-t-il, mais il ne posa pas la question parce que cela ne l'intéressait pas, pas plus que la façon dont les Kabyles soignaient les blessures et tout ce que pouvait raconter cette femme qui n'arrêtait pas de parler. Lui, la seule chose qu'il voulait, c'était récupérer sa jambe et courir, s'enfuir loin de cet hôpital militaire, de cette infirmière bavarde et de ce moignon, courir sans trêve, loin, très loin, et fuir cette nuit terrible où il avait côtoyé la mort. Courir comme les gamins du village, courir, courir, courir…

Il était né dix-neuf ans plus tôt à Figueres, par un caprice du hasard car il était originaire de Cadaqués, « le plus beau village du monde », d'après son grand-père Manel, qui avait beaucoup voyagé et savait de quoi il parlait. C'était effectivement un beau village, et il le savait parce qu'il avait attrapé la maladie de l'Ampurdan dont il aimait éperdument les bleus intenses, la tramontane qui vous purifiait les poumons et vous secouait l'âme, le parler salé comme l'eau de mer et les articles en « s », parce que cette terre d'oliviers, d'églises et de gens était la sienne. « *Nós amb nós.* » « Entre nous. » Un peu calmé par ces mots de chez lui, il se laissa bercer par la nostalgie de ses souvenirs récents. Perdu dans les rues escarpées de Cadaqués, foulant leurs *rastells*, ce pavement de lauzes posées debout et disposées en épis, à l'ombre des femmes qui marchaient le buste très droit avec leur cruche sur la tête, Eloi Quirch i Escofet retrouva son enfance.

Peu à peu, le brouillard de son esprit se dissipa, l'atroce souffrance qu'il éprouvait dans sa jambe s'atténua, remplacée par une petite douleur sourde, et le désespoir qui l'avait accablé se transforma en une sorte de résignation, à mesure qu'il prenait conscience que cette jambe amputée l'avait préservé de la mort. Il venait de réchapper d'un enfer de feu et de mitraille qui avait ensanglanté le champ de bataille, et il ne comprenait pas encore comment il avait fait pour s'en sortir vivant. « Notre-Dame de l'Espérance, ma petite Espérance... », dit-il à haute voix, en touchant du bout des doigts la médaille de la Vierge que sa mère lui avait donnée pour le protéger des périls de la guerre. « Notre-Dame m'a protégé, et comment ! Elle n'a pas voulu que je sois tué si loin de chez moi », et il baisa la médaille avec tant de ferveur que le goût amer du métal couvrit ses lèvres.

Il appartenait au bataillon de chasseurs de montagne de Figueres, où il avait été affecté dès sa mobilisation. « *Soldats,* hurlait le sergent, *votre insigne est le cor de chasse, et vous porterez les chevrons et les ornements verts qui nous distinguent des autres régiments. Apprenez à aimer votre uniforme et les couleurs de l'écusson d'armes des chasseurs de Figueres et honorez-le de votre sang. Ce bataillon a combattu à Cuba et aux Philippines, et il combattra maintenant dans la campagne d'Afrique, car rien ne l'arrête dans sa glorieuse défense de l'Espagne.* » Eloi avait été élevé pour obéir, et sa mère lui avait bien recommandé d'être sage, de ne pas se faire remarquer sur cette terre étrangère où il partait avec des inconnus : « Fais comme si tu n'étais pas là. S'ils ne te remarquent pas, ils te laisseront peut-être tranquille, et le bon Dieu te ramènera à la maison », lui disait-elle en lui prenant les mains dans les siennes pour les embrasser. Eloi s'était alors mis à étudier les mots étranges qui décrivaient les couleurs de l'écusson, comme l'avait expliqué le sergent. « *D'or à quatre pals de gueules, chargé en abîme d'une feuille de figuier de sinople, le tout timbré d'une couronne royale* », et il les répétait sans y rien comprendre, toutefois convaincu que son salut en dépendait. En outre, il avait entendu dire que son bataillon était l'héritier des régiments de miquelets, et il en éprouvait d'instinct une grande fierté, comme si lui, pauvre fils de pêcheur de l'Ampurdan, il appartenait à un noble et vieux lignage.

Une fois recruté, il avait dû se rendre à Figueres, où il avait été pesé et mesuré – « *Pas mal, soldat, un mètre soixante-douze, tu es grand, tu devras te baisser pour éviter les balles des Maures* » –, et après le contrôle médical à la mairie – « *sain et apte au service* » –, il était rentré à Cadaqués où il avait attendu l'ordre de se présenter au bureau de recrutement de Figueres. À partir de là, son itinéraire avait été celui, implacablement précis, du malheur : de Cadaqués à Figueres, de Figueres à Barcelone, et de Barcelone à Melilla à bord du vapeur *Cataluña*.

À peine arrivé au camp dit de l'Hippodrome, sa rétine avait inscrit dans sa mémoire l'image d'une grande esplanade parfaitement rectangulaire. « *L'armée a construit un hippodrome pour les officiers, mais maintenant c'est nous les chevaux* », avait plaisanté un jeune homme grassouillet qui parlait un castillan chuintant qu'il n'avait jamais entendu avant. « Il doit être du Sud », s'imagina-t-il, malgré ses maigres connaissances du castillan. Sur ces quelques milliers de mètres carrés de terre sèche se dressaient une suite interminable de tentes rondes et pointues, parfaitement alignées, dans lesquelles s'entassaient des centaines d'hommes atterrés qui ignoraient tout des armes et de la guerre, mais qui en savaient long sur la peur. C'était une armée de malheureux, de miséreux, d'infortunés qui avaient dû quitter leur quartier ouvrier, leur village de montagne ou leur hameau de pêcheurs, des pauvres et des analphabètes pour la plupart, dénués d'instruction militaire et de connaissance des armes, et pour certains si jeunes que leurs visages étaient encore criblés de boutons. Quant à ceux qui n'avaient pas l'air trop jeunes, ils paraissaient trop vieux ; c'étaient des réservistes qui avaient laissé derrière eux des femmes et des enfants, la terreur et la faim, pour aller embrasser la mort.

« La haine nous souhaite la bienvenue », avait pensé Eloi depuis le bastingage en observant les travailleurs du port qui préparaient le débarquement. Sur le quai, tous les regards se fondaient en un seul, des centaines d'yeux formant un œil gigantesque qui dévisageait les *« aromes »*, comme il entendit par la suite les indigènes les appeler, eux, les étrangers, les infidèles qui venaient chez eux pour avilir leur terre de faux dieux et leur voler les biens qu'Allah leur avait donnés. Eloi n'avait jamais vu le visage de la haine, il ignorait d'ailleurs qu'elle eût un visage et des yeux aussi pénétrants qu'un couteau aiguisé, et qu'un tel regard pût annoncer la mort. Mais quand il ressentit la blessure de ces regards fixes qui se plantaient dans sa chair sans pitié ni pardon, telles les serres de la colère, il comprit qu'il était arrivé en enfer. « Les Maures veulent tous nous tuer », dit-il d'une voix tremblante à un garçon de Reus qui avançait à ses côtés et avec lequel il s'était lié d'amitié pendant la traversée. « Ne t'inquiète pas, grâce aux héliographes, les nôtres savent toujours ce que va faire l'ennemi », lui répondit celui-ci. Eloi ouvrit de grands yeux, éberlué. Il n'avait jamais entendu un mot aussi étrange qu'*héliographe* et il aurait été incapable de le répéter, d'ailleurs. Roger, le garçon de Reus qui avait fait des études de télégraphie, lui expliqua qu'il s'agissait d'appareils munis de miroirs qui transmettaient des messages en morse grâce à des signaux lumineux. « Les blockhaus communiquent ainsi entre eux », et il s'empressa de préciser que les blockhaus étaient des fortins en bois répartis le long de la voie ferrée. « Il en sait des choses sur la guerre… », se dit Eloi, en pensant qu'il serait utile de rester près de lui. Or il ne le revit plus jamais après leur arrivée dans le camp. Tout compte fait, les explications de son camarade ne l'avaient pas rassuré. Les regards qui l'avaient dévisagé pendant tout le trajet étaient on ne peut plus explicites : ils voulaient tous les tuer.

En cette journée caniculaire du 27 juillet 1909, ils ne les avaient pas tous tués, mais ils avaient tout de même réussi à faire du mont Gourougou un tombeau à ciel ouvert, avec ces dizaines de corps déchiquetés éparpillés le long d'un précipice démoniaque appelé le ravin du Loup par les Kabyles, qui témoignaient de la vérité sans appel de la guerre. Eloi était à Melilla depuis la veille, et même s'il savait qu'il y avait eu des attaques les jours précédents et que la tension montait dangereusement, selon les dires de chacun, il n'aurait jamais pensé partir au feu si rapidement. Épuisé par la traversée, il s'était allongé sur la paillasse faisant office de lit en attendant l'appel de la soupe, et il avait essayé d'imaginer l'instruction qu'il recevrait dès le lendemain, se demandant si on lui apprendrait à se défendre ou à viser juste, ou s'il devrait s'entraîner pour améliorer sa condition physique. Il avait de bonnes jambes, sans aucun doute, il ne courait pas comme un lapin sur la pointe du cap de Creus pour rien. Il avait aussi de bons bras, à force d'aider son père avec le filet et de sortir pêcher au lamparo. Non, il n'aurait pas besoin de se muscler, il était jeune et sa mère l'avait bien nourri ; à la maison, il y avait toujours une araignée de mer fraîchement pêchée pour préparer un bon plat de riz.

En pensant à la cuisine de sa mère, il entendit son estomac gargouiller. La ration du matin avait été maigre, comme celles données à bord du navire et avant d'embarquer. « J'ai à peine mangé ces derniers jours. Je me demande comment on va faire pour se battre le ventre vide ! » marmonna-t-il en se recroquevillant doucement pour faire taire son estomac. « C'est le cri de la faim », lui dit un jeune homme à la peau brune et au regard perçant qui partageait la même tente. « Je m'appelle Queraltó. » Ils entamèrent le rituel de présentation. Queraltó était de Barcelone, précisément du quartier de Sant Andreu de Palomar, mais sa famille était originaire de la région pyrénéenne du Pallars Sobirà, près d'Andorre. « Nous venons de Lladorre, dans la magnifique vallée de Cardós », lui dit-il sans chercher à cacher sa fierté. Eloi esquissa un sourire de convenance, il n'avait jamais entendu parler de ce village ni de cette vallée. En réalité, il était très rarement sorti de Cadaqués, il s'était parfois rendu à Figueres, et il avait fait de brèves excursions à Banyuls et à Collioure dans la barque de son père, le traditionnel *llagut*, pour saluer les cousins. « Ce sont des Catalans, Eloi, même si on en a fait des Français et qu'on a coupé notre patrie en deux », lui expliquait son père chaque fois qu'ils y allaient. Sinon, il était à peine sorti de son village. Maintenant, il avait traversé la mer et il se trouvait en Afrique, en train de parler avec Queraltó, qu'il écoutait poliment, suivant les recommandations de sa mère qui lui répétait d'être aimable et de ne pas déranger. Il se dit qu'il aurait bien l'occasion de l'interroger sur son village, et aussi sur la vie à Barcelone, qu'il imaginait très agitée et moderne. « Quel rêve, de vivre quelque temps à Barcelone ! » En outre, cela le réconfortait de pouvoir parler catalan, non seulement parce qu'il connaissait mal le castillan et qu'il s'embrouillait presque à chaque phrase, mais aussi parce que ainsi il avait l'impression de n'avoir pas complètement quitté la Catalogne. Son père le lui disait bien, « Notre pays, c'est là où on nous répond *Bon dia* quand on a dit *Bon dia* ! » or, dans cette tente plantée dans un coin de l'esplanade de l'Hippodrome, non loin du mont Gourougou, qu'on disait être un volcan et pas une montagne – « Jésus Marie Joseph, un volcan ! » –, peuplé d'étranges singes appelés macaques de Barbarie, d'après ce qu'on racontait, là, de l'autre côté de la mer de Cadaqués, quelqu'un lui avait répondu : « *Bon dia.* » Oui, ils auraient largement le temps de faire connaissance.

Le temps ! Quelle illusion des sens ! Quelle masse malléable et insaisissable ! Quel vain espoir de maîtriser sa propre histoire, alors que l'histoire de chacun est entre les mains d'un dieu capricieux et malveillant. Lui, Eloi, fils de Pep de l'Ix, petit-fils de Manel, natif d'un petit village du littoral, d'une terre de corsaires et de marins, il n'était pas le maître de sa destinée, il n'était pas le protagoniste de sa vie, il n'était personne, seulement un numéro en uniforme orné d'un écusson d'armes, « *d'or à quatre pals de gueules* », un morceau de viande chargé de se défendre d'autres morceaux de viande comme lui. Et ce temps trompeur, qui ne lui appartenait pas, parce qu'il n'avait aucun contrôle sur lui, s'épuisa en un instant quand le clairon sonna et que le 6e bataillon de chasseurs de montagne de Figueres reçut l'ordre de former les rangs. « *Soldats, vous êtes venus pour combattre et votre heure de gloire a sonné. Vous allez lutter et mourir pour la gloire de l'Espagne.* » Les Kabyles venaient de faire sauter trois cents mètres de la voie ferrée que les Espagnols construisaient pour relier la ville de Melilla et les mines de fer. Le général Marina, commandant en chef des opérations militaires en Afrique, avait ordonné le départ imminent d'un convoi de réparation de la voie, escorté par deux colonnes de soldats chargées de leur protection. Six compagnies d'infanterie placées sous les ordres du colonel Fernández Cuesta devaient se rendre jusqu'au deuxième poste de construction ferroviaire, et les bataillons de la 1re brigade mixte, avec les compagnies d'infanterie qui venaient de débarquer, commandées par le général Guillermo Pintos Ledesma, avaient pour mission de couper l'avancée de l'ennemi sur les contreforts du Gourougou.

Que s'était-il passé ? Quelques minutes avant il était allongé sur sa paillasse et il bavardait tranquillement avec Queraltó, en essayant de s'imaginer sa vie dans le camp. Et subitement, sans transition, il s'était retrouvé en rang avec son uniforme et son fusil, la tête haute, le dos droit, le regard dans le vide, devant le célèbre général Marina qui passait ses troupes en revue, juché sur son cheval. C'était un personnage imposant, auquel une barbe et une moustache complètement blanches et fournies donnaient un air faussement vénérable ; c'était un homme très dur en réalité. On racontait qu'il avait combattu aux Philippines, dans la troisième guerre carliste et à Cuba, et qu'il devait à sa réputation de militaire implacable et impitoyable avec l'ennemi son poste de commandant en chef de Melilla. Eloi savait – comment ? il ne s'en souvenait plus – qu'il était né à Figueres. « Il vient de l'Ampurdan, comme moi. » Pendant un bref instant, le respect craintif qu'il lui inspirait se métamorphosa en élan de sympathie. Ce sentiment ne dura que le temps de la harangue du général, et il s'évanouit quand son bataillon rompit les rangs, prêt à quitter le camp.

Couché dans son lit d'hôpital à Málaga, le souvenir de ces heures terribles, coincé dans le ravin du Loup sous un impitoyable feu croisé, n'était qu'une suite d'images confuses qui se superposaient comme les pièces d'un puzzle impossible à recomposer. Il se souvenait précisément de tout et en même temps rien n'était précis, sa mémoire essayant en vain d'ordonner les événements tragiques qu'il avait vécus. Mais les temps et les faits se confondaient, et il en revenait continuellement aux détonations et aux tempêtes de feu qui pleuvaient sur des soldats qui fuyaient à la débandade, assaillis des deux côtés de la combe, aux cris des blessés, au silence définitif des tués, à la panique qui leur faisait agripper la terre pour tenter d'escalader la montagne en se traînant entre les ronces et les pierres, l'esprit affolé, les mains en sang. Tous essayaient de fuir, mais personne ne le pouvait parce qu'ils étaient à la merci d'un dieu infidèle qui les avait précipités dans ce piège mortel et ne lâcherait pas sa proie. La mort était l'issue la plus sûre. Comment étaient-ils arrivés là, dans ce ravin dont ils ne pouvaient plus sortir ? La voix lointaine du général Pintos retentissait encore dans la tête d'Eloi – « *En avant, soldats !* » –, et les soldats avançaient sur un terrain de plus en plus difficile, en direction des contreforts du Gourougou. Le premier objectif devait être l'assaut des collines d'Aït Aïcha, où l'ennemi avait pris position.

« Aït Aïcha… », murmura-t-il, le nom lui parut poétique, mais au souvenir des tirs qui grondaient encore dans sa tête, un goût amer envahit sa bouche et il fut saisi de tremblements. Il sentait chacun des coups de feu, par dizaines, par centaines, ceux de ses compagnons, les siens, ceux des Kabyles, les bruits secs de l'artillerie, et il ne savait plus quand il avait commencé à avoir peur, si c'était à ce moment-là ou plus tard, après avoir dépassé les collines d'Aït Aïcha, quand ils étaient tombés dans le traquenard du ravin du Loup. La seule chose qu'il savait avec certitude, c'était que la peur, une fois qu'elle avait pénétré votre âme, ne vous lâchait plus. Et aussi que sous son étreinte asphyxiante, il avait franchi les portes de l'enfer.

« J'ai de nouveau la fièvre », se dit-il pour se calmer. Autour de lui, la salle d'hôpital était grise, dépourvue de décor, remplie de corps gisants, recouverts de bandages de toutes sortes, privés d'un bras ou d'une jambe, comme lui, grièvement blessés, éventrés, la tête fendue, souffrant de dommages internes qui saignaient en dedans. Près de lui un aumônier priait en silence auprès d'un jeune garçon agonisant. L'image de ce recueillement si près de la mort lui ramena à la mémoire un souvenir oublié, sans doute pour se protéger, qui le tailladа comme un poignard. Il ne savait pas quand cela s'était produit exactement, mais il revoyait le trou dans la tête, l'œil qui avait sauté, la grimace de ce visage qui avait appartenu à un homme quelques instants plus tôt. Queraltó de Lladorre s'était écroulé à côté de lui alors qu'ils essayaient d'escalader le ravin, et il était resté là, un tas de muscles, de veines et de nerfs désormais privé de regard, de langue, de souvenirs de sa vallée de Cardó, une simple dépouille. Combien de jeunes gens comme Queraltó périrent dans ce précipice infernal ? Des centaines, dirait-on, plus de mille, la quasi-totalité des six bataillons tombés dans le piège des Rifains qui les avaient conduits vers l'intérieur du ravin sans qu'ils prennent à aucun moment conscience de la souricière vers laquelle ils se dirigeaient.

Tout avait pourtant l'air facile, au début. Après les premiers combats, ils avaient conquis les collines d'Aït Aïcha et le général Pintos avait poursuivi son avancée en direction du ravin. Les combattants de la harka – nom des milices du Rif qui luttaient contre les Espagnols, d'après ce qu'Eloi avait entendu dire : « *Ça veut dire expédition guerrière des Maures contre les infidèles que nous sommes, ou quelque chose du genre* » – ne lançaient que quelques tirs sporadiques et la voie avait l'air sûre, mais le terrain était progressivement devenu plus ardu et plus abrupt, et le ravin plus étroit, de sorte que les six bataillons étaient si serrés qu'ils pouvaient à peine bouger. C'est alors qu'apparurent des milliers d'ennemis qui se mirent à tirer dans tous les sens et fondirent avec violence sur les Espagnols. Le général Pintos fut l'un des premiers à tomber, bientôt suivi d'autres officiers, le lieutenant Joaquín Tourné, du bataillon de Las Navas, le lieutenant-colonel Palacios, qui venait d'encourager la troupe, et ainsi de suite, jusqu'à ce que des dizaines de corps foudroyés par cette avalanche de tirs viennent tremper de leur sang la terre argileuse du Gourougou. L'embuscade était parfaite et, quand le général Pintos s'effondra, les soldats se débandèrent dans un véritable chaos et une panique telle qu'ils tentaient de sortir de la souricière par tous les moyens, quittes à piétiner les corps étendus sur le sol, dont certains n'étaient que blessés. Personne ne leur portait secours car tous obéissaient à l'instinct de survie qui les poussait à escalader désespérément le versant abrupt pour tenter de sortir de cette fosse.

Eloi ne comprenait pas comment il était encore vivant. Il ne savait pas non plus comment il était sorti du ravin du Loup, ni qui l'avait tiré de là, ni combien de temps il était resté sans connaissance, perdu dans une conscience lointaine où il n'entendait pas les détonations et où il ne se traînait pas entre les morts, où sa jambe ne le brûlait pas comme un tison. Il ne se souvenait que vaguement des nuages qui s'étiraient dans le ciel à mesure que la civière sur laquelle on le transportait avançait, et quand il fut capable de voir plus nettement, il se rendit compte qu'il faisait partie d'un long cortège de brancards chargés de soldats blessés. Ils étaient si nombreux qu'on aurait dit une procession de la semaine sainte – « Une procession », répéta-t-il machinalement, comme s'il se réveillait doucement d'un sommeil profond. Ensuite toute sa conscience lui revint et, avec elle, sa douleur à la jambe, qui le secoua si violemment qu'il se mordit la main jusqu'au sang. Il pensa qu'il ne la supporterait pas, qu'il s'évanouirait encore, et que ce serait peut-être mieux ainsi car cette douleur insupportable le rendait fou. Tandis qu'il essayait de surmonter sa souffrance, un homme au regard clair et à la moustache fine, vêtu d'un uniforme couvert d'insignes témoignant de son rang de capitaine, s'approcha de lui et lui dit, « *Soldat, les blessures de guerre sont les médailles de l'honneur. Tu dois en être fier. Tu as servi l'Espagne.* » Quand il s'éloigna, Eloi vit qu'il cachait sa main dans une sorte de gant. Cet homme devait être le célèbre Antonio Ripoll Sauvalle, survivant de la guerre des Philippines, où il avait perdu sa main et une partie de son bras à l'âge de dix-sept ans. Tout le monde le considérait comme un héros, car c'était le capitaine le plus jeune de l'histoire de l'armée espagnole, et la légende racontait que, quoique manchot, il avait demandé à la reine régente l'autorisation de continuer son service actif et de ne pas être affecté au corps des mutilés. Il s'était fait fabriquer un avant-bras en aluminium et depuis il était surnommé Main d'argent, même s'il portait toujours un gant de soie sur sa prothèse. Eloi avait entendu parler de lui parce que, comme lui, il avait été assigné au bataillon de chasseurs de Figueres où son nom était sur toutes les lèvres, mais jusque-là il ne l'avait jamais rencontré.

Malgré la vive douleur qu'il ressentait dans la jambe, et qui l'empêchait de penser clairement, les mots de ce capitaine si jeune, blessé de guerre et décoré des plus hautes distinctions, se mirent à danser dans sa tête – « *Les blessures sont les médailles de l'honneur.* » « L'honneur », répéta-t-il à voix haute, et le mot tournoya dans sa tête jusqu'à ce qu'il se dise que tout cela n'avait aucun sens, il ignorait ce qu'était l'honneur, mais en revanche il savait que ce mot pompeux réclamait un tribut sanglant et que sa soif inextinguible de mort couvrait les champs de bataille de corps déchiquetés. Eloi ne savait pas grand chose, certes, il n'était qu'un modeste fils de pêcheur d'un petit village, presque sans instruction, qui n'avait pratiquement jamais quitté son nid, et pourtant il avait une certitude, une seule et unique certitude, c'était qu'aucun honneur, aucune idée, aucune patrie n'avaient le droit de l'arracher à sa grande plage, à son Engracieta, aux anchois que sa mère préparait sans poivre, à la façon de Cadaqués – « À L'Escala, ils ne savent pas y faire » – et aux sorties avec ses amis pour pêcher des oursins et des coquillages. Non, non, aucun honneur n'avait le droit de lui scier une jambe et de l'empêcher à jamais de courir sur la pointe du cap de Creus, de voler librement face à la tramontane, les cheveux en désordre, le nez rouge et le cœur joyeux. Qu'est-ce que c'était que cette histoire d'honneur qui le ligotait sur ce mauvais grabat, dans une ville lointaine, souffrant une douleur si intense qu'il avait l'impression qu'on lui arrachait la jambe, que le sang coulait le long de sa cuisse, la raison défaillante et la mémoire à jamais obscurcie ? Tout cela à cause de l'honneur… Mais qu'était donc l'honneur ?

Dans son lit à Málaga, déjà mutilé et en proie à un nouvel accès de fièvre, entouré de jeunes gens comme lui qui allaient peut-être mourir, qui rentreraient chez eux estropiés ou qui, si leurs blessures guérissaient, regagneraient le front, là-bas, de l'autre côté de la mer, il comprit que lui, Eloi, simple fils de pêcheur, connaissait la réponse : l'honneur était un mensonge.

Sa mère aussi le savait. De fait, elle l'avait toujours su, et elle était parfaitement consciente que ce mensonge emportait les jeunes gens et les ramenait vaincus, tristes et souvent mutilés, quand il les ramenait, parce que la plupart du temps il les laissait mourir loin de chez eux. Comme elle le savait et l'avait toujours su, elle avait essayé de sauver son fils de la guerre. Elle avait des parents éloignés à Gràcia, et une nièce de sa grand-mère, Carmeta, avait même failli épouser un garçon de cette famille, cousin issu de germains, mais le pauvre était mort avant la noce, piétiné par un cheval lors de la Révolte de la blouse, il y avait plus de cinquante ans. Carmeta aussi était morte, quelques semaines après avoir enterré son fiancé, « dévorée par la peste du Gange, la malheureuse », à l'époque où le choléra faisait des ravages dans l'Ampurdan. Elle avait rencontré ces parents à différentes reprises, surtout à l'occasion des enterrements, et son mari avait même séjourné dans leur maison de Gràcia, un jour qu'il avait dû se rendre à Barcelone pour régler des affaires concernant les terres de son arrière-grand-père.

Elle n'y avait pas réfléchi à deux fois. Elle savait que le fils de Mercè, M. Albert, était un homme très riche – « Il paraît qu'il a fait des affaires avec de l'argent et des histoires de banques » –, et, courageuse et résolue, elle était montée dans la tartane. Elle irait demander, elle supplierait, elle pleurerait, elle prierait, elle ferait tout ce qu'il faudrait pour obtenir de l'argent et empêcher le recrutement de son fils. Quand son mari lui avait dit qu'il irait lui-même, Quimeta avait refusé : « C'est mon fils, et moi seule peux le sauver, c'est une histoire de mère, pas d'homme. Toi, va à l'église et prie la Sainte Vierge », et elle avait pris la route de Barcelone.

Dès son entrevue avec Mercè, elle avait compris. Celle-ci l'avait traitée avec respect, elle avait été aimable, mais la grimace qui s'était dessinée sur ses lèvres quand elle lui avait expliqué son problème, son regard fuyant, son « Tu sais, Quimeta, les temps sont durs pour tout le monde », tous ces gestes lui avaient révélé qu'elle ne ferait rien pour sauver Eloi. Mercè lui avait proposé de l'accompagner malgré tout : « J'irai avec toi voir Albert, Quimeta, mais ne te fais pas d'illusions, il ne veut rien savoir de tout cela », et elle s'était dit que Mercè était quelqu'un de bien, mais que son fils devait être une crapule. Le soir, Albert n'avait même pas voulu la recevoir, et elle dut demander, supplier et prier Mme Elisenda, une grande dame, et en voyant cette maison à vous faire tomber à la renverse, d'un luxe qu'elle n'avait jamais vu, et en entendant la grande dame lui dire qu'elle était vraiment désolée, qu'elle ignorait tout de ces choses-là, que son mari était absent pour plusieurs jours, et ajouter qu'elle ne devait pas s'inquiéter, beaucoup de jeunes gens étaient recrutés et il ne leur arrivait rien, elle prierait pour lui et elle allumerait même un cierge dans la cathédrale, et elle donnerait une aumône, Quimeta avait compris que son fils partirait à la guerre. Il ne lui restait plus qu'à prier Notre-Dame de l'Espérance, sa petite Espérance, et elle prierait beaucoup, tous les jours, chaque fois qu'elle le pourrait, et de cette façon peut-être qu'Eloi reviendrait, parce que sa petite Espérance ne l'avait jamais déçue.

Quimeta était rentrée à Cadaqués déterminée à lutter jusqu'à son dernier souffle, quitte à mobiliser les forces du ciel puisque celles de la terre étaient définitivement perdues. Pendant le pénible voyage de retour, en songeant à Eloi, si jeune, si innocent, ma petite Espérance, sainte Vierge Marie, un vieil air que lui chantait sa mère lui était revenu à la mémoire…

En route pour l'Afrique, garçons,
Allez tuer les Maures, allez tuer les Maures ;
En route pour l'Afrique, garçons,
Allez tuer les Maures, à coups de canon !

… et elle s'était dit que non, elle ne voulait pas tuer les Maures, ni gagner leur terre lointaine, ni aucune des choses qui accompagnaient les guerres des hommes. Elle ne désirait qu'une seule chose, c'était qu'on ne lui tue pas son Eloi. « En route pour l'Afrique », oh non, oh non, sainte Vierge Marie.

Comme une rose de feu

À BARCELONE, ON COMBATTAIT à tous les coins de rue, là où la foule en furie élevait des barricades, faisait sauter des voies ferrées ou prenait d'assaut une caserne de la Garde civile, tandis que les couvents incendiés dessinaient un paysage de ruines et de cendres qui teintait de gris ce mois de juillet ensoleillé. Partout où le regard se posait, des colonnes de fumée annonçaient que le feu faisait toujours rage.

« Qui est à la tête de la révolte ? » se demandaient les syndicalistes, et les explications s'embrouillaient et se contredisaient sans fournir de réponse. Ils savaient que le comité de grève ouvrier ne contrôlait plus rien, et que le socialiste Antoni Fabra, qui avait dirigé les manifestations durant les premières heures, déclarait ignorer ce qui se passait. Certains affirmaient : « Ce sont des masses ouvrières et des jeunes voyous qui agissent spontanément, et s'il y a des meneurs, ce sont des lerrouxistes pour la plupart. » Les noms de Sol i Ortega, des frères Ulled, de Colominas Maseras ou de Guerra del Río émaillaient les conversations, mais ils n'étaient pas les grands dirigeants du mouvement radical, dont il était notoire que le député le plus influent, Giner de los Ríos, s'était enfermé chez lui, tandis que Lerroux avait quitté la ville : « Comme chaque fois qu'il y a du raffut, il met le feu à la mèche et il part en courant. » On rappelait alors son célèbre discours qu'on tournait en ridicule : « *En Espagne une révolution s'impose* », bla bla bla,

« *quand elle viendra, car elle n'est pas loin, vous pourrez compter sur moi comme général en chef* », et re-bla bla bla, « *pour vous mener à la victoire ou mourir à l'avant-garde de l'armée révolutionnaire* » ! La révolte était arrivée, et le général en chef avait quitté le pays. « Comme d'habitude ! »

Quand Ferrer i Guàrdia, inquiet du tournant chaotique que prenait ce début de révolution, se rendit à la Maison du peuple pour s'entretenir avec le chef des républicains radicaux de Barcelone, l'avocat Emiliano Iglesias Ambrosio, afin d'essayer de mettre un peu d'ordre dans la révolte, le résultat fut si décevant qu'il déclara qu'on allait droit au désastre. Il décida de quitter Barcelone. « Est-il parti au mas de Boter, à Alella, chez ses parents ? » demanda Enric, soucieux. Il se trouvait au mas de Germinal, à Montgat, dans la ferme de son frère Josep – « Avec Soledad, il vaut mieux qu'ils se tiennent bien loin de tout cela, Enric », répondit un de ses camarades. Après l'entretien entre Ferrer et Emiliano, des dirigeants de Solidarité ouvrière essayèrent à plusieurs reprises de rencontrer le dirigeant républicain, mais il était toujours malade. Au syndicat on assurait qu'il en était venu à ingurgiter un purgatif pour avoir une raison de se défiler, ce qui lui valut le surnom de « héros de la purge » dans les milieux anarchistes. En résumé, les lerrouxistes avaient de toute évidence mis le feu aux poudres, mais sans en avoir l'air. Pas vus, pas pris !

Pourtant, même s'ils avaient le sentiment d'être débordés par l'ampleur de la révolte, l'ambiance chez les syndicalistes et dans les milieux libertaires était à l'euphorie, comme en témoignaient les propos d'Anselmo Lorenzo, que de nombreux jeunes anarchistes appelaient « notre père », au cours d'une des nombreuses réunions improvisées pendant ces heures chaotiques…

« *C'est vraiment étrange ! La révolution sociale a éclaté et personne ne l'a déclenchée, personne ne la dirige ! Ni les libéraux, ni les catalanistes, ni les républicains, ni les socialistes, ni nous-mêmes… Nous souhaitions seulement fermer les usines le lundi. Que nous disions-nous pendant les préparatifs ?* "Salut, camarade !", *rien de plus, et nous nous quittions avec un* "Lundi, la générale !" *Mais voilà, depuis trois jours la révolution est descendue dans la rue, et nous ne savons toujours pas qui la dirige. Qui ? Sa majesté le peuple, c'est lui le meneur. Grandiose, grandiose !* »...

Enric et ses camarades restaient dans la rue, et avec cet esprit de grandeur chaotique, ils essayaient de mettre de l'ordre dans les manifestations et ils vivaient avec exaltation cette situation extraordinaire.

Ils venaient de finir d'élever une énorme barricade qui fermait complètement la place du Pedró, empêchant l'accès aux rues Carme et Hospital. Une femme escalada cette montagne d'objets divers, s'arrêta et regarda en direction de la place, sa chevelure sombre dénouée, sa large poitrine garnie du ruban blanc contre la guerre, et ses yeux étincelants qui regardaient au-delà de la scène. S'adressant à Adolfo Bueso, qui dirigeait la petite troupe, elle lui cria : « Chantons *La Marseillaise* ! » La version catalane de l'hymne français, écrite par le musicien républicain et franc-maçon Anselm Clavé, retentit en plein cœur du vieux quartier barcelonais...

« Vive la révolution ! » cria Bueso, et la foule lui répondit « Vivat ! » certains insurgés brandissant les fusils Remington qu'ils étaient allés chercher dans un entrepôt de la rue Sadurní où ils étaient cachés depuis l'époque des volontaires de la Liberté, du temps de la Glorieuse, comme on appelait la révolution de 1868. Quand il en serra un dans ses mains, Enric pensa à la grand-mère Mariona, et il se sentit l'héritier d'une lignée de libérateurs.

« Qui dirige la révolte ? » s'exclama-t-il, saisi d'un enthousiasme qui le poussait à faire de grandes prouesses, à devenir héros ou martyr, qui sait, un homme du peuple qui levait l'étendard de la révolte et faisait basculer l'histoire. « Qu'importe qui la dirige, personne, tout le monde, la force du peuple, les petites gens indignés, les ouvriers qui haïssent les riches et le capital et qui voudraient envoyer à la guerre tous ces aristocrates, tous ces jouisseurs et ces profiteurs qui vivent de leur souffrance. Qui la dirige ?

Les femmes, les mères, les sœurs de ces soldats envoyés défendre les mines des riches, qui abominent les moines et les curés, ces lèche-bottes des puissants qui interdisent l'enseignement aux enfants ailleurs qu'au contact de leurs robes fétides et prônent une Église corrompue soutenant l'esclavage du peuple. » Il s'arrêta, respira profondément et prit conscience que l'euphorie était une drogue puissante, un doux poison. « Qui la dirige ? Les jeunes, les voyous, les déracinés, les misérables, ceux qui n'ont jamais compté dans la société, les exclus. » Et, en serrant avec force son Remington, il leva le poing comme s'il défiait Dieu et ajouta à voix basse, semblant murmurer à l'oreille de quelqu'un, ce cri muet qui ne s'adressait peut-être à personne d'autre que lui mais qu'il devait sortir : « Qui dirige la révolte ? Les invertis comme moi, les impurs, ceux qui sont différents, nous qui pleurons et implorons pour obtenir un baiser et qui ne recevons que du mépris. Ceux qui dirigent la révolte, c'est nous autres, les exclus », et avec une fureur sans bornes, la rage de tous ceux qui s'étaient révoltés contre leurs oppresseurs, il lança un cri qui résonna au-dessus de la barricade, au-delà de la place du Pedró et au-delà de toutes les places où se dressaient des barricades pour exploser au milieu de la foule descendue dans la rue : « À bas la guerre, camarades, que tous ces salauds crèvent ! »

Il avait trouvé sa place dans le monde, et il était désormais un homme libéré de ses peurs, fier et déterminé, capable de tuer et de mourir pour défendre son idéal.

« Qui est à la tête de la révolte ? » demanda Avel·lí, non loin de là, même si la faible distance qui séparait les deux frères ne comblait pas l'énorme fossé existant entre eux, où allaient se perdre les sentiments, les souvenirs et les paroles, sans même un pont pour le traverser. L'abîme sentimental était insondable, et l'abîme politique pas moins profond. Ils vivaient dans deux mondes situés de part et d'autre d'un précipice qui ne cessait de se creuser, tous deux pareillement révoltés contre la cruelle réalité qu'ils devaient vivre, mais éloignés de la réponse appropriée. Si les anarchistes s'émerveillaient devant la foule déchaînée et désordonnée qui menait l'insurrection, les catalanistes étaient entrés dans le cercle de la peur croissante qui conduisait facilement à la panique collective. « Ils ne veulent pas paralyser la ville, ils veulent l'occuper ! » Rassemblés de façon permanente à l'Ateneu barcelonès, ils attendaient de connaître la position des députés de Solidarité catalane réunis dans le bureau de Josep Maria Vallès i Ribot à la Ronda de Sant Pere. Leurs discussions étaient de plus en plus animées à mesure que les nouvelles leur arrivaient, sans pourtant expliquer le tumulte qui montait de la rue. On parlait de morts, de blessés, de couvents en flammes. Les mieux informés assuraient que Barcelone était complètement coupée du reste du pays, tandis que d'autres racontaient avoir vu des manifestants exhiber des corps momifiés de religieuses.

Cette image dantesque, dont des compagnons d'Avel·lí avaient été témoins en passant près du couvent des hiéronymites de Sant Antoni, frappa de terreur les militants de Solidarité catalane. Le récit de ceux qui avaient tout vu de leurs propres yeux plongea la salle dans le silence et la consternation…

… « Vous n'imaginez pas ce que c'était, mes amis, un cortège entier de manifestants enragés, des femmes hystériques, des gamins à peine sortis des langes et d'autres avec trois poils au menton, des prostituées et des voyous de la Barceloneta, le gratin, je vous assure, tous fous furieux, portant des cercueils à dos d'homme ou des cadavres dans les bras ! J'ai compté au moins onze momies, la dépouille de pauvres bonnes sœurs qu'ils avaient exhumées et attifées de mouchoirs, de nœuds et de morceaux d'étoffe colorée, comme des pantins de carnaval. À la tête de cette procession macabre, des manifestants brandissaient une toile blanche fixée à deux bâtons, une banderole sur laquelle ils avaient écrit "*Nonnes enterrées vivantes – Nonnes emmurées*" ; d'autres portaient des cierges allumés. Ils les ont promenées dans la rue en criant et en les moquant, ma parole, et certains faisaient même de la musique, comme pendant la grande fête de la ville. En arrivant sur une place, ils n'ont rien imaginé de mieux que de monter des actions burlesques, une sorte de théâtre absurde, et un de ces chenapans, l'air un peu attardé et le visage encore couvert d'acné, le pauvre, s'est mis à danser avec la dépouille d'une religieuse, et il lui a posé un chapeau de paille sur la tête. Eh bien, je vous jure, on voyait les cheveux de la morte qui dépassaient du vieux chapeau et qui tombaient sur les orbites vides du cadavre, comme des rideaux de fil, on a de curieuses idées parfois, mais ça évoquait vraiment l'image de sinistres petits rideaux. Le garçon criait à tue-tête : "Regardez ! Regardez, la fiancée que je me suis trouvée !", et il faisait des mouvements si brusques dans cette danse macabre qu'un pied du cadavre a heurté un arbre et s'est détaché, et il a continué à faire virevolter la pauvre nonne, comme si de rien n'était. Oui, comme s'il dansait au bras d'une demoiselle, parole d'honneur ! Attendez, mes amis, ce n'est pas terminé, il y avait aussi une grosse dame qui criait plus fort que les autres en montrant les mains et les pieds liés d'un cadavre posé sur une sorte de pilastre au sommet d'une barricade : "Regardez, regardez comme ils les attachent ! Vous voyez bien, on les torture dans ces couvents !" Ah, malheureux ignorants ! Ils n'ont même pas idée des rites funéraires monastiques. Voilà où nous en sommes, mes amis, tous à la merci d'un peuple irréfléchi et ignorant... »

Une immense clameur retentit entre les nobles murs de l'Ateneu barcelonès en même temps que la peur s'emparait des esprits. Quelqu'un cita l'article de Lerroux paru quelques jours plus tôt dans *El Progreso*, où il s'adressait à ses jeunes barbares : « *Que rien ne vous arrête, pas même les sépultures !* » Le nom du dirigeant républicain radical déchaîna l'ire de tous les présents. « Vous ne savez donc pas qu'il était un agent du président Moret, et qu'il fait de même avec Canalejas, maintenant ? Ils cherchent à attiser la colère du peuple pour l'éloigner du catalanisme, voilà ce qu'ils cherchent, parce qu'ils craignent davantage une révolte sensée et organisée que la pagaille des barricades ! » fit remarquer un jeune militant. Un homme plus âgé répliqua : « Ce radicalisme est stérile, comme le dit à juste titre Prat de la Riba, et s'il prend racine chez notre peuple c'est parce que nous sommes un pays sans gouvernement, et dans ce cas-là, c'est la rue qui gouverne. Lerroux et Canalejas le savent trop bien, plus la Catalogne se révolte, plus l'Espagne se montre répressive et moins il y a de politique rationnelle. »

Non, ce n'était pas possible, les gens de Solidarité catalane, qui ne perdaient jamais le sens de la mesure, n'avaient rien à voir avec cette révolution acéphale, brouillonne et violente. « Nous ne sommes pas des barbares ! » Tous acquiesçaient d'un mouvement convaincu de la tête tandis que de tous côtés la rumeur enflait, porteuse de mauvaises nouvelles provenant de partout. On parlait de morts, de voies de chemin de fer cassées, de fils de télégraphe coupés, d'échanges de tirs avec la Garde civile, de bataille rangée sur le Passeig de Colom – « Ils n'y sont pas allés de main morte, apparemment, certains avaient même des haches. » Grâce à ses fonctions de directeur d'*El Poble Català* et de conseiller à l'hôtel de ville, le républicain Pere Coromines leur communiquait les informations précises qu'il obtenait avant les autres.

« Il porte toujours un habit trop court, on dirait un épouvantail. Et ne parlons pas de ses lunettes rondes et de sa moustache… Si je ne savais pas que c'était Coromines, je le prendrais pour un artiste des Quatre Gats », murmura Nitus. Cet homme qui plaisantait toujours de tout fréquentait depuis quelques semaines le groupe d'Avel·lí, lequel le fit taire d'un geste énergique : « Laisse-moi écouter, et sois un minimum respectueux tout de même, c'est Coromines ! » Cet homme de petite taille, au costume impeccable, « quoique toujours un peu court », accusé à tort d'être impliqué dans l'attentat de la procession de la Fête-Dieu en 1896, avait été jugé lors du procès de Montjuïc. « Condamné à mort, emprisonné, exilé, gracié, et regardez-le aujourd'hui, docteur en droit, ami d'Unamuno et conseiller municipal de Solidarité », se dit Avel·lí, disposé à l'écouter.

Les nouvelles rapportées par Coromines étaient décourageantes. Il expliquait qu'une bataille rangée avait fait quatre morts au camp de l'Arpa et qu'il y avait eu des coups de feu dans tous les quartiers de Barcelone, notamment au Clot et à Poblenou, où les affrontements étaient particulièrement violents. Il signalait également plusieurs morts lors d'échauffourées entre la Garde civile et les grévistes sur la Ronda de Sant Pere. En outre, selon les renseignements dont il disposait, le capitaine général avait envoyé des troupes d'artillerie rue Major de Gràcia parce que les révoltés qui occupaient la place d'Orient avaient attaché une corde à la cloche de l'horloge pour sonner le tocsin et qu'ils tiraient contre la cavalerie depuis les barricades. « D'après ce qu'on raconte, il y a au moins deux morts. » Il ajouta que le ministre et le capitaine général s'apprêtaient à réprimer durement la révolte. « En allant déjeuner avec mon frère à l'auberge de Sant Antoni, j'ai vu la police armée de mausers circulant par groupes de trois sur les Ramblas. Ils avaient l'air de ne pas trop savoir que faire, comme s'ils attendaient des ordres. » Tous étaient conscients que ces ordres finiraient par arriver.

« Il faudrait savoir comment agiront les soldats s'ils reçoivent l'ordre de tirer sur le peuple, c'est-à-dire contre eux-mêmes, vu que c'est pour eux que cette révolte a éclaté. » Un homme apporta la réponse à cette question en racontant la scène à laquelle il venait d'assister : « Sur la Gran Via, j'ai vu un groupe de soldats aux côtés des gardes civils, ils avaient l'air tellement crevés, les pauvres, que certains s'étaient assoupis par terre. Je ne pense pas qu'ils tireront sur les gens. » D'autres affirmèrent avoir été témoins de l'attitude des soldats : ils avaient refusé d'ouvrir le feu lors de l'affrontement sur le Passeig de Colom, ils n'avaient rien fait à Sant Antoni, ils saluaient les gens qui les acclamaient – « Ils ne font pas confiance à la capitainerie », répliqua Nitus, convaincu.

Mais le pire c'était le feu, ces incendies qui barraient le ciel de Barcelone de grandes colonnes de fumée et couvraient de cendres les toits de la ville. Montés sur les terrasses, les habitants contemplaient ce spectacle, absorbés par son magnétisme. La nuit venue, le ciel prenait des teintes de crépuscule rougeoyant. Tous les bâtiments religieux brûlaient, « l'église romane et le couvent de Sant Pau, avec son joli cloître, sont en feu », ainsi que l'église de Sant Pere de les Puel · les, les écoles pies de Sant Antoni et les frères salésiens de la rue de Manso, la chapelle de Marcús, le couvent des frères de la Granja et celui des frères de la doctrine chrétienne de la Carretera de Sants, et la paroisse de Sant Andreu. « Et celles du Clot, dont plus un mur n'est debout, de Sant Cugat, de Santa Madrona et de Santa Maria del Teulat, dont ils ont assassiné le recteur, dit-on », et aussi les Clarisses-capucines du camp d'en Galvany, le couvent de Loreto et celui de Sant Miquel, rue de Rosselló, et les missionnaires du Sacré-Cœur de Marie, les maristes du camp d'en Grassot, les Servantes de Marie de la rue de l'Universitat et les sœurs de l'Enfant-Jésus de l'école connue comme l'école des Dames noires, à Horta – « Sans oublier la paroisse des Àngels et le Séminaire conciliaire, et aussi le couvent des carmélites de Gràcia dont on dit qu'il est aussi en flammes. » Des voix stupéfaites s'exclamèrent : « Et dire que tout s'est passé en une seule journée. Lundi, la grève, et mardi la révolution ! » Quant à mercredi, il ne laissait présager aucune amélioration.

Les nefs gothiques devenaient la proie des flammes suivant un rituel incendiaire bien rodé. Les insurgés se rendaient dans les drogueries pour acheter du pétrole, qu'ils payaient la plupart du temps, ils en arrosaient les portes des couvents et des églises, ils y mettaient le feu, puis, une fois que la porte avait brûlé, ils organisaient de grands bûchers à l'intérieur avec toutes sortes d'objets, portes, chaises, prie-Dieu, tentures, et même s'ils laissaient sortir les sœurs et les curés, le bruit courait que certains religieux avaient trouvé la mort. On n'en avait pas la certitude, mais le peu qu'on en savait était grave, très grave.

Ce mercredi, troisième jour de la grève, Avel · lí était arrivé à l'Ateneu barcelonès en fin d'après-midi, Dolcina, très inquiète, l'ayant empêché de sortir de la maison. Il avait envisagé un moment de rester auprès d'elle, mais il était tout de même retourné à l'Ateneu, poussé par le besoin de savoir, de parler, d'échanger des points de vue, d'essayer de trouver un sens à tout ce qui se passait, et, surtout, de vivre ces moments déterminants avec ses compagnons de lutte catalanistes. En outre, tous les parlementaires de Solidarité s'étaient réunis dans le bureau de l'avocat Vallès i Ribot pour décider de l'attitude à adopter face aux événements, et il en attendait fébrilement des nouvelles. Il savait aussi que le député Carner s'était entretenu avec des membres du comité de grève, et il attendait avec tout autant d'impatience le résultat de cette réunion insolite. Avel·lí devait absolument rejoindre ses amis à l'Ateneu et apprendre dès que possible quelle serait la marche à suivre pour les membres de Solidarité, s'il y en avait une seule, unitaire, dans la mesure où les différentes familles de la coalition adoptaient des points de vue opposés par rapport à la grève.

Les nouvelles arrivèrent en fin de journée de la bouche du député Amadeu Hurtado, « un grand avocat qui a défendu Pere Coromines pendant le procès de Montjuïc », expliqua Avel·lí à deux militants novices. Il suffit que la voix puissante d'Hurtado, digne d'un corps tout aussi puissant, commençât à retentir pour que le silence se fît dans la salle…

« Chers amis, chers compagnons, quand Mme de Vallès i Ribot nous a ouvert, hier, elle nous a immédiatement avertis que le grand bâtiment des Écoles pies, sur la Ronda de Sant Pau, était en flammes, et je vous laisse imaginer dans quel état d'esprit nous avons commencé la réunion. Nous nous étions tous précipités au balcon de sa chambre et nous avions aperçu la colonne de fumée qui sortait des premières maisons situées sur la Rambla. Prat de la Riba s'exclamait : "Mon Dieu, mon Dieu !" Nous avons vu passer dans la rue une bande de voyous plutôt jeunes, trente ou quarante en tout, qui criaient : "À mort les marquis, à bas la guerre", et qui couraient à toute vitesse en direction du Passeig de Gràcia, Dieu sait dans quel but. Vous savez tout le mal qu'ils sont en train de faire. Nous avons donc commencé la réunion la mort dans l'âme, vous le comprenez ; nous l'avions organisée afin d'apporter notre soutien aux protestations contre la guerre, et nous l'avons terminée bien décidés à ne rien avoir à voir avec tout cela. Qu'avons-nous fait, mes amis ? Eh bien, nous avons envoyé à la mairie une délégation dirigée par Puig i Cadafalch pour nous mettre à la disposition de la ville, nous ne pouvions pas faire grand-chose de plus, ces choses-là personne ne les commande, c'est comme dans les révoltes du siècle passé, nées de la haine du petit peuple, et vous imaginez bien que ceux qui crient le plus fort sont les gens des bas-fonds, la pègre, les voyous, ils ne sont pas organisés, ils n'ont pas de maître ni de dirigeant. C'est une foule en furie, comme l'a dit Puig i Cadafalch, et non pas ces Florentins qui avaient interrompu leur lutte quand ils s'étaient rendu compte que les statues de la Loggia des Lanzi, sur la Piazza della Signoria étaient en danger, non, au contraire, ceux-là brûlent les peintures de Jaume Huguet racontant des épisodes de la vie de saint Antoine dans l'église de Sant Antoni Abat, les manuscrits et les livres anciens, ils brûlent tout, tout ce qui leur semble odieux, ne laissant rien sur leur passage… »

La chronique d'Hurtado s'agrémentait de détails de toutes sortes à mesure que les questions des assistants se bousculaient, dans un brouhaha qui témoignait de l'inquiétude à divers degrés d'intensité. Ils apprirent de la bouche de l'orateur qu'Antoni Rovira i Virgili et Claudi Ametlla s'étaient présentés au beau milieu de la réunion des députés et sénateurs de Solidarité, mandatés par le chef du comité de grève, le socialiste Fabra i Ribas, pour parler avec Jaume Carner. « Il paraît que le pauvre Fabra n'en mène pas large. Il demande à Solidarité de prendre les rênes du mouvement, la belle affaire ! Il assure que demain la plaisanterie aura assez duré, des troupes viendront de l'extérieur et tout sera fichu. Mais que pouvons-nous faire, s'ils brûlent les couvents ! » Il poursuivit en disant que seul Laureà Miró était d'accord pour relever le défi – « Il s'est porté volontaire, l'ingénu, pour aller à Sant Feliu et rassembler dix mille hommes armés afin de prendre Barcelone. Pouvez-vous me dire où il trouvera dix mille armes, ce gros malin ! » ainsi qu'une douzaine de jeunes fédéralistes arrivés « en nage et très énervés, les yeux exorbités », qui avaient demandé des armes, « mais nous les avons calmés ».

Il expliqua ensuite que Carner avait convoqué Rovira i Virgili et Ametlla chez lui le lendemain pour faire le point sur la situation. « Pendant ce temps, nous avons attendu le retour de la délégation de Puig i Cadafalch qui s'était rendue à l'hôtel de ville, et sachez-le mes amis, les nouvelles sont terribles. » L'assistance découvrit que le maire se sentait totalement incapable de contrôler la situation, qu'il n'avait plus aucun contact avec les autorités militaires, celles-ci refusant de lui donner les moindres informations. Quant aux lerrouxistes, ils ne voulaient rien savoir, ils s'en lavaient les mains et disaient exiger la démission de Maura, mais sans la moindre intention de prendre le contrôle de la révolte ni de faire aucune déclaration publique. « En plus, compagnons, le ministre De la Cierva déclare à tout vent qu'une révolte séparatiste a éclaté à Barcelone, imaginez un peu, il s'agit maintenant d'une émeute séparatiste ! » La seule chose qu'ils avaient réussi à mener à terme, en définitive, c'était l'approbation d'un acte destiné à aider les familles des réservistes, « et rien de plus, mes amis, aujourd'hui notre assemblée catalane est morte, entre la lâcheté des uns et la mauvaise foi des autres, et nous nous retrouvons totalement impuissants, car aucune personnalité publique n'a fait ce qu'elle avait à faire en ce moment si critique, décréta-t-il avec emphase, avant d'ajouter sur un ton plus grave : Mes amis, ils profiteront de cette révolte incontrôlée et désorganisée pour essayer de détruire le catalanisme, car c'est ce qui leur fait vraiment peur. » À la surprise générale, un jeune homme cria : « Et ils en profiteront aussi pour détruire l'anarchisme ! » Un autre murmura entre ses dents : « Qui aurait dit que nous pourrions malgré tout en tirer un avantage ! »

Dans un déferlement ininterrompu d'interventions, les présents apprirent que Carner avait reçu les délégués du comité de grève quelques heures auparavant, que Rovira i Virgili l'avait assuré qu'ils voulaient organiser une protestation contre la guerre et pas une révolution, et que si Solidarité prenait les choses en main, ils se placeraient sous ses ordres.

« Savez-vous ce que nous ont dit les socialistes ? Que nous aurons leur soutien inconditionnel pour proclamer une république, mais que nous devons prendre le contrôle de la révolte », et un tel vacarme s'éleva dans la salle que pendant quelques instants il parvint à couvrir la puissante voix d'Amadeu Hurtado.

« Que leur a dit Carner ? » demandèrent plusieurs voix à l'unisson. Hurtado leur répondit en reprenant les mots employés par Carner pour expliquer la situation aux députés et sénateurs de Solidarité : « "Cela est grave, très grave, et demande réflexion." Pour l'instant, ils ne feront rien. »

— Tout cela est absurde… », maugréa Avel·lí, tellement dégoûté qu'il quitta la pièce pour se rendre dans le jardin de l'Ateneu, où la chaleur était un peu moins oppressante. Avel·lí était un homme d'ordre et de raison, un Catalan qui se sentait engagé dans la poursuite d'un idéal pour la Catalogne, et il était certain que cet engagement pouvait créer des confrontations violentes avec l'Espagne. Prat de la Riba le répétait souvent : « Il nous faudra du courage », et Avel·lí savait qu'il leur faudrait du courage et que le chemin ne serait pas semé de roses, mais tous ces événements lui répugnaient, il trouvait tout cela bas, vil et mesquin, c'était un sacrilège, un infâme sacrilège qui le blessait profondément.

Il se dirigea vers le fond du jardin, dans un coin à l'écart envahi de bougainvilliers, et tout en contemplant l'explosion de fleurs rouges qui s'épanouissaient avec la chaleur, il mesura l'ampleur de son propre désespoir. L'idée que des églises et des couvents brûlaient, que des dépouilles de religieuses faisaient l'objet des railleries de la foule, sans le moindre respect pour leur repos éternel, lui avait fait l'effet d'une bombe explosant dans son esprit, et sa foi religieuse s'était concentrée au profond de son âme, créant dans tout son être un immense malaise qui le brisait. Il comprenait la colère du peuple contre la guerre et il la partageait. Il avait d'ailleurs été d'accord pour que Solidarité apporte son soutien à la protestation – « Cela va de soi, nous devons être les premiers à défendre les réservistes » –, or ce n'était plus une manifestation humaine mais la folie déchaînée de forces infernales. Si l'Église s'était rendue coupable, il fallait demander des comptes aux évêques, aux cardinaux, à toute la hiérarchie ecclésiastique, et non pas s'en prendre à de pauvres nonnes, aux cloîtres romans, aux petites églises... Vierge Marie de Montserrat ! Quelle folie, quelle méchanceté ! Cela n'avait décidément rien à voir avec les idées nobles qu'ils prônaient.

Il songea à la Catalogne, « pauvre patrie, écartée par les un, souillée par les autres, et toujours triste ». Il se répéta plusieurs fois cette phrase, qu'il aurait jugée mélodramatique dans la bouche de n'importe qui d'autre, mais qui ne lui fit pas cette impression dans la sienne à cause de l'état d'abattement dans lequel il se trouvait. Et tout en la redisant à voix haute, en détachant bien chaque mot, *pauvre, patrie, écartée, souillée, triste...*, il sentit les larmes rouler de ses paupières, malgré lui, comme un petit enfant honteux de sa faute. Assis sur une petite chaise en fer dans un coin du jardin, sous un très haut palmier chargé de dattes, il versa des larmes de plus en plus abondantes, puis inconsciemment il tomba à genoux et il se laissa aller aux sanglots qui le rattrapaient et s'emparaient de lui. Il aimait son petit pays, et cet amour noble à ses yeux le définissait et le déterminait, et jamais il ne cesserait de lutter pour la Catalogne. « Jamais », sanglotait-il, « jamais, parce que c'est ce que je suis, un Catalan qui adore sa patrie », sanglotait-il, « pour la dignité », sanglotait-il, « pour la liberté. » Il passa ainsi quelques secondes, ou quelques minutes, ou peut-être quelques heures, car dans le désespoir le temps s'arrête, et après un long moment, qui n'était pas si long que cela mais qui dura, lui sembla-t-il, une éternité, Avel·lí se calma, il regarda autour de lui le jardin luxuriant qui s'obscurcissait à mesure que la nuit tombait, comme s'il dépérissait, et il respira profondément, sécha ses larmes et rejoignit la réunion. L'heure était grave et ce n'était pas le moment de flancher.

« *Qui est-ce qui commande, dans ce putain de bordel ? Les anarchistes, les séparatistes, les républicains, qui ?* » Le capitaine général prenait connaissance d'un nouveau rapport sur la situation et il enrageait. Son secrétaire lui rendait compte de ce qui ressemblait à s'y méprendre à une insurrection générale, et le silence qui régnait dans la pièce où s'étaient réunis tous les chefs de l'armée et de la police supposés maintenir l'ordre révélait l'urgence du moment.

Le secrétaire faisait une chronique efficace des faits, dans la mesure où la précision des informations dont il disposait le permettait. Il lui manquait de nombreux éléments, étant donné que plus aucun train n'arrivait à Barcelone et que la plupart des lignes téléphoniques et télégraphiques étaient coupées, mais les renseignements qu'il possédait étaient déjà suffisamment parlants. « *À Barcelone, on rapporte...* », et il lisait consciencieusement la liste des églises et des couvents incendiés, des blessés et des morts, « *plus de cent, selon ce que nous avons appris* », des voies ferrées sabotées, des commissariats attaqués, des tramways détruits, des routes coupées... Quand le capitaine l'interrogea sur la situation dans le reste du territoire, les informations se révélèrent tout aussi alarmantes : « *Nous sommes en mesure d'affirmer que le mouvement séditieux s'est répandu dans toute la Catalogne. On y fait état de nombreux actes de violence, et les trois capitales de province, en plus de Barcelone, se sont soulevées. Les mêmes actes de vandalisme qu'à Barcelone se produisent, et ils feront l'objet de rapports ultérieurs. En ce qui concerne les villages et les villes secondaires...* », et, d'une voix monocorde et impassible, il entreprit la lecture d'un rapport interminable...

« *À Badalona, où ils ont détruit les voies ferrées et brûlé des bâtiments religieux, et où des centaines d'agitateurs sont dans les rues ; à Manresa, où, en plus de la destruction par le feu du décret de Votre Excellence, presque tous les bureaux d'octroi ont brûlé, et où l'on signale d'importants attroupements de séparatistes criant contre la guerre. En outre, il semble qu'un membre de la milice ait été tué. L'église des capucins est en flammes, de même que le couvent des servantes minimes du Sacré-Cœur de Jésus et le couvent de San Francisco, qui, d'après nos informations, n'est plus qu'un tas de ruines.*

— Dépêchons, dépêchons, et ne donnez pas autant de détails. Continuez... », ordonna le capitaine général. Le secrétaire, nerveux, passa sa main sur son front en sueur, ravala sa salive et poursuivit :

« *À Tarrasa, les séditieux ont incendié le pont de chemin de fer et ont obligé un groupe de soldats à descendre du train ; ils ont aussi saboté les voies ferrées à San Adrián del Besós, à Premià de Mar et à San Feliu de Guíxols, où ils ont détruit une fabrique de bouchons de liège et créé un comité révolutionnaire ; à Monistrol de Montserrat, ils ont brûlé vingt wagons et les lignes du télégraphe, et empêché les soldats de voyager ; à Villanueva, ils ont fait sauter les poteaux du télégraphe et du téléphone à la dynamite ; à Palamós, ils ont aussi brûlé les fils du télégraphe et endommagé les communications ; à Llagostera et à Casá de la Selva également, il semble que la route principale soit bloquée, et ils ont créé un comité révolutionnaire qui exige des laissez-passer pour circuler ; à La Cellera, des émeutes, et à Igualada, des actes de vandalisme, en plus de la destruction par le feu du drapeau national ; à Cervera, à Balaguer et à Las Borjas Blancas, les émeutes sont très importantes ; à Tárrega, ils ont empêché les soldats de monter dans le train ; à Salt, à Olot, à Bañolas et à Figueras, les émeutes ont été très violentes ; à Santa Coloma, à Ribas, à Calonja et à Inglés, on fait état d'un mort et d'une tentative d'attaque de la caserne de la Garde civile, en plus d'un incident durant lequel des femmes se sont couchées sur les voies du train pour l'empêcher de partir ; aussi à Begur, à Camprodón, à Vilajuiga, à Caldas de Malavella, à La Jonquera, à Fornells et à Reus, où ils ont saccagé la mairie, brûlé des documents et détruit le dispensaire ; à Falset, à Las Borjas del Campo et à Santa Coloma del Francolí, des centaines de personnes sont descendues dans la rue pour protester contre la guerre ; à Verdú, à Bellpuig, à Mollerusa, à Juneda, à Tárrega et à Calella de la Costa, où ils ont creusé une grande tranchée dans la route principale ; à Berga, ils ont brûlé le drapeau national sur la Plaza de San Pedro ; à Ripoll, on rapporte des actes de violence ; à Mataró, les bureaux d'octroi ont été incendiés et des comités républicains et révolutionnaires ont été créés ; dans le village de Valbona de Anoya, ils ont déclaré la révolution ; à Arbeca, une foule a détruit les voies ferrées et brûlé un train ; à Granollers, ils ont créé un comité républicain qui s'est proclamé comme pouvoir unique et, selon ce qu'on rapporte, ils prennent des décisions en assemblée et ils ont même voulu libérer le seul prisonnier de la ville, mais le prisonnier n'a pas voulu être libéré, parce qu'il leur a dit que tout cela durerait à peine une semaine et qu'après on l'accuserait d'être un révolutionnaire, et qu'il était très bien en prison…* »

Il s'arrêta un instant, ravala sa salive et continua sur le même ton monocorde :

« … *On rapporte aussi des actes de vandalisme à Fornells et à San Vicente de Castellet, où ils ont brûlé vingt-neuf wagons de train et fait tomber les lignes du télégraphe ; à El Vendrell, où ils ont posé des troncs devant un train rempli de passagers, et qui transportait un escadron de cavalerie à Barcelone qu'ils n'ont pas laissé sortir ; à Agramunt, la violence…*

— *Assez, bordel ! C'est suffisamment clair. Vous me passerez le rapport écrit avec tous les détails. Avez-vous autre chose à ajouter ?* » Le secrétaire précisa que les ordres des chefs militaires destinés à maîtriser la révolte ne parvenaient pas jusqu'aux villages parce que les communications étaient coupées, « *même si la guerre a déjà été déclarée à Gérone, Tarragone et Lérida* », que le barrage de Bescanó et la centrale électrique de Gérone étaient aux mains des grévistes, que le train reliant Manresa à Lleida était menacé, que les insurgés avaient brûlé la plupart des bureaux d'octroi et qu'à Sabadell ils avaient incendié le palais de justice, créé des comités révolutionnaires et aussi républicains, attaqué la caserne de la Garde civile, « *où l'on fait état du vol de plus de mille armes et où il y a des groupes d'ouvriers armés. Il semble aussi qu'ils aient proclamé une république et nommé un consul espagnol* ». Il ajouta : « *On déplore plusieurs morts.* » Le silence de la salle fut brisé par des éclats de voix qui résonnèrent comme la musique de la haine.

« *On déplore plus d'une centaine de morts* », annonça un homme de petite taille qui venait d'arriver chez les Deulodeu, où un groupe de notables de la ville avait établi son quartier général. L'homme, qui arborait une minuscule moustache, était hors d'haleine, comme s'il venait de courir pendant tout le trajet entre la Capitainerie et la grande villa des Deulodeu à Sarrià. « Reprenez votre souffle, mon cher, vous nous raconterez ce qui se passe après », lui dit la maîtresse de maison, tandis que la domestique lui proposait un verre d'eau fraîche. C'était un jeune policier qui offrait souvent ses services aux comtes de Güell. Ces derniers jours, il avait fait le messager entre les forces de sécurité et les grandes fortunes de la ville alarmées par la tournure que prenaient les événements. Ces riches familles étaient en total accord avec les décisions du capitaine général, et surtout du ministre De la Cierva, et plus encore, elles les encourageaient à les appliquer sans attendre et avec poigne, persuadées que si cette insurrection n'était pas rapidement réprimée à l'aide de toutes les forces policières et militaires disponibles, leurs biens étaient en grand danger. « L'atteinte portée par cette révolte au renom de l'Espagne et à la monarchie est sérieuse, et il nous en coûtera terriblement pour nous en remettre », avait déclaré M. Deulodeu. Tous les notables réunis, animés du sentiment que seuls l'Espagne et son roi pouvaient les protéger de cette folie furieuse radicale, partageaient cette opinion.

La fine fleur de Barcelone était présente, des marquis et des comtes, des grands financiers, des fortunes anciennes et de nouveaux riches ambitieux, quelques aristocrates de vieille souche et certains membres de la haute bourgeoisie qui avaient coqueté pendant un temps avec la Ligue régionaliste et même avec Solidarité, et qui se sentaient maintenant si menacés qu'ils n'aspiraient plus qu'au rétablissement de l'ordre, et dans les plus brefs délais. Parmi eux se trouvaient également des représentants des hautes sphères de la hiérarchie ecclésiastique. Ils relataient sans retenue les barbaries commises dans les couvents incendiés et enjolivaient leurs récits de tortures imaginaires. Même si toutes les personnes convoquées n'avaient pas répondu à l'appel, beaucoup ayant cherché refuge en dehors de la ville, le groupe était suffisamment fourni pour représenter la Barcelone puissante qui se plaçait sous l'aile de Madrid pour assurer son confort et son bien-être.

Albert n'était pas invité à ces réunions à Sarrià. Sa fortune, quoique grandissante, ne lui avait pas encore permis de tisser des relations suffisamment étroites avec ces milieux situés au-delà même de la simple richesse et qu'il imaginait habités par les dieux. Néanmoins, il était continuellement informé de ce qui s'y passait, parce qu'il avait son propre quartier général chez les Sanahuja, où lui et ses amis se trouvaient également réunis en permanence. Toute information qui sortait de la Capitainerie en direction de la demeure des Deulodeu arrivait tôt ou tard chez les Sanahuja, soit parce que quelqu'un allait d'une maison à l'autre, soit parce qu'ils recevaient des appels ou qu'ils parlaient avec les policiers qui faisaient le lien entre les différents points stratégiques de la ville. Dans les conversations, on passait de l'indignation à la terreur au long des chemins semés de conjectures, d'affirmations, d'opinions, de spéculations et de requêtes comme autant d'expressions de la peur. Albert se sentait en sécurité dans cet univers clos, au milieu de ses semblables, des hommes fortunés déterminés à mettre la main à l'épée pour défendre leurs biens. Toute sa vie il avait eu le sentiment d'être seul face aux dangers et aux menaces, comme une bête traquée, mais à présent qu'il était parvenu au sommet et qu'il goûtait à la tranquillité, il découvrait qu'il n'était pas seul, qu'il y avait d'autres hommes comme lui, peut-être pas d'anciens conscrits et sans doute pas des malheureux qui avaient traversé l'Atlantique entassés contre d'autres morts vivants, erré dans les marécages cubains et massacré des guérilleros, mais des individus qui avaient lutté toutes griffes dehors, eux aussi, pour amasser leurs richesses et accroître leur patrimoine. Nous sommes tous des survivants. Cette pensée lui donnait la sensation d'appartenir à une tribu particulière dont les membres se défendaient en meute contre les dangers de la jungle. Nul doute que cette semaine d'émeutes et de violence les avait bel et bien plongés dans la jungle.

« Qui dirige la révolte ? Que s'est-il passé ? Comment en sommes-nous arrivés là ? » rumina quelqu'un. Cette litanie revenait quotidiennement, ressassée dans toutes les demeures semblables à celle-ci où parvenaient des réponses qui différaient légèrement les unes des autres, mais qui débouchaient toutes sur la même conclusion accablante : c'était un mouvement plus spontané et inattendu qu'organisé et dirigé. « Comme dit Ossorio, la révolte n'a pas explosé comme une bombe, mais comme un long chapelet de pétards. » Tous hochaient la tête d'un air convaincu. Les journaux avaient cessé de paraître depuis plusieurs jours, les télégrammes et les lettres n'étaient plus distribués, les magasins restaient fermés et il était impossible de se procurer des vivres, il n'y avait plus nulle part ni gaz ni électricité et les ordures s'entassaient au coin des rues, dégageant leur puanteur sur la chaussée et jusque dans les maisons. « Nous finirons tous par tomber malades, si cela continue. » Certains affirmèrent qu'ils l'étaient déjà en partie. « Nous attraperons le typhus, vous verrez. » Les insultes fusaient contre cette insurrection et ses participants, jugés, dans ce salon cossu, comme l'incarnation du mal absolu.

Un abbé présent à cette réunion raconta avec force détails la destruction d'un couvent proche dévoré par le feu : « Les vêpres venaient de sonner lorsque nous avons entendu qu'on jetait des pierres contre les fenêtres de la chapelle, et quand les sœurs sont sorties, les pauvres se sont heurtées à une horde d'insurgés qui se sont précipités à l'intérieur du couvent, les malheureuses ont réussi à s'enfuir à toutes jambes, si vite qu'elles n'ont pas eu le temps d'enlever leur habit, il aurait pourtant mieux valu pour elles qu'elles portent des vêtements ordinaires, civils. La foule les insultait et leur crachait dessus. » Il s'arrêta, haletant, poussa un profond soupir et ajouta : « Hélas, mes amis, tout cela n'est rien comparé au calvaire de M. l'abbé Riu i Ceriola, le recteur de la paroisse de Santa Maria del Teulat, à Poblenou, que Dieu ait son âme », et il commença à raconter les faits :

« … c'était un gentil petit vieillard, très charitable et très pieux. Quand il a voulu sauver le ciboire contenant les hosties consacrées, la populace s'est précipitée vers lui et il a dû se réfugier au sous-sol avec le vicaire ; les révolutionnaires, qui avaient vu les deux prêtres descendre se cacher, ont mis le feu au bâtiment et ils sont partis. Le vicaire, plus jeune et plus fort, a survécu à l'incendie, mais l'abbé Riu est mort asphyxié, pauvre homme. Et savez-vous ce qu'ont ensuite fait ces misérables ? Une fois le feu éteint, ils sont retournés dans l'église et ils ont trouvé le cadavre du vieil abbé. Ils lui ont arraché les yeux, et puis ils lui ont coupé les membres, et ils ont aussi promené sa dépouille dans la rue. Eh oui, sa fin a été aussi horrible que cela… »

Après un nouveau soupir, plus long que le premier, devant une assistance accaparée par ce récit horrible, il ajouta, avec une colère à peine contenue : « Tout cela à cause de ce fou radical de Ferrer i Guàrdia et de son venin sacrilège. » L'assistance lui donna raison.

Pour eux, les radicaux de l'Escola Moderna avaient nourri les serpents qui ne respectaient pas Dieu et menaçaient les biens des honnêtes gens, et cela ne pouvait pas durer un jour de plus.

Pourtant, les nouvelles se faisaient un peu plus rassurantes. On disait la révolte à bout de souffle, les renforts étaient arrivés – « Par mer et par la seule ligne de chemin de fer encore en état, celle de Vilafranca » –, et ils détruisaient les barricades à coups de canon. « J'ai vu le défilé des troupes d'artillerie venues de Valence, fichtre, quelle parade sur le Paral·lel ! Et il paraît que les bataillons d'infanterie occupent toutes les Ramblas. Ils auraient échangé des tirs avec les grévistes pendant plus de trois heures, et ils ne sont pas encore venus à bout des barricades du Pla de Palau, parce qu'on leur tire dessus depuis les toits. Ils se réfugient sous les balcons, leurs mausers dirigés vers le haut, pour essayer de dégager ces voyous, mais ils ont de la peine à les arrêter. » Dans la pièce, des voix affirmaient à l'unisson : « Ils les écraseront, il n'y a pas de doute. »

« Bien sûr qu'ils les écraseront, comme de misérables cloportes », se dit Albert avec une satisfaction qu'il n'éprouvait plus depuis plusieurs jours. La fin de la révolte semblait proche, et la conviction qu'après cette flambée radicale le marteau implacable de la répression, autrement dit la « loi naturelle de l'ordre », s'abattrait sur ces barbares, lui procurait un plaisir presque sexuel, comme quand Bibí suçait son membre et le laissait épuisé et sans souffle. Il s'attarda quelques instants à imaginer un cloporte écrasé, il entendait presque le bruit que faisait le corps de l'animal infect au moment où un pied lui tombait dessus. Si quelqu'un l'avait regardé à ce moment précis, il se serait demandé pourquoi Albert affichait ce rictus de satisfaction, étant donné la gravité de la situation, mais personne ne faisait attention aux autres dans cet embrouillamini de paroles qui s'efforçait de ressembler à une conversation.

À un moment donné dans l'après-midi, ni tôt ni tard, et peut-être même pas l'après-midi – il avait été si bouleversé que le temps s'était arrêté –, à un moment, donc, quelqu'un l'appela par son nom. « *Monsieur Corner, est-ce que je peux vous parler seul à seul ?* » C'était un petit homme nerveux, la raie impeccable et une fine moustache terminée en pointe qui aurait été ridicule si elle ne s'était pas alliée parfaitement à son visage émacié. Albert le reconnut aussitôt : « *Cher Antonio, je suis à vos ordres ! Que puis-je faire pour vous ?* » Les deux hommes se mirent à l'écart sur le petit balcon qui ornait la tourelle de la demeure ; de là, Sarrià offrait l'image de son âme de village. Et soudain, la fureur des dieux s'abattit sur Albert…

« *Mon cher ami, vous me connaissez bien. Je ne vous ferais jamais de mal, vous êtes un bon patriote et vous avez su rester aux côtés de Dieu et de l'Espagne en ces heures si tragiques. Mais j'ai une mauvaise nouvelle à vous donner… Votre fils Enrique a été arrêté et on est en train de l'interroger. Nous savons bien que vous n'êtes pas responsable, et Dieu sait qu'il peut nous arriver à tous de compter un vilain petit canard au sein de sa famille, et que c'est un châtiment terrible. Mais, mon cher Albert, je voulais vous avertir.* »

Brusquement il était devenu le cloporte, et le pied qui l'avait écrasé était celui de son fils. Oh, il ne souffrait pas à cause de sa détention ! Elle le rassurait plutôt, parce qu'il savait qu'Enric était perdu, égaré sur la mauvaise voie, en train d'arracher des pavés et, qui sait ?, de faire feu et d'incendier des églises, et la meilleure chose qui pouvait lui arriver était d'être fait prisonnier. De cette façon, il survivrait peut-être. Albert ne savait plus quoi faire de son fils, cet enfant indigne qu'il aurait peut-être mieux valu envoyer à la guerre, au moins là-bas on en fait des hommes, mais non, la guerre ne faisait pas des hommes, elle les détruisait, et de toute façon Enric était déjà détruit, et lui, son père, ne savait pas comment le remettre sur ses pieds. Il devait peut-être le considérer comme perdu. Mais tout cela il le savait déjà, et cela ne l'affligeait pas, parce que cela devait arriver, telle était la loi de Dieu, il finirait en prison. Non, l'inspecteur Antonio n'était pas venu spécialement pour lui annoncer que son fils était au violon, non, il était porteur d'une nouvelle bien plus grave, et c'était pire que s'il lui avait annoncé sa mort. D'autant qu'il ne s'agissait pas de la mort d'Enric, mais du poignard qu'il venait planter en plein cœur de sa famille, dans celui de son père, de son frère, de ses sœurs, de sa mère, comme s'il n'avait pas déjà fait assez de mal. Peut-être Dieu lui avait-il envoyé ce fils pour le punir de ses mauvaises actions, lui qui avait tué un homme pour s'enrichir… Peut-être était-ce ce péché qu'il devait expier, oui, c'était sûrement cette faute que Dieu ne lui pardonnait pas…

« *Je suis désolé de vous l'apprendre, mon cher Albert, car vous et votre épouse êtes des gens respectables, et nous nous connaissons depuis fort longtemps… Pour toutes ces raisons, je tiens à ce que vous sachiez que je n'accomplis pas cette démarche en tant qu'inspecteur de police, mais que je viens en ami, en véritable ami, mon cher Albert, parce que nous, nous le savons depuis longtemps. Un de nos informateurs qui a été son amant nous l'avait appris, il surveillait les gens de l'Escola Moderna, mais nous n'avions rien fait à l'époque parce qu'il s'était échappé. Mais maintenant qu'il est sous les verrous, nous ne passerons pas l'éponge, vous comprenez, il va payer.* »

Le mot *pédale* avait claqué comme un coup de feu, le tir d'un vieux tromblon déchirant le ventre d'un jeune appelé. Son fils était un pédé, une tantouze, un inverti, un rebut qui se vautrait dans le vice pour jouir de plaisirs interdits. Albert avait tout imaginé, il était un de ces anarchistes fous et il mourrait une bombe à la main, il ferait une bêtise quelconque et il serait condamné à mort, ou alors il devrait s'exiler et il ne le reverrait plus jamais, il avait tout imaginé excepté cela. Son fils était un débauché, un dévoyé, un perverti, exactement, un perverti, et il ne pouvait pas le pleurer comme il l'aurait fait d'un enfant mort, ni user de son influence pour atténuer une condamnation, tout cela était inutile parce que la faute de son fils était immonde et fangeuse, et elle le poursuivrait.

Albert fondit en larmes, sans réussir à se contrôler, il poussa de longs sanglots, comme saisi d'un étrange hoquet, et lorsque l'inspecteur Antonio chercha à le calmer, Albert lui prit les mains et le supplia de lui apporter son aide : « *Aidez-moi, Antonio, aidez-moi, que puis-je faire ?* » L'inspecteur répondit d'un ton tranquille : « *On pourrait lui filer une bonne raclée, oui, une bonne trempe bien administrée, et qu'il sache bien que c'est pour son vice, et pas parce qu'il est anarchiste, on pourrait faire cela pour vous et pour votre famille, don Alberto, pour aider le gamin. Des fois, les choses s'arrangent comme ça, une bonne leçon suffit à leur sortir le diable du corps, une de ces raclées qu'il n'oubliera pas de sa vie. Vous verrez alors comme ça lui passera, toutes ces bêtises. Nous cherchons à vous aider, don Alberto.* »

Une bonne raclée, c'est ça, un coup et encore un autre, pour lui faire sortir le diable du corps, une bonne leçon, qu'il apprenne une fois pour toutes, et puis après on irait le ramasser et on le ramènerait à la maison. Elisenda le soignerait, oui, mais avant il fallait le passer à tabac, lui administrer une bonne correction. « *Merci, don Antonio, oh merci, je n'oublierai jamais. – Il n'y a pas de quoi, cher ami, par ces temps funestes il faut s'entraider, entre citoyens honnêtes. Ne vous inquiétez pas. Nous lui donnerons une bonne rossée et nous l'abandonnerons quelque part à un coin de rue, je vous dirai où, et nous ne l'accuserons de rien, comme si ce n'était pas un séditieux, il aura été suffisamment puni, croyez-moi. Nous faisons tout cela pour vous, don Alberto, et pour votre famille, vous le méritez bien.* » Après lui avoir donné une petite tape dans le dos, il lui serra énergiquement la main et s'en alla.

Accoudé à la balustrade de la tourelle, Albert resta quelques instants à contempler l'horizon. Certains bâtiments fumaient encore, mais depuis cet endroit paisible Barcelone donnait l'impression d'être endormie. « Bientôt il fera nuit », se dit-il, et, à la fois bouleversé et songeur, il pensa qu'il était l'heure de rentrer à la maison.

CENDRE

(1909)

« Comment pouvez-vous rester tranquillement chez vous et vaquer à vos occupations tout en sachant qu'un jour, au doux soleil du matin, là-haut à Montjuïc, on sortira du château un homme aux mains liées et on le fera passer devant le ciel, le monde et la mer, et devant le port qui s'affaire et la ville qui se lève indifférente, et lentement, bien lentement, pour qu'il n'ait pas à y attendre, on le conduira jusque dans un coin d'un fossé, et là, quand l'heure aura sonné, cet homme, ce chef-d'œuvre de Dieu, corps et âme, vivant, doté de toutes ses facultés et de tous ses sens, épris de cette même soif de vivre qui est la vôtre, cet homme s'agenouillera face au mur, et on lui tirera quatre balles dans la tête, et il sursautera et il retombera, mort, tué comme un lapin. »

Joan Maragall,
La Ciutat del Perdó (1909)

La lavande

IL SENTIT SOUDAIN UNE ODEUR INTENSE DE LAVANDE, et le souvenir d'un été lointain jaillit dans son esprit. De petits bouquets de cette plante aromatique embaumaient toutes les pièces du mas, il devait avoir sept ou huit ans, ou peut-être déjà neuf, et c'était sûrement en août, un mois d'août à la chaleur étouffante que son frère et lui apaisaient en se baignant dans une eau toujours fraîche. Ils sautaient depuis un arbre dont les branches surplombaient l'étang, et ils plongeaient la tête sous l'eau sans s'arrêter, indifférents aux cris de leur mère qui avait toujours peur qu'ils se noient. Où se trouvait cet endroit, déjà ? À Tiana ? Ou plutôt à Alella, dans le mas d'amis de son père qu'ils n'utilisaient pas en été, préférant généralement voyager en Europe ? C'était à Alella. Il ne conservait pas vraiment d'autres souvenirs de cet été-là, excepté l'eau glacée de l'étang qui lui procurait un plaisir intense, peut-être sexuel, ou pas, car il n'avait que huit ou neuf ans. Il éprouvait pourtant une telle volupté, au contact de l'eau sur sa peau nue brûlée par le soleil, que ses poils se dressaient, dans un mélange de sensations. Le bassin et la lavande, partout, ce parfum qui envahissait ses narines et adoucissait l'atmosphère…

Le coup de poing qui l'obligea à se plier en deux, paf, ou peut-être le liquide chaud et dense qui dégoulinait sur sa tête et sur son visage, la goutte qu'il sentit sur ses lèvres, la puanteur… Ou plutôt le cri, « *Sale pédé* », oui, c'était le cri qui avait fait disparaître le parfum de lavande, le bassin et l'été, le privant de l'abri où il s'était réfugié. Il était à nouveau dans cette pièce humide et sombre, jeté à terre, presque entièrement nu, le corps tellement meurtri qu'il ne sentait même plus la douleur, comme s'il avait passé un seuil et atteint une zone où sa peau ne se déchirait pas, où ses os ne se brisaient pas, où sa tête n'était pas sur le point d'exploser, un état où il était libre de toute souffrance, mort peut-être. Il n'arrivait presque plus à ouvrir les yeux et sa vision était trouble, mais il réussit à distinguer un sexe dans une main, celui du policier qui venait d'uriner sur lui – « *Tiens, de l'eau bénite, sale pédé* » –, et il lui fit l'effet d'une larve qui le regardait d'un air provocateur avant de se secouer au-dessus de lui d'un geste triomphal, lâchant la dernière goutte sur ses lèvres... Il aurait voulu fuir vers l'été d'Alella – la lavande au parfum sucré qui le délivrerait sûrement de cette puanteur envahissante. Mais la goutte avait touché ses lèvres, c'était le baiser de l'oppresseur, du tyran, du bourreau, l'urine de cet homme sur sa bouche, sa peau, ses cheveux, son nez, et la lavande disparue, qui n'embaumait plus l'atmosphère, parce que c'en était terminé des étés de son enfance, et que l'eau fraîche du lac qui caressait sa peau avait cessé d'exister. Il n'y avait plus que l'hiver désormais.

Le creux de l'hiver. Pourtant, quand un des hommes lui décocha un coup de pied et lui enfonça sa queue jusqu'au fond de la gorge – « *Ouvre grand la bouche, espèce de gonzesse, tu vas voir ce que c'est qu'une bite espagnole* » –, il étouffa, et le parfum de lavande revint. Il comprit qu'il pouvait s'évader, bien sûr qu'il le pouvait. Il redevint l'enfant du bassin, sa gorge n'était plus douloureuse, il ne sentait plus les secousses violentes de la verge qui violait sa bouche, parce que c'était l'été et qu'il respirait une intense odeur de lavande.

Un verre d'*orxata*

SA SORTIE AVEC ELISENDA FIT À ALBERT l'effet d'une conquête. C'était dimanche, le soleil brillait et le Passeig de Gràcia étincelait, au faîte de sa splendeur. Ils se promenaient pour le simple plaisir de flâner sur l'avenue remplie de couples distingués qui les saluaient poliment. Les calèches et autres voitures roulaient au pas, et cette circulation, qui n'aurait jamais attiré son attention quelques semaines plus tôt, le rendait à présent euphorique.

Ils avaient gagné. Ils avaient vaincu la révolution, le désordre, le chaos. Lui, les siens, tous ceux qui appartenaient à la lignée des gardiens de l'ordre, les garants de la sécurité, ils avaient remporté la victoire. « Et maintenant, Elisenda, il faut arracher les mauvaises herbes », affirma-t-il avec autorité, comme s'il était l'incarnation du capitaine général. Lorsque sa femme lui proposa d'aller voir les vestiges des couvents incendiés – « Tout le monde y va, il paraît que c'est saisissant » –, Albert refusa net : « Je ne veux pas constater les destructions commises par la populace, je veux contempler les reconstructions que nous faisons dans la ville. » Et il l'entraîna plein d'entrain dans un café ouvert : « Enfin, les honnêtes gens peuvent de nouveau aller tranquillement boire un verre d'*orxata* bien fraîche ! » En entrant, il salua Genís Ardiach, un industriel du charbon qui habitait également dans la rue de Provença. « Tu as vu le décret de Manescau ? » lui demanda-t-il d'un air jovial, et sans attendre, il lui en donna lecture à haute voix, comme si en haussant le ton il consolidait la victoire…

« *Moi, Don Luis de Santiago Manescau, lieutenant-général des armées nationales et capitaine général de la Quatrième Région, je fais savoir que : attendu que le calme est revenu, j'invite tous les habitants à contribuer à son rétablissement total en procédant à l'ouverture des établissements de tous types, et en tenant compte du fait que la circulation est de nouveau autorisée dans les rues et à toute heure, étant bien entendu que la formation d'attroupements demeure formellement interdite, et que ceux-ci, conformément à mon décret précédent, seront dispersés et punis selon ce qu'établi dans ledit décret.*

» Voilà, monsieur, comment il faut agir, avec autorité ! C'est la colère de Dieu qui l'emporte sur la colère du diable », et, mû par un regain d'optimisme, il héla le serveur pour commander son *orxata*.

Ailleurs dans la ville, au-delà du Passeig de Gràcia, la vie reprenait aussi son cours, les tramways fonctionnaient là où les dégâts matériels ne les en empêchaient pas, des camions réparaient les câbles électriques, on vendait des journaux de Madrid, des petits groupes d'ouvriers démontaient les barricades, la ligne de train de Sarrià avait été rétablie, les cafés et les commerces rouvraient, les voitures des particuliers circulaient et, aux dernières nouvelles, tous les foyers de rébellion avaient été étouffés. Horta, ultime bastion de la résistance, était tombé quelques heures plus tôt, et plus aucun coup de feu ne se faisait entendre dans la ville. La révolte s'était prolongée jusqu'au samedi, mais dès jeudi elle avait perdu le soutien des dirigeants syndicaux et politiques qui avaient appelé à la grève. Les délégués socialistes, Fabra à leur tête, s'étaient réunis chez le député Carner et, voyant qu'aucun mouvement ouvrier hors de la Catalogne ne soutenait la rébellion, ils avaient prononcé leur sentence :

« Nous ferons savoir aux membres du Comité central et aux sous-comités que nous considérons le mouvement comme terminé, et qu'il convient de commencer à se retirer immédiatement, et de la manière la plus ordonnée possible... »

Pendant ce temps, Fabra préparait sa fuite en France. « Il ne faut pas que tu ailles en prison, quelqu'un doit expliquer à l'Europe ce qui s'est passé à Barcelone », lui avaient dit ses compagnons.

Que s'était-il passé ? La question courait les rues et les places, elle montait du fond des gorges et explosait avec fracas dans les exclamations des badauds qui observaient le désastre. « Que s'est-il passé ? » s'interrogeait un homme, les larmes aux yeux, en songeant aux tableaux du peintre Vergós qui avaient entièrement brûlé avec l'église de Sant Antoni Abat dont il observait les restes, des petits tas de débris encore fumants sur le sol. « Que s'est-il passé ? » se demandait un autre homme en regardant deux femmes occupées à arracher une porte du couvent des hiéronymites, et un monsieur bien habillé qui tirait rageusement sur un tuyau en plomb. « Que s'est-il passé ? » Les voisins emportaient des lits en fer en partie disloqués, des meubles petits et grands, des outils en tout genre et même des objets religieux curieusement réchappés des flammes. Tandis qu'elle reprenait possession des rues, impatiente d'effacer grâce à la routine quotidienne et ordinaire le chaos de cette semaine tragique, tout Barcelone s'interrogeait, se demandant ce qui s'était produit.

Dolcina ne faisait pas exception à la règle, alors qu'ils demeuraient stupéfaits devant les ruines du couvent des Écoles pies, dont ne restaient debout que quelques voûtains de briques, du côté de la Ronda de Sant Antoni. « Sommes-nous tous devenus fous ? Barcelone est-elle devenue folle ? Avons-nous perdu la raison ? » Avel·lí lui répondit : « La folie ne fait que commencer, ma chérie. N'oublie pas que nous allons maintenant subir tout le poids de la répression. »

Quelques heures plus tard, après avoir sillonné toute la ville dans l'intention de suivre le parcours du saccage – « Je ne pensais pas que nous arriverions jusqu'à Sant Andreu pour voir l'église brûlée, l'une des dernières incendiée » –, comme s'ils payaient de leur présence une sorte de tribut personnel et apportaient une modeste restitution, ils rentrèrent chez eux brisés. Leur arrivée se fit dans un silence morne que seul le salut de la servante osa rompre ; c'était inattendu dans cette maison animée et d'ordinaire joyeuse. Avel · lí essayait de comprendre ce qu'avait été cette semaine de folie qui avait bouleversé Barcelone comme un tremblement de terre dévastateur, mais il n'arrivait pas à mettre de l'ordre dans ses idées. Dolcina l'accompagnait sans dire un mot, convaincue que c'était bel et bien de silence dont son mari avait besoin.

Assis sur le canapé en cuir austère et élégant, à la dernière mode anglaise, il vit défiler dans son esprit un flot de souvenirs et d'images qui se bousculaient sans aucun ordre, de façon brouillonne, malgré ses efforts pour se concentrer sur sa réflexion bloquée entre le désarroi et l'angoisse. Au milieu du désordre de ses émotions, des fragments d'idées tentaient vainement de prendre du sens. Et soudain, sans savoir pourquoi, il se mit à penser au compositeur Isaac Albéniz, à qui la ville avait fait ses adieux à peine deux mois plus tôt. « Quel enterrement ! » murmura-t-il, et, chose étrange, le souvenir du compositeur lui redonna du courage. Ses parents le connaissaient bien, ils étaient des amis de longue date de la famille de son épouse Rosina Jordana, et Merceneta avait noué des liens étroits avec leur fille Laura, dont tous célébraient l'érudition, « elle parle sept ou huit langues », et le talent artistique. Il était allé voir, quelques années auparavant, une exposition de dessins et de pastels de Laura dans l'établissement de Josep Ribas, elle n'avait que dix-sept ans à l'époque. « Ce sera une grande peintre », assuraient les critiques, même si tous déclaraient qu'on notait trop l'« esprit féminin » de son œuvre. Ces pastels étaient effectivement très féminins et naïfs, mais « que veux-tu ? Elle est si jeune, et c'est une femme ! ».

« Te souviens-tu de l'enterrement d'Albéniz ? » demanda-t-il à Dolcina. Le silence lourd qui régnait dans la pièce se désagrégea sous une avalanche de mots qui tentaient de reconstituer ce moment. Toute la famille devait aller accueillir la dépouille du musicien, « Vous devez tous venir, ce sont nos amis », avait-il dit à son père. Ce « tous » signifiait tous sauf Enric, qui n'appartenait déjà plus au cercle familial, et c'est ainsi qu'ensemble, sauf un, ils rejoignirent le cortège grandiose qui se rendit à la gare de France de Barcelone pour accueillir la dépouille d'Albéniz, transportée en train depuis la station thermale des Pyrénées françaises où il avait passé ses derniers instants. Pour l'accompagner, l'orchestre municipal de Barcelone joua, avec fougue, *Le Crépuscule des dieux* de Wagner, et l'Orfeó Català interpréta le *Requiem* de Fauré, ou encore la *Marche funèbre* de Chopin… Avel·lí avait encore la chair de poule à l'évocation des musiques solennelles qu'il avait entendues et dont les mélodies faisaient écho à la tristesse de la foule réunie pour rendre hommage au compositeur disparu. Pendant la marche, son père lui raconta qu'on avait tout essayé pour le guérir. « Son oncle, le célèbre médecin de Melilla surnommé Tebib Arrumi par des Maures qui lui manifestent visiblement beaucoup de respect et affirment que c'est un grand médecin, même son oncle, dis-je, a fait le voyage jusque dans les Pyrénées pour tenter de le secourir, en vain. » Il lui expliqua aussi que le dernier visiteur qu'Albéniz avait reçu avant de sombrer dans l'inconscience était son confrère Enric Granados, qui lui avait joué la pièce *Mallorca*, une barcarolle qu'ils avaient composée ensemble lors d'un voyage aux Baléares. C'était le tendre présent de Granados à son ami agonisant.

« Quelle perfection, ces deux génies ! » s'exclama Avel·lí à ce souvenir. Puis, oubliant ce 2 août où Barcelone était plongée dans la tragédie, il revécut cette journée du 5 juin et il suivit le cortège à travers les rues ornées partout du drapeau catalan en berne, il revit l'arrêt émouvant devant le Liceu, les applaudissements des passants massés sur les trottoirs, la peine partagée. Selon les journaux, plus de vingt mille personnes avaient accompagné Albéniz jusqu'à sa dernière demeure au cimetière de Montjuïc, et quoiqu'ils fussent des milliers, ils avaient observé presque tout au long de la procession un silence impressionnant et émouvant.

« Nous l'aimions, nous, les Catalans », dit-il avec regret, et brusquement, comme mû par le ressort de la colère, il se lança dans un monologue désespéré, lourd de toute l'angoisse accumulée pendant cette semaine de folie furieuse. Les mots jaillirent de sa bouche dans le plus grand désordre, effrénés et simples. La Barcelone qu'il aimait était celle qui disait adieu à ses génies en silence, pas celle qui brûlait des églises romanes et des tableaux de valeur : « Nous ne sommes pas la ville du feu, mais la ville de l'art, et nous devons absolument continuer de l'être, autrement qui sommes-nous ? la sauvagerie à l'état pur ? Où nous arrêterons-nous ? Allons-nous devenir la ville des bombes et du feu, ou celle de la science et de la connaissance ? Ce serait une bien pauvre Barcelone, une bien pauvre Catalogne, si seul le feu pouvait les sauver ! Maudite populace enragée, maudit venin lerrouxiste ! Oh, ce qu'elle nous a fait comme mal, toute cette racaille sans cervelle et obtuse, Dolcina ! La lutte n'est pas la destruction de l'art, mais son élévation ! Nous devons être les amants de la Grèce classique et les héritiers de la grande Florence, comme l'écrit Xènius dans *La Veu de Catalunya*, et nous devons être des gens civilisés et pas des barbares, parce que si nous ne luttons pas au moyen d'un ordre rationnel et cultivé, nous ne serons jamais rien d'autre qu'une masse écartelée privée de toute volonté et soumise à ce démagogue qui nous ouvre le ventre et en tire les entrailles. Non, non et non, je n'aime pas la Barcelone qui brûle ses peintures et détruit son héritage ! J'aime la Barcelone qui parsème ses rues de sculptures et dit adieu à ses musiciens en faisant retentir Chopin et Wagner, en leur chantant le *Requiem* de Fauré, et qui tient tête à l'Espagne avec un livre et une partition, pas avec une torche allumée, un Remington à l'épaule. Si nous brûlons les églises, les tableaux et les livres, il ne restera plus rien de nous, Dolcina. »

Les mots, les phrases, les images, la pagaille du désarroi et de la perplexité, tout se figea brusquement quand la servante entra dans la pièce et annonça Montsina. Elle venait d'arriver et haletait comme si elle avait couru un long moment. « Venez à la maison, vite, quelque chose de terrible est arrivé. » En la voyant en pleurs, Avel·lí sentit son sang se glacer. Pouvait-il encore arriver quelque chose après tout ce qui s'était déjà passé ?

Tout pouvait encore arriver, bien sûr, parce que chacun évoluait dans deux univers ; le plus vaste, englobant les personnalités et les connaissances, le voisinage, la ville et la patrie, n'était rien d'autre que la somme de tous les mondes individuels où palpitaient les émotions intimes, toujours éloignés des grandes prouesses de l'histoire, faits de petits cristaux de vie, un monde à part entière, fragile et identifiable. Il était possible que pendant que l'univers collectif se tordait comme un serpent et s'injectait lui-même son propre venin, l'univers personnel s'écroule aussi, dans une explosion en chaîne qui ressemblait à l'Apocalypse. Au-dehors, Barcelone flambait, et elle écrivait en lettres de feu un des chapitres les plus tragiques de son histoire. Mais à l'intérieur de la famille d'Avel·lí aussi se dressait un bûcher d'incompréhension, de douleur et de violence, aussi dévastateur que les flammes qui avaient détruit des églises dont la plupart avaient résisté au passage du temps et aux violences des siècles. « Il n'y a pas de feu plus mortel que celui qu'on attise soi-même », pensa-t-il, accablé, la tête basse, en essayant de trouver sa place dans cette maison paternelle à présent remplie de proches, et qui pourtant lui semblait étrangère. Peut-être n'en pouvait-il plus, tout simplement, incapable de supporter à la fois la destruction de sa ville et celle de sa famille. Peut-être n'était-il qu'un fils qui aimait ses parents, un frère qui aimait ses frère et sœurs, un Catalan qui aimait sa ville et son pays, faisant de tout cela une petite histoire bien ordonnée, organisée et simple, qui à présent se fissurait à la base.

« Va voir Mère, elle te demande ! » lui dit sa sœur Mariona en le prenant par le bras. Il se laissa conduire comme un automate dont les bras et les jambes fonctionnaient grâce à un mécanisme efficace bien qu'étranger à sa volonté. C'était bien lui qui avançait dans le couloir, qui s'approchait de sa mère et la serrait dans ses bras. C'était bien lui, et pourtant il n'était pas là, parce qu'il se sentait comme un intrus dans ce monde en ruine, brisé sous l'effet d'une violence irrationnelle et absurde.

Enric était couché dans son lit d'enfant, qui témoignait d'un temps où tout était normal, lorsque cette chambre était la sienne, une époque lointaine mais encore proche. Il avait l'air paisible, comme s'il se reposait, malgré son visage bouffi, des yeux si enflés qu'il ne pouvait pas les ouvrir, une lèvre éclatée, le corps couvert d'hématomes, un bras cassé, d'après le médecin. Il geignait tout doucement, émettant un *aïe* léger comme un petit battement craintif. Avel·lí le regardait sans le voir, il n'y pouvait rien, mais le garçon trouvé évanoui et blessé, complètement nu, dans la rue de l'Hôpital, et que par bonheur des gardes avaient transporté au domicile de ses parents, n'était pas son frère. « *On nous a dit que c'était votre fils. On lui a enfilé un manteau. Il était tout nu.* » Non, ce n'était pas Enric. L'homme qui se vautrait dans le lit d'autres hommes et frayait avec les poseurs de bombes et les assassins n'était pas son frère Enric. L'homme qui avait été tabassé de la sorte, par un amant rendu fou ou un des voyous avec lesquels il traînait, ce n'était pas lui. Son frère à lui était cultivé et sensible, il avait grandi dans une bonne famille, il était un bon frère et un bon fils, tandis qu'Avel·lí ne savait pas à qui appartenait ce corps déchiqueté qui gisait dans le lit et que tous disaient être son frère.

« Tout cela, c'est à cause de nous », lui glissa Merceneta à l'oreille. Cette phrase qui avait toutes les allures d'un reproche, qui était un reproche, lui fit l'effet d'un coup de canon, et il sursauta de façon presque incongrue. « Qu'est-ce que tu veux dire ? Qu'avons-nous à voir là-dedans ? Comment oses-tu ? » Sa sœur s'expliqua, avec la douceur qui la caractérisait et grâce à laquelle elle parvenait toujours à débrouiller les situations et à ramener le calme dans les conversations.

Ils allèrent se mettre à l'écart dans le cabinet de leur père, comme deux voleurs, deux braconniers cherchant à se cacher dans cette maison remplie de monde, et Merceneta se lança dans un monologue improvisé. La famille s'agitait autour d'eux. Ils étaient tous là : grand-mère Martina, qui allait et venait d'une pièce à l'autre d'un air très affairé alors que personne ne savait ce qu'elle faisait, et grand-mère Mercè, qui adorait son petit-fils et ne cessait de lui faire des caresses, Montserrat, qui n'arrêtait pas de pleurer, les parents de Dolcina, qui se tenaient, polis et distants, dans un coin de la salle à manger, et tante Rita, revêche et énigmatique, qui expliquait à qui voulait l'entendre qu'on avait voulu le voler, « Pauvre Enric », et Xió qui venait d'arriver, « Je veux t'accompagner dans cette épreuve, Albert, j'imagine ta douleur », dit-il dans un murmure qui ressemblait à une confidence, « Tu sais bien… », et des curieux… Dans la maison des Corner, on se serait cru sur les Ramblas un soir de représentation au Liceu, mais ce n'étaient pas les Ramblas, il n'y avait pas d'opéra, pas de concert, seulement du bruit et de l'inquiétude. De tout ce que sa sœur lui dit à ce moment-là, cachés dans le cabinet de leur père comme deux braconniers, de tout ce qu'Avel·lí entendit, ce qui le blessa le plus fut le mot *incompréhension*, que Merceneta prononça lentement, comme si c'était un mot aimable. Or ce mot n'avait rien d'aimable.

Avel·lí ne se serait jamais cru capable de sentiments aussi bouleversants et intenses un jour pareil et dans de telles circonstances. Il n'avait jamais eu de discussion aussi sérieuse et importante avec sa sœur, et il ne s'était pas rendu compte que Merceneta avait développé une sensibilité aussi aiguë et une pensée aussi profonde. Sa sœurette, car elle demeurait sa petite sœur, avait grandi d'un coup, sans doute plus que les autres membres de sa famille, et beaucoup mûri, et il l'écoutait lui adresser des propos qui l'interpellaient et le blessaient à la fois. Il comprit à cet instant que sa sœur était devenue une femme exceptionnelle.

L'incompréhension. Tout ce qui était arrivé à son frère s'expliquait-il aussi simplement ? « Non, Avel·lí, ce n'est pas du tout simple, mais notre famille a été une grande source d'incompréhension et de rejet pour Enric. C'est nous qui l'avons exclu. » Avec la même obstination que Pénélope défaisant sur la toile le travail de la journée, Merceneta démêlait et donnait du sens à chaque chose, la timidité d'Enric, l'incapacité familiale à accepter un jeune garçon troublé et en proie au doute, l'orgueil mâle du père, si autoritaire et présomptueux... L'amour, qui devait être un engagement généreux et pas un tribut imposé ; la famille, filet de protection pour éviter les chutes et pas catapulte prête à lancer des projectiles ; les jeunes à l'esprit généreux, la lutte pour les idéaux, le droit à l'erreur et à l'errance avec l'indispensable certitude de trouver la porte ouverte au retour... Eux tous, oui, eux tous, qu'avaient-ils fait de lui ? Ils lui avaient infligé la marque de la lettre écarlate, la lettre des gens différents, des stigmatisés, ils lui avaient imposé le marquage au fer, comme un agneau, une quelconque bête du troupeau, et quand il s'était rebellé, qu'avaient-ils fait, à part le chasser du paradis ?

« Assez, tu ne sais pas de quoi tu parles ! » s'écria Avel·lí en haussant le ton au-delà des convenances. Merceneta, les yeux plongés dans les siens, lui répondit d'une voix mélodieuse, cadencée, qui était sa façon à elle de crier, en redoublant de douceur : « Je sais ce que je dois savoir, c'est-à-dire que nous, les personnes qui devraient protéger et aimer Enric, nous ne le faisons pas. » Et avec une force qu'elle-même ne soupçonnait pas, elle lui parla dans un langage qui lui était à la fois propre et étranger et qu'elle avait toujours gardé pour une occasion comme celle-ci.

« Je ne connais pas mon frère, je ne sais pas qui il fréquente ni qui il aime, j'ignore ce qu'il recherche, et s'il l'a jamais su lui-même, il se peut qu'il n'aille pas bien, ou qu'il aime quelqu'un qui ne le mérite pas, ou qu'il se soit trompé en choisissant son combat. Tout est possible,

Avel·lí, mais la grande différence entre moi et vous, père et toi, la grande différence, c'est que moi je l'aime sans le juger, et que vous, vous avez cessé de l'aimer parce que vous l'avez jugé.

— Comment oses-tu dire que je n'aime pas mon frère ?

— J'ose le dire, et comment ! J'ose le dire parce que l'amour n'est pas un jeu où l'on cherche à imposer, mais un don généreux. On n'aime pas quelqu'un pour ce qu'il fait, mais au-delà de ce qu'il fait, Avel·lí, bien au-delà de tout. Or vous avez assujetti votre amour pour lui à la correction sociale, à la norme, à votre ordre, qui n'est peut-être pas le sien, ne le comprends-tu pas ? Votre ordre n'est peut-être pas le sien…

— Aimer sans rien exiger en retour est une forme d'amour soumis. Aimer, c'est aussi exiger et recevoir. L'amour aussi possède ses règles.

— Tu te trompes. Aimer sans rien exiger en retour est la seule façon d'aimer. Tout le reste, ce n'est pas aimer, c'est posséder. »

Quelle était cette personne, sa sœur, dont la bouche prononçait des paroles capables de transpercer sa cuirasse, de pénétrer en lui et de le bouleverser de la sorte ? Il ne pouvait pas lui confier ce qu'il savait, « le secret d'Enric », parce que c'était une jeune fille, sa cadette, et qu'elle aurait sûrement été choquée. Il ne voulait pas la blesser, mais qu'aurait-elle dit si elle avait su ? La même chose, peut-être, puisqu'elle affirmait que l'amour était cette façon d'aimer au-delà de tout. À un moment de la conversation, touché par les arguments de Merceneta et en même temps dans l'impossibilité de les réfuter, dans la mesure où il ne pouvait pas révéler certains secrets, il cessa de l'écouter, stupéfait par cette grandeur d'âme qu'il découvrait chez elle, par sa maturité. Cette discussion ne l'aiderait probablement pas à résoudre son conflit avec Enric, mais elle l'avait rapproché de Merceneta. Il ne la considérait plus désormais comme la petite sœur à protéger qu'elle avait toujours été, mais comme une personne avec qui il pouvait avoir une telle conversation. Elle avait grandi et mûri, et il venait d'en prendre conscience, là, dans le cabinet de leur père où ils s'étaient cachés comme des voleurs en ce jour funeste.

Une étreinte chaleureuse, deux baisers sur les joues, un « je t'aime » prononcé sur le pas de la porte, et il était de retour dans la salle à manger où l'on entendait une conversation décousue, des braillements plutôt qu'une conversation, dans un grand brouhaha. La conclusion générale était qu'Enric avait été attaqué par une bande de voyous, ou alors pris dans une bagarre avec les forces de l'ordre, mais en aucun cas qu'il n'avait été arrêté et passé à tabac. Il avait subi une agression, une tentative de vol. Elisenda répétait : « Mon fils, mon pauvre fils », et quand Avel·lí s'approcha, elle prit ses mains dans les siennes et lui dit de prendre soin de lui : « C'est ton petit frère, regarde dans quel état ils l'ont mis », et elle recommença à pleurer. « Le médecin est optimiste, Mère, il a reçu une raclée terrible, cela ne fait aucun doute, mais il est jeune et en bonne santé, et il ne tardera pas à récupérer, surtout grâce à vos soins, maman, vous êtes un ange. » Elle esquissa un petit rictus qui en d'autres circonstances se serait apparenté à un sourire.

Il se sentit soudain plus calme. Sa discussion avec Merceneta l'avait obligé à regarder au-delà du moment présent, et même s'il ne parvenait jamais à accepter la nature d'Enric – « C'est une dépravation, un péché contre Dieu, contre Dieu lui-même » –, avec le temps il arriverait peut-être à tolérer sa présence. Évidemment, cela dépendrait aussi de l'attitude d'Enric, mais Merceneta avait raison, c'était son frère et il fallait qu'il trouve le moyen de ne pas le perdre complètement. Avant toute chose, il devait guérir de ses blessures, puis le temps passerait, les explications viendraient, et il faudrait qu'Enric comprenne où l'avait mené son obstination, et aussi que la vie reprenne son cours, alors peut-être, comme par miracle, tout redeviendrait comme avant. Il prierait, oui, il prierait Dieu pour que tout se déroule de la sorte.

Plongé dans ces pensées, à l'écart, dans le bow-window moderniste de la salle à manger, il ne sentit la présence de son père que lorsque celui-ci posa la main sur son épaule. « Ne t'inquiète pas, Avel·lí. Ce qui est arrivé n'est pas une si mauvaise chose. Cela devait arriver. » En effet, ce n'était pas une si mauvaise chose, cette raclée remettrait sans doute les choses en place. Il se tourna vers son père et lui répondit en souriant : « C'est exactement ce que j'étais en train de penser, père, exactement. » Puis, apercevant derrière lui la pièce remplie de parents, il se réjouit de la présence de tous ces humains qui faisaient celui qu'il était et à la fois le protégeaient. « Nous sommes une grande famille », se dit-il avec satisfaction. Précisément à cet instant il croisa le regard de Merceneta, un regard perçant qui lui disait, Non, ce n'est pas ainsi qu'il faut aimer, et il se sentit à nouveau contrarié. « Une gamine, se dit-il finalement pour se débarrasser de ses démons. Que sait-elle de la vie ? » et il se dirigea vers le groupe de femmes avec à sa tête la tante Rita, qui avait réussi, après de nombreuses tentatives, à retisser le déroulement précis du vol et de l'agression subis par son neveu. « C'étaient des voyous de la Barceloneta, cela ne fait aucun doute, c'est leur style. » Toutes acquiescèrent. Ce genre de racaille courait les rues de Barcelone, on le savait bien, dans cet hôtel particulier civilisé et garant de l'ordre.

La nuit tombe

IL PLEUVAIT DES CORDES et la foule se discernait à peine derrière un long cortège de parapluies noirs, chacun s'efforçant de conserver sa place sous la pluie. Devant, à quelques pas de la foule, le corbillard couvert de fleurs avançait lentement, dans un silence si dense que seul le bruit des sabots sur le pavé se faisait entendre. Des enfants couraient à côté de la voiture et leurs petites robes blanches apportaient la seule touche claire dans un après-midi sombre. Au milieu du cortège, entre les syndicalistes, les républicains, les socialistes et des gens de tous horizons, on apercevait une file de charbonniers qui avaient souhaité accompagner leur compagnon jusqu'à sa dernière demeure.

Il avait vingt-trois ans, il était gai, aimable, et tout le monde connaissait son nom parce qu'il le répétait deux ou trois fois quand il se présentait en tendant la main poliment : « Bonjour, je m'appelle Ramon Clemente, Clemente, Ramon, Ramon Clemente. » Son handicap mental ne l'empêchait pas de travailler avec beaucoup d'enthousiasme, et pour les ouvriers de l'usine, il était comme un petit frère avec qui on rigolait bien et qu'on protégeait toujours. Il avait été présenté devant un tribunal militaire pour un procès plus que sommaire et déclaré « *coupable d'être un des meneurs de la rébellion violente et coupable aussi, ce qui aggrave son cas, de comportement sacrilège pour avoir dansé de manière horrifique avec la dépouille mortelle d'une religieuse innocente* ». Au cours de la séance, le garçon, qui ne savait pas de quoi on lui parlait, souriait à tout le monde et répétait qu'il s'appelait Ramon Clemente, et qu'il était charbonnier. Le 4 octobre au matin, quand on le conduisit jusqu'au fossé de Santa Amàlia, au château de Montjuïc, il pensa qu'on célébrait une fête, et lorsqu'il vit les soldats lever leurs fusils et les braquer sur lui, il rit d'un air amusé en tapant des mains comme un petit enfant.

C'était la quatrième condamnation à mort exécutée. La première exécution avait eu lieu un mois et demi plus tôt, le 17 août. Le condamné, Josep Miquel i Baró, était accusé d'avoir dirigé la révolte à Sant Andreu. Tous les efforts pour lui sauver la vie furent vains, « ils veulent le faire fusiller parce qu'il est le dirigeant républicain de Sant Andreu, pas parce qu'il est coupable de quoi que ce soit », et la sentence avait été implicitement décidée avant même le jugement. « Vous verrez, ils ne tueront pas un seul lerrouxiste ! » entendait-on dire. Effectivement, le suivant, Antoni Malet, n'était pas non plus un partisan de Lerroux ; il avait été exécuté le 28 août pour avoir brûlé des objets religieux dans un couvent, et tous se demandaient pourquoi il avait été condamné. Pourquoi lui, alors que tant de symboles religieux avaient brûlé ? « Parce que ça les arrange, sans doute, ils condamnent au hasard. » Quinze jours plus tard, le 13 septembre, Eugenio del Hoyo tombait sous les balles du peloton d'exécution ; il avait été accusé d'avoir apporté son soutien aux révoltés malgré son appartenance à la police nationale, salissant ainsi « l'honneur de sa fonction ». L'impression qu'on tuait de manière tout à fait arbitraire grandissait dans l'esprit d'une population abattue. Après que Ramon Clemente avait été fusillé, Barcelone se préparait à l'exécution inévitable de Francesc Ferrer i Guàrdia, « ils vont le tuer, c'est certain. Ils ont flairé l'odeur de son sang et ils le veulent ». Cette conviction secouait les entrailles de la ville vaincue.

Merceneta ne s'était pas jointe au cortège funèbre, elle n'avait rien à faire au milieu de tous ces charbonniers et ces ouvriers, elle était une fille de bonne famille, une enfant gâtée, étrangère à ce monde d'hommes endurcis. Elle ne se sentait pas le droit d'y être, dans la mesure où elle appartenait à la caste des puissants, elle considérait sa présence parmi eux comme un manque de respect à l'égard du petit peuple, ces gens qui souffraient, partaient à la guerre, mouraient dans les usines. Elle ne devait pas y aller. Pourtant, elle voulait y être, parce que quelque chose avait changé en elle avec la fin de la révolte, à cause de tout ce qui s'était passé et se passerait encore, et du pire, qui n'était pas encore arrivé. Elle ne connaissait pas grand-chose à la politique, et d'ailleurs ça ne l'intéressait pas, elle, ce qu'elle aimait c'était la culture, la peinture et les livres, l'univers de la sensibilité qui donnait du sens à sa vie, et pas cette chose si rébarbative, brutale et masculine qu'elle ne parvenait pas à comprendre. Malgré tout, elle devait y être parce que quelque chose avait changé en elle, au plus profond de son âme, depuis la fin de la révolte.

Elle donnait le bras à Joan Leask, une jeune Anglaise dont elle avait fait la connaissance en jouant au tennis au Barcelona Lawn-Tennis Club. Le père de Joan avait contribué à la création du club, dix ans plus tôt. Les deux jeunes filles étaient devenues très amies. Joan était délicate, elle aimait l'art, et Merceneta allait avec elle aux expositions. « Joan, je veux aller à l'enterrement de ce jeune charbonnier, un pauvre garçon qui n'avait pas toute sa tête, et ils l'ont quand même tué, c'est trop cruel. Je voudrais y aller, mais de façon tout à fait discrète, comme si nous nous promenions et que nous nous trouvions là par hasard, sans le vouloir, parce que nous ne sommes pas à notre place, là-bas », lui avait-elle dit. Elles s'étaient donc dirigées discrètement vers le cortège funèbre qui parcourait les rues de Barcelone et elles l'avaient regardé passer, arrêtées sur le trottoir, comme deux passantes tombées par hasard sur la procession. « Tous ces parapluies noirs, comme c'est solennel ! » dit-elle à Joan en lui serrant le bras. Certes, elle ne connaissait pas grand-chose à la politique, mais elle commençait à percevoir le mal qu'une politique pernicieuse pouvait faire aux gens.

« Fusiller un pauvre handicapé… Au nom de qui et de quoi peut-on commettre un tel acte de barbarie ? » Elle était en train de découvrir en elle un sentiment nouveau qu'elle n'avait jamais jusqu'alors éprouvé : la rage.

Le changement avait commencé à germer en elle au cours des deux derniers mois, tandis qu'une fureur divine, relayée par la main du nouveau gouverneur civil, Evaristo Crespo Azorín, envoyé par De la Cierva, s'était abattue sur Barcelone, et sur toute la Catalogne.

« *La répression doit pénétrer dans toutes les couches révolutionnaires et libérer Barcelone du cancer qui la ronge, et qui menace de ronger l'Espagne. Après des années d'anarchie et de crimes terroristes, il convient d'appliquer avec persévérance un remède radical, dans le cadre de la loi. La semaine sanglante est la dernière poussée de ce mal qu'il nous faut éradiquer…* »

Des milliers de personnes avaient été pourchassées, des centaines arrêtées et emprisonnées, des écoles et des officines de presse avaient été fermées, des syndicats interdits, des individus condamnés à l'exil, des centaines de personnes s'étaient réfugiées en France, et le journal *Época* avait lancé des campagnes de boycott des produits catalans et publié des articles vengeurs contre la Catalogne et « *le sécessionnisme sauvage* ». Mais avant cela, bien avant les campagnes de délation dans les journaux autorisés et les exécutions, et surtout avant la colère divine, Merceneta avait déjà enduré celle de sa famille. Peu à peu, lentement, comme lors des processions de la Fête-Dieu, Merceneta s'était déliée de sa position de fille et de sœur pour devenir elle-même, avec une vie à part entière, fruit d'une conquête persévérante et déterminée, une vie qui s'était développée à l'abri du regard des autres, sans faire de bruit.

Son existence avait basculé à partir du choc provoqué par l'agression d'Enric. Elle portait depuis longtemps sur son frère un tout autre regard que les membres de la maisonnée, et le mépris qui dégoulinait comme une bave épaisse du moindre mot de son père à son propos avait activé en elle un mécanisme protecteur, une sorte d'instinct de sœur, très proche de ce qu'on appelait l'instinct maternel. En outre, sa mère était comme un meuble, sans réaction devant les injures du père, et quand Merceneta surprenait leurs conversations, elle avait souvent envie de la secouer par les épaules – « Enfin, maman, il parle d'Enric, ne le laisse pas parler ainsi ! » –, mais sa mère ne savait que se taire et pleurnicher, et Merceneta se rendait compte que c'était sûrement le destin des femmes dépourvues de vie propre et à jamais réduites au rang de plante ornementale décorant la demeure des hommes. Merceneta n'avait pas développé de rancœur contre son père, elle l'aimait toujours, et jusqu'ici elle l'avait toujours admiré, mais elle commençait à apprendre à se tenir à distance de son ombre, et lorsque son père lui disait : « J'ai l'impression que je ne te comprendrai jamais, ma fille », elle souriait, convaincue d'avancer sur le chemin de la conquête.

La raclée infligée à Enric avait été le déclencheur de son explosion intime, et la chrysalide Merceneta était devenue papillon pendant sa convalescence. Tout ce qu'elle apprenait depuis un certain temps, les livres, les revues qui lui enseignaient à regarder avec d'autres yeux, les amies qui enrichissaient sa personnalité, tout cela qui convergeait pour la transformer était venu se nicher dans le corps brisé de son frère, l'avait adouci, caressé, accompagné et touché au long des jours et des nuits où il n'était qu'un corps plaintif, tandis que les infirmières allaient et venaient, que sa mère lui donnait du bouillon à la cuiller comme à un petit enfant, et que son père semblait étrangement heureux, préférant voir son fils perclus de coups à la maison plutôt qu'en bonne santé et libre loin de lui, à l'écart de sa domination.

Elle n'était pas séduite par les idées d'Enric. Au cours de leurs longues conversations, l'après-midi, quand la maison était plongée dans le silence et que le monde paraissait se réduire à cette chambre où un frère et une sœur se réchauffaient l'âme, Enric lui parlait de ses idéaux, la lutte pour détruire le capital, le pouvoir, l'Église et la monarchie, et aussi les bourgeois comme son père, « qui exploitent le peuple », et il lui brossait un portrait sordide de la société aisée dont elle jouissait. Merceneta l'écoutait avec attention et elle lui posait de temps en temps des questions, mais elle ne trouvait aucun intérêt à débattre ou à réfuter quelque idée que ce soit de son frère, parce que la seule chose qui lui importait, c'était de lui prouver son amour. Elle voulait qu'il sente, plutôt qu'il ne sache, que sa sœur était là pour lui, qu'elle le serait toujours, que c'était sa façon de l'aimer. En revanche, le soir venu, dans l'obscurité, quand les pensées de la journée, pleines d'expériences, tournoyaient dans sa tête, Merceneta rejetait la rhétorique belliqueuse d'Enric – « Elle ressemble tant à celle de papa ! » –, et elle se disait que les femmes employaient un langage différent, elles étaient des guerrières elles aussi, bien sûr, elles luttaient pour un monde meilleur, mais derrière leur barricade elles ne cachaient pas des fusils, elles amassaient des livres, des tableaux, et toute la beauté qu'elles pouvaient réunir. Merceneta écoutait Enric, elle écoutait son père, elle écoutait Avel·lí qui s'indignait chaque jour davantage contre tout et tous, contre la révolte et les révolutionnaires, contre les lerrouxistes, les véritables pyromanes de Barcelone, et aussi contre les anarchistes, qui se laissaient manipuler, et contre les syndicalistes et les socialistes, qui avaient attisé le feu et n'avaient pas su comment l'éteindre. Contre tout le monde, donc, et aussi contre un État aveugle et violent qui réprimait durement, qui étouffait la Catalogne et tuait sans pitié. En les écoutant tous, Merceneta prenait conscience du fait que son père et ses frères parlaient la même langue, une langue qui n'était pas la sienne.

Enric ne raconta jamais ce qui lui était arrivé. Pendant les visites de l'après-midi, les questions de la famille se multipliaient, à grand-mère Mercè, qui lui prenait les mains – « Que t'est-il arrivé, mon petit Enric, comment t'ont-ils fait cela ? » –, il répondait toujours que ses souvenirs étaient confus, des hommes, des cris, des coups de pied…

Il n'y avait rien d'autre, affirmait-il, sa mémoire était restée comme vide. Il se rétablissait peu à peu, entre les bouillons de sa mère, les caresses de grand-mère Mercè, les conseils de son père ; il entrait souvent dans sa chambre et lui faisait de grands discours sur la vie qu'il pourrait mener s'il devenait raisonnable, et Enric gardait le silence, il n'était plus temps de se bagarrer avec son père. Il se rétablissait surtout grâce à la compagnie de Merceneta, qui ne lui demandait rien mais lui donnait tout. Dans ces moments de questions pressantes et de réponses évasives, elle prenait conscience qu'il avait vécu quelque chose de terrible, quelque chose de mauvais qui n'était pas le fruit du hasard mais de la vie qu'il menait, et quand ces pensées sinistres s'implantaient dans son esprit, elle redoublait de tendresse pour son frère – « Qu'est-ce qu'il a dû endurer ! Comme il a dû souffrir ! » – et elle préférait ne rien savoir, parce qu'il lui semblait beaucoup plus important de ressentir.

Puis un jour il partit. Ce fut comme une sortie de scène discrète dans le grand théâtre de cette famille toujours si bruyante. Merceneta frappa à la porte de sa chambre, et elle n'entendit pas la ritournelle habituelle de son frère : « Entre, petite sœur, viens me casser les pieds. » Avant de tourner la poignée, elle savait déjà qu'il était parti. Son père entra dans une colère noire, il hurla, tempêta – « Il n'y a rien à faire, et il n'y aura jamais rien à faire, cet enfant est définitivement perdu ! » –, et sa mère fondit en larmes.

La vélocité du temps lorsque les mauvais présages s'accomplissent et que les dieux laissent libre cours à leur pouvoir implacable ! Les informations vomissaient des chiffres effrayants et les geôles débordaient d'hommes et de femmes pourchassés. On estimait à plus de deux mille le nombre des exilés, et les journaux autorisés parlaient de deux cents personnes bannies du territoire et de presque deux mille détenus soumis à un tribunal militaire. L'État s'était mis en chasse et il se nourrissait des dénonciations, encouragées par les journaux monarchistes ; « une rumeur ou une soif de vengeance personnelle suffisent pour emprisonner un homme, fermer un centre culturel ou interdire un journal », déplorait la voix de la rue. Les monarchistes n'étaient pas les seuls à prôner la délation, *La Veu de Catalunya* proclamait également « Dénoncez ! », se faisant l'incarnation du rejet des milieux catalanistes indignés à l'égard des responsables de cette semaine tragique. Prat de la Riba venait justement de formuler cette position dans un manifeste des députés et des sénateurs :

> « Les événements qui ont perturbé Barcelone et la Catalogne révoltent notre conscience d'hommes libres, notre sentiment de Catalans. La belle ville qui a si souvent donné l'exemple de son illustre civisme, la terre catalane qui a fait honneur au suffrage populaire, et qui en a fait l'arme des luttes politiques par excellence, a été victime de brutalités inqualifiables, d'attentats indignes, de violences répugnantes… »

… et le texte dénonçait « le radicalisme stérile », il défendait la lutte civilisée, il déplorait l'opportunité perdue de Solidarité catalane :

> « … Tous les éléments qui composaient cette explosion de civisme, de tolérance et de discipline sociale auraient dû comprendre qu'avait sonné l'heure solennelle où tous, gouvernants et gouvernés, partis et classes sociales, devaient se libérer, dans le Jourdain de l'amour de la Catalogne, de la responsabilité des fautes passées en éduquant et en préparant notre peuple à de grandes entreprises collectives. »

« … Oui ! Les grandes entreprises collectives, répétait Avel·lí avant de poursuivre sa lecture avec ardeur : "Face au radicalisme, qui exècre le présent et renie le passé…" – il déglutit, réclama le silence et poursuivit – … "nous affirmons la continuité de la vie sociale et le respect du passé." » Partout où le manifeste était lu, la discussion s'enferrait dans un cercle vicieux. Le monde s'était divisé en trois camps irréconciliables, les défenseurs de la violence des manifestations, ceux qui justifiaient la violence sans limites de l'État, et le reste qui ne défendait ni l'un ni l'autre et s'opposait au « radicalisme stérile » des premiers et à la répression brutale des seconds, tout en souhaitant des punitions exemplaires. Prat de la Riba, le chef de file de ces derniers, publiait des articles virulents dans *La Veu de Catalunya*...

« ... Le fait qu'ils aient brûlé des couvents au cri de "Vive la république !" ne signifie pas que le radicalisme soit l'apanage des masses anticléricales et républicaines... Le radicalisme révolutionnaire rejette le présent en suggérant l'existence d'un âge d'or à venir (futurisme) ; le radicalisme conservateur situe lui cet âge d'or resplendissant [...] dans le passé (traditionalisme). L'esprit de violence, commun à tous les radicalismes, apparaît, dans celui le plus bas sous la forme de mutinerie, de révolution et de terrorisme, et dans celui le plus élevé dans le radicalisme conservateur, sous les traits de l'apologie d'un gouvernement fort, d'une dictature. »

Les idées de Prat de la Riba et des partisans de la Ligue, qui tentaient d'occuper le devant de la scène, explosaient même au sein de Solidarité catalane où d'autres voix refusaient la critique des révolutionnaires et accusaient leurs compagnons de devenir les lèche-bottes de l'oppresseur. « Vous n'avez pas voulu publier l'article de Joan Maragall contre les exécutions. Honte à vous, honte à vous ! » criait-on à une extrémité du mouvement, tandis qu'à l'autre bout on se cramponnait à la destruction des couvents. « Violence, violence ! » « Radicalisme stérile », clamaient les uns, « Collaborationnisme bourgeois », rétorquaient les autres, et les murs du mouvement politique qui devait soutenir l'édifice de la Catalogne se remettaient à trembler. Dans les cénacles où Avel·lí et ses compagnons débattaient de la situation, les décibels montaient à mesure que les conversations s'échauffaient. Trois camps irréconciliables, et à l'intérieur de l'un d'eux deux camps qui commençaient également à ne plus pouvoir s'entendre. La Barcelone incendiée commençait à se fissurer de toutes parts.

À mille lieues de ce champ politique rude et escarpé, il existait encore un quatrième camp, une tribu composée d'une seule personne, Merceneta ; elle se sentait étrangère à tous les autres et elle pressentait que son monde n'était aucun de ceux déjà connus, dans la mesure où il était encore à construire. Cependant, à force d'acharnement, elle attaquait peu à peu la muraille.

Le 13 octobre arriva sans en demander l'autorisation à personne. Il se présenta comme un autre jour du calendrier immuable et obstiné. Cela faisait un mois et demi que la milice d'Alella avait arrêté Francesc Ferrer i Guàrdia devant le mas Can Jonc, non loin de sa maison natale. Depuis le début de la révolte il vivait caché chez son frère à Montgat, dans le mas Germinal, et il se tenait à l'écart des événements qui se produisaient. Mais les cartes étaient truquées, et le 21 août un contingent de policiers s'était présenté à la ferme. Comme ils ne l'avaient pas trouvé, ils avaient obligé Soledad et son frère Josep à se présenter chez le gouverneur, où on leur avait annoncé leur condamnation et leur assignation à résidence dans la province de Teruel, à Alcanyís. Ils devaient partir sur-le-champ, et il leur était interdit de repasser par chez eux pour prendre des vêtements ou de l'argent, ou d'avertir quelqu'un ; tout ceci leur avait été signifié sans aucune explication, sans document officiel et sans jugement. Ils étaient montés dans un train, escortés par douze gardes civils commandés par un sergent, et à trois heures du matin ils étaient arrivés à la gare de La Puebla de Híjar, où ils avaient été emprisonnés. Ferrer i Guàrdia avait été arrêté dix jours plus tard.

Dès que la nouvelle de son arrestation éclata, à la une des journaux, une meute de chasseurs se jeta sur la proie. La presse pointa un doigt accusateur sur celui dont elle fit le chef de la révolte, tandis qu'en ville, dans les salons cossus, les dames racontaient, épouvantées, entre deux gorgées de vin doux et des petits-fours, les atrocités enseignées à l'Escola Moderna, et qu'au Palais épiscopal les évêques évoquaient les martyrs de l'Église et réclamaient au président Maura une réaction énergique et une punition exemplaire pour cet homme qui incarnait à lui seul le Mal. « *Le gouvernement agira conformément à l'esprit de votre lettre et à la ligne de conduite que vous indiquez* », leur répondit le président, avec une célérité inhabituelle. L'étau se resserrait autour du pédagogue. Avant même d'être arrêté, Ferrer i Guàrdia avait été condamné à mort, et Barcelone se préparait à assister à ce que tous appelaient « la grande farce » du procès.

« Ils n'oseront pas le tuer », assuraient ses partisans, « Ils doivent le faire », répondaient ses ennemis. La ville se partageait entre les uns, qui évoquaient un crime d'État, et les autres, qui ne voyaient aucun inconvénient à en commettre un, qu'ils considéraient comme une purge nécessaire « pour laver les entrailles de Barcelone » – l'expression sortit de la bouche de M. Sanahuja dès le premier jour d'ouverture du procès. Aucune conversation dans aucun cénacle ou aucune salle à manger de famille aisée n'abordait le sujet de la culpabilité de Ferrer i Guàrdia, parce qu'il était indifférent de savoir s'il avait ou non dirigé la révolte, s'il en était ou non le responsable. La seule chose qui importait, c'était de décider s'il fallait le tuer ou le laisser vivre ; « Même s'il n'est pas coupable de ce qui vient de se passer, il a de nombreux crimes à son actif », disait Albert, excité, impatient de le voir exécuté.

Ainsi s'accomplit la vengeance du bourreau : un seul jour de procès, devant un tribunal militaire, en l'absence du moindre élément disculpant l'accusé et avec, comme seules preuves acceptées pour l'accusation, des rumeurs et des déclarations anonymes, mais aussi les propos de prisonniers condamnés à de lourdes peines, acquittés en échange de leur témoignage contre Ferrer, de notables de la Ligue régionaliste, Verdaguer i Callís en tête, défilant dans la salle pour confirmer sa culpabilité. Le délire atteignit son comble lorsqu'il fut accusé d'avoir brûlé un couvent dans un quartier où il n'y avait pas eu un seul incendie.

Le 13 octobre au petit matin, Ferrer fut conduit au fossé de Santa Amàlia, et lorsque le peloton d'exécution braqua ses fusils contre lui, la clameur de la rue écrivit le récit de ses derniers instants. « Ferrer i Guàrdia les a regardés bien en face, serein », assurait-on, « et avant de mourir il a crié : "Je suis innocent ! Vive l'Escola Moderna !" »

Ils tuèrent le pédagogue de l'école rationaliste, l'extrémiste qui mêlait filles et garçons, qui reniait Dieu, qui parlait de sexualité et bannissait l'Église de l'enseignement, qui croyait à la grève générale et qui voulait renverser l'ordre social. La Barcelone de l'ordre et de la discipline se félicitait de cette exécution, convaincue d'en avoir fini avec tout ça. Après tout, qui veut noyer son chien l'accuse de la rage, et morte la bête, mort le venin !

Mais dans d'autres quartiers de la ville, les Barcelonais partageaient un même désarroi, un même désespoir. Les partisans de Ferrer i Guàrdia le pleuraient derrière les persiennes closes, dans les encoignures clandestines, les terriers de l'exil, les prisons de la culpabilité, et tous criaient vengeance. Quant à la Barcelone catalaniste, elle sombrait à mesure que conservateurs et républicains s'enlisaient dans d'irréconciliables désaccords, l'aigreur des débats creusant chaque fois plus les fissures. Dans les maisons les plus cultivées et éclairées, on lisait une presse étrangère qui ne mâchait pas ses mots : l'Espagne était un pays monstrueux qui commettait des crimes d'État. À Paris, les amis de Ferrer i Guàrdia organisaient des manifestations, aidaient sa fille Trinitat à récupérer le corps de son père, faisaient campagne pour qu'un monument fût érigé en sa mémoire, et les journalistes comparaient la persécution du pédagogue à celle dont avait fait l'objet le capitaine Dreyfus, lequel prenait part aux protestations. Anatole France, triste et en colère, écrivit une lettre ouverte en hommage à son ami :

« Son crime est d'être républicain, socialiste, libre penseur ; son crime est d'avoir créé l'enseignement laïque à Barcelone, d'avoir instruit des milliers d'enfants dans la morale indépendante ; son crime est d'avoir fondé des écoles… »

… et le quotidien britannique *The Times* assurait que le gouvernement de Maura avait confondu liberté d'instruction et de conscience et agitation criminelle. L'Europe criait haro sur l'Espagne, et au sein du gouvernement le président commençait à chanceler. « Le roi a besoin d'un bouc émissaire », disaient les mieux renseignés.

« Du raffut de l'étranger ! » trancha Albert quand Avel·lí lui apporta un exemplaire des journaux français contenant des articles virulents contre l'exécution. Dans l'hôtel particulier de la rue de Provença, la mort de Ferrer i Guàrdia n'avait provoqué aucun remous ni donné lieu à aucune de ces discussions auxquelles le père et le fils pouvaient s'adonner des après-midi entiers.

Albert se sentait satisfait et vainqueur. Avel·lí, lui, était rongé par une très grande inquiétude face aux divergences croissantes au sein de Solidarité catalane, qui menaçaient d'entraîner la fin du mouvement. La haine qu'il éprouvait pour Ferrer, cet homme sacrilège qui méprisait Dieu, atténuait le sentiment d'horreur que lui inspirait son exécution. Il affirmait du même ton convaincu qu'il « ne méritait pas de mourir ainsi », mais que son « radicalisme stérile » était un cancer qui mettait en danger la lutte réfléchie et efficace contre le gouvernement espagnol... Il poursuivait avec irritation : « Ces actes de barbarie contre la maison de Dieu, contre les bibliothèques, contre l'école et l'art montrent que la populace d'aujourd'hui n'est pas plus civilisée que celle de 1835. Non à cette sauvage et féroce inconscience ! comme dit Puig i Cadafalch. » Selon lui, cette révolte tragique avait porté sérieusement atteinte aux catalanistes – « Maintenant, on nous met tous dans le même panier » –, et tous lui donnaient raison. Les journaux de Madrid ne répétaient-ils pas à l'envi que les catalanistes haïssaient le roi et l'Espagne, et qu'ils étaient violents et extrémistes ? « Parfaitement » ; le père et le fils s'accordaient à refuser à Ferrer i Guàrdia le statut de victime, et encore plus celui de martyr, le privant de tout héroïsme et de tout idéal.

Au cours du déjeuner dominical qui suivit l'exécution, la grand-mère Mercè lâcha avec colère : « Je vois que vous manquez de la plus élémentaire charité, rue de Provença. » Puis, regardant son fils droit dans les yeux, elle lui décocha, d'un ton solennel tout à fait inhabituel chez elle : « Comment aurais-tu parlé de ta grand-mère Mariona, qui a lutté sur les barricades pour te sauver la vie ? Aurait-elle également mérité de mourir ainsi ? » Un silence éloquent se fit autour de la table. Pendant ces quelques secondes, Albert sentit le long ciseau aiguisé taillader son âme tandis que sa mère le désignait comme coupable et pointait sur lui un doigt accusateur, mais il se ressaisit vite et il haussa le ton ; coupable de quoi ? quelle faute, hein ?, qui était-il sinon un homme qui avait lutté contre la pauvreté et le désespoir ? un homme qui avait survécu et qui avait bâti un empire, et qui ne voulait pas qu'un fou, un radical, un vandale ou un brûleur de couvents vienne bouleverser tout cela. Voilà ce qu'il était, lui, un générateur de vie et d'avenir, un bâtisseur de palais solides et sûrs où tous pouvaient vivre – « Vous tous, que seriez-vous devenus si je ne m'étais pas élevé au-dessus de ma condition de pauvre conscrit, si je ne m'étais pas rebellé, dites-moi ? Que seriez-vous devenus, dites-le-moi ? La grand-mère Mariona s'est battue pour me sauver la vie, et moi j'ai lutté pour vous sauver la vie. D'une façon différente, c'est vrai, mais je me suis aussi battu ! » Il rythmait du poing sur la table son discours plein d'indignation. Grand-mère Mercè ne lâchait pourtant pas prise. « À ton avis, qu'a fait grand-mère Mariona, qu'a-t-elle fait d'autre que ce qu'ont fait aujourd'hui les mères et les grands-mères qui essayaient d'éviter que leurs fils et leurs maris partent à la guerre ! Quant aux hommes, ils n'avaient pas grand-chose à perdre ! Mourir à Melilla ou mourir à Barcelone… Ne salis pas la mémoire de ta grand-mère, Albert ! – Comment osez-vous dire cela, maman ? Je vénère la mémoire de ma grand-mère, et je l'honore en agissant comme je l'ai fait, parce qu'elle voulait que je survive, oui, j'honore sa mémoire, moi ! »

« Assez ! » cria la grand-mère Martina. Cette intervention était tellement insolite que chacun se dépêcha de finir son assiette, tandis que reprenaient, deux à deux, d'apathiques bavardages marquant le retour au calme après la tempête. Le drelin de la clochette tinta comme un ouf de soulagement et on salua l'arrivée du dessert.

Un tableau

PERSONNE N'ENTENDIT MERCENETA SE PRONONCER sur l'exécution de Ferrer i Guàrdia. Ni ce dimanche d'octobre, ni les précédents, ni les jours suivants. Enric parti, la famille n'avait plus rien su de lui, plus reçu aucune nouvelle, « Et nous n'en aurons pas parce qu'il ne reviendra jamais plus », disait-elle à son amie Lluïsa, à qui elle racontait que son frère désirait connaître les luttes ouvrières qui se produisaient en Italie et en Allemagne. Il lui avait aussi parlé de la Russie, d'où venaient des idées nouvelles. « Non, il ne reviendra pas, il hait la Catalogne, on lui a fait beaucoup trop de mal, je ne reverrai plus jamais mon frère, Lluïsa. » Depuis le départ d'Enric, donc, elle n'avait plus manifesté le moindre intérêt pour les disputes des hommes de la maison ; tout ce chahut, tous ces mots riquiquis dans de trop grandes bouches ! Ce monde où les hommes rivalisaient pour démontrer qui d'entre eux justifiait, défendait et légitimait le mieux la mort d'un innocent, ou bien se caparaçonnaient pour excuser leur indifférence, ce monde où les hommes ne faisaient rien, ou alors agissaient et aggravaient par leurs actions le mal, l'horreur et le désespoir, ce monde n'était pas le sien et elle ne souhaitait pas qu'il le devienne.

Merceneta ne s'était jamais sentie aussi étrangère chez elle. Pas seulement dans sa maison, mais aussi dans sa ville et dans son pays, partout elle ne reconnaissait rien, ni les conversations familiales, ni les journaux que les gens lisaient, ni les nouvelles criées dans les rues, tout cet univers masculin forgé à partir de l'héroïsme glorifié de la souffrance.

Elle était devenue une étrangère, une intruse qui errait dans des lieux connus, qui s'asseyait à la table familiale, dormait dans son lit et embrassait sa mère, tandis que rien ne semblait lui appartenir. Elle avait l'impression d'être une proscrite, d'avoir été expulsée du paradis. « Les hommes ont construit un monde inhospitalier », se disait-elle avec conviction, et avec chaque fois davantage de colère.

Le seul endroit où s'apaisait cette sensation croissante d'exil intérieur était l'atelier de Lluïsa Vidal, lorsque la conversation se déployait au milieu des chevalets chargés de toiles à demi achevées – un croquis était un rêve à conquérir et n'importe quel objet pouvait receler toute une existence. La sérénité de la peinture ! Avec Lluïsa ou ses autres amies de la revue *Feminal*, et aussi avec Joan, qui l'accompagnait partout, Merceneta trouvait une possibilité d'expression, un langage encore en cours d'élaboration mais qui laissait toutefois entrevoir une nouvelle forme de communication. Merceneta se sentait alors l'héroïne d'un chapitre inédit de l'histoire, pour la bonne raison qu'il s'écrivait à l'ombre des grands événements de la gent masculine, un chapitre élaboré, tramé, un mot après l'autre, une émotion après l'autre, avec le plaisir secret d'inventer un monde différent. « Nous serons les nouvelles amazones, les déesses d'un pays qui accueillera et protégera la culture et l'art, et nous mettrons fin à jamais aux appels guerriers. » Cette idée l'exaltait au point qu'elle se sentait appelée par l'histoire, comme si elle avait reçu de l'archange une onction sur le front et qu'elle était chargée d'une mission à accomplir. Les femmes étaient les grandes perdantes, bannies du récit humain, et l'exclusion du regard féminin avait peut-être été la plus grave erreur de l'humanité. Il leur fallait désormais élever la voix, prendre la parole et commencer à expliquer leur point de vue, pas isolément, l'une après l'autre, non, mais toutes ensemble, parce que le jour où le chœur des femmes couvrirait le vacarme des hommes, les guerriers, l'ordre des choses en serait bouleversé.

Le dimanche où grand-mère Mercè avait accusé son père de salir la mémoire de grand-mère Mariona, Merceneta avait été à deux doigts de se lever de table et de sortir de la maison. Elle refusait de prendre part à cette discussion envenimée, et elle n'avait pas le cœur à écouter ces propos, parce qu'ils la blessaient profondément. Elle aimait son père et elle aimait sa grand-mère, elle comprenait leurs raisons tout en constatant qu'elle ne les partageait pas, parce qu'elle avait justement décidé de ne pas se faire d'opinion sur les événements survenus à Barcelone. C'était sa façon à elle de se rebeller contre cette semaine de violence et de tragédie. Qui avait bien agi, qui avait bien fait les choses, au cours de cette grande dérive ? Dégoûtée, elle avait accéléré le mouvement au moment du café puis, prétextant une excuse quelconque, elle était sortie à la hâte pour se rendre à l'atelier de Lluïsa, où elle allait retrouver la paix, la raison et la beauté… le domaine placide des femmes.

Soudain, alors que les deux amies commentaient un ancien numéro de *Feminal* où avaient été publiés des dessins de Lluïsa, Merceneta s'était arrêtée sur la reproduction d'une des grandes œuvres du peintre Ramon Casas intitulée *Barcelona, 1902*, et que tout le monde appelait *La Charge*. « Regarde, regarde cet homme ! » s'était-elle exclamée en signalant du doigt un manifestant à terre, les jambes relevées, le chapeau roulant devant sa tête prête à frapper le sol, et, tout près de ce corps écroulé, les sabots du cheval du soldat sur le point de le piétiner. « L'oncle de mon père, c'est-à-dire le frère de ma grand-mère Mercè, est mort éventré par un cheval pendant la révolte de 1835. Mon frère Enric porte son prénom, à la demande de grand-mère Mariona quand il est né. Est-ce que tu te rends compte ? Les deux s'appellent Enric et les deux pourraient partager le même sort, mourir sous les sabots d'un cheval. Mon Dieu, Lluïsa, quel monde barbare et méchant ! Oh, faites que mon frère ne soit jamais éventré par un cheval, ni déchiqueté par un boulet de canon, ni fusillé, jamais, jamais ! » Elle n'avait pas pu retenir ses pleurs et elle avait laissé couler sur ses joues les larmes chaudes et abondantes qu'elle retenait depuis tous ces jours où ses yeux étaient demeurés secs. Lluïsa lui caressa les cheveux et lui dit : « Oui, mon amie, les hommes ont fait un monde terrible ! » Les deux femmes s'étaient étreintes longuement.

Quand elle était sortie de l'atelier de Lluïsa, Merceneta avait ressenti comme un poids dans sa poitrine l'image d'une Barcelone de feu qui avait brûlé de toutes parts et qui l'empêchait de respirer. Quelle absurdité meurtrière, quelle violence inutile ! Le découragement s'était emparé de son esprit, il lui coupait le souffle. Cependant, quand elle se trouva près du Passeig de Gràcia, à deux pas de chez elle, elle aperçut le chantier des travaux de la Casa Milà qui allaient bon train. Elle s'en approcha. Devant les énormes blocs de pierre ondulante, qui se moquaient des conventions et se dressaient avec fierté et arrogance, Merceneta songea à la grand-mère Mariona, qui disait toujours qu'après le feu venaient les cendres, qui fertilisaient la terre et renforçaient les racines. « Une Barcelone brûle, mais une autre pousse, se régénère et défie les dieux, elle renie la peur. » Cette pensée l'avait réconfortée de façon inespérée et, reprenant soudain courage, elle avait levé les yeux vers le ciel et avait eu envie, l'espace d'un instant, de dire quelque chose de solennel, comme un serment dirigé aux dieux, comme un cri qu'elle devait pousser là, toute seule, en pleine nuit, devant le palais de pierre se dressant victorieux. Cette idée avait aussitôt disparu, parce qu'elle était une fille de bonne famille, et les filles de bonne famille ne criaient pas la nuit. Aussi, après s'être contentée d'un profond soupir, comme si ses poumons étaient vides et qu'elle avait besoin de tout l'oxygène du monde, elle avait esquissé un sourire et, revigorée, elle avait rajusté son chapeau qui penchait légèrement et elle était rentrée chez elle. Le froid commençait à tomber ce soir-là.

Post-scriptum

« Honte aux chefs révolutionnaires qui ont ouvertement fait preuve de lâcheté ; honte aux représentants du peuple qui n'ont pas su le guider dans sa protestation juste ; honte aux catholiques qui n'ont pas constitué des groupes de voisins pour sauver les personnes, les livres et les œuvres d'art ; honte à toute la ville qui n'a pas empêché le pillage des derniers jours ; honte aux autorités et au gouvernement pour leur stupide répression ; honte à tous ceux qui n'ont pas demandé la grâce des condamnés à mort, ce qu'ils considéraient toutefois comme un acte de justice. »

Pere Coromines, député de Solidarité catalane,
El Poble Català (1910)

Table

Composition et mise en pages
Nord Compo à Villeneuve-d'Ascq

MIXTE
Papier issu de
sources responsables
FSC® C003309

Cet ouvrage a été achevé d'imprimer en octobre 2018
dans les ateliers de Normandie Roto Impression s.a.s.
61250 Lonrai
N° d'impression : 1804197

Imprimé en France